民國文化與文學 研究文叢

（四川大學特輯）

八 編

李 怡 主編

第 3 冊

1920 年代革命文學中的工人運動

孫 偉 著

國家圖書館出版品預行編目資料

1920 年代革命文學中的工人運動／孫偉 著 — 初版 — 新北市：
花木蘭文化事業有限公司，2017〔民 106〕
目 2+140 面；19×26 公分
（民國文化與文學研究文叢 八編：第 3 冊）
ISBN 978-986-485-034-1（精裝）
1. 中國文學 2. 革命文藝 3. 文學評論
820.9   106012784

ISBN-978-986-485-034-1

特邀編委（以姓氏筆畫為序）：

丁　帆	王德威	宋如珊
岩佐昌暲	奚　密	張中良
張堂錡	張福貴	須文蔚
馮　鐵	劉秀美	

民國文化與文學研究文叢
八　編　第三冊　　　　ISBN：978-986-485-034-1

1920 年代革命文學中的工人運動

作　　者	孫　偉
主　　編	李　怡
企　　劃	四川大學現代中國文化與文學研究中心
	北京師範大學民國歷史文化與文學研究中心
總 編 輯	杜潔祥
副總編輯	楊嘉樂
編　　輯	許郁翎、王　筑　美術編輯　陳逸婷
出　　版	花木蘭文化事業有限公司
社　　長	高小娟
聯絡地址	235 新北市中和區中安街七二號十三樓
	電話：02-2923-1455／傳真：02-2923-1452
網　　址	http://www.huamulan.tw 信箱 hml810518@gmail.com
印　　刷	普羅文化出版廣告事業
初　　版	2017 年 9 月
全書字數	130130 字
定　　價	八編 12 冊（精裝）新台幣 22,000 元

1920 年代革命文學中的工人運動

孫偉 著

作者簡介

孫偉：男，1983 年出生，山東曹縣人，文學博士，暨南大學文學院講師，主要從事中國現當代文學研究。曾在《文學評論》、《中國現代文學研究叢刊》、《魯迅研究月刊》、《齊魯學刊》等學術刊物上發表論文 20 餘篇。

提　　要

論文選取國民革命時期的工人運動作爲切入革命文學的角度，從革命文學與無產階級文學思潮和工人階級的關係中，控掘革命文學的眞正內涵。工人運動和中國工人階級的眞實狀況使得無產階級革命文學名不符實。革命文學產生的國民革命時代背景，對只強調無產階級文學思潮影響的革命文學研究方式構成了消解。在對國民革命歷史深入考察的基礎上，革命文學呈現出不同形態，大致可分爲反帝革命文學、工人革命文學、言情型革命文學和幻滅型革命文學。

構建中國現代文學研究「川大群落」的雛形——《民國文化與文學研究文叢》四川大學特輯引言

李 怡

　　2012 年，我開始與花木蘭文化出版社合作，按年推出「民國文化與文學」論叢，2014 年以後又按年加推「人民共和國文化與文學」論叢，可以說，鼓舞我完成這兩大學術序列的堅強的動力就在於我本人的「四川體驗」，更準確地說，是我對於四川大學學術群體的深切感受和強烈期待。「民國文化與文學」與「人民共和國文化與文學」論叢自誕生的那一天起，就是以中國現代文學研究「川大群落」的存在爲「學術自信」的，四川大學學人的身影幾乎在每一輯中都有出現，儼然就是這兩大序列的內在的紐帶和基石。迄今爲止，我們已經在論叢中集中推出了「南京大學特輯」、「中國人民大學特輯」與「蘇州大學特輯」，編輯出版「四川大學特輯」則是計劃最久的願望。

　　在當代中國的學術版圖上，四川大學留給人們的印象常常是古代文化的研究，包括「蜀學」傳統中的中國古代史、古代文學、古代漢語研究，新時期以後興起的比較文學研究也擁有深刻的古代文學背景，其實，中國現當代文學的發展和學術研究也與四川大學淵源深厚。

　　作爲西南地區歷史久遠的高等學府，四川大學經歷了一系列複雜的演化、聚合與重組過程，眾多富有歷史影響的知識分子都在不同的時期與川大結緣，構成「川大文脈」的一部分。例如四川省城高等學校下屬機構的分設中學堂時期的學生郭沫若與李劼人，公立外國語專門學校時期的學生巴金，成都高等師範學校時期的受聘教師葉伯和，國立成都大學時期的受聘教師李

劫人、吳虞、吳芳吉，國立四川大學時期的陳衡哲、劉大杰、朱光潛、卞之
琳、熊佛西、林如稷、劉盛亞、羅念生、饒孟侃、吳宓、孫伏園、陳煒謨、
羅念生、林如稷，新中國以後的川大學生中則先後出現過流沙河、童恩正、
楊應章、郁小萍、易丹、張放、周昌義、莫懷戚、何大草、徐慧、趙野、唐
亞平、胡多、冉雲飛、顏歌等。作爲學術與教學意義的中國現當代文學，也
在川大早早生根，文學史家劉大杰在川大開設「現代文學」必修課的時間可
以追溯到 1935 年，是中國較早開展新文學創作研究高校之一。新中國成立後，
隨著中國現代文學（新文學）學科的建立，四川大學的相關學者代代相承，
在各自的領域中成就斐然，成爲中國現代文學研究界的主要力量。林如稷、
華忱之先生是新中國中國現代文學學科的奠基人之一，新時期以後，則有易
明善、尹在勤、王錦厚、伍加倫、陳厚誠、曾紹義、毛迅、黎風等持續努力，
在郭沫若研究、李劫人研究、四川作家研究、中國新詩研究等方面做出了引
人注目的貢獻，是中國西部地區最早培養碩士生與博士生的學術機構。〔註 1〕

　　我是 2004 年加入四川大學學術群體的，當時中國高校的「學科建設」的
大潮已經開始，許多高校招兵買馬，躍躍欲試，而川大剛好相反，老一代學
者因年齡原因逐步淡出學術中心，相對而言，當時地處西部，又居強勢學科
陰影之下的川大現代文學學科困難重重。在這個情勢下，如何重新構建自己
的學術隊伍，尋找新的學科優勢，是我們必須面對的頭等大事。幸運的是，
我的川大經歷給了我許多別樣的體驗，以及別樣的啓迪。

　　首先是寬闊、自由而富有包容性的學術環境。雖然生存在傳統強勢學術
的學科陰影之下，但是川大卻自有一種巴蜀式的特殊的自由氛圍，學人生存
方式、思想方式都能夠在較少干擾的狀態下自然生長，也正如「海納百川，
有容乃大」的川大校訓所示，古典的規誡中依然留下了現代學術的發展空間。
在學院的支持下，四川大學現代中國文化與文學研究中心成立，中國現當代
文學學科有了學科設計、學科活動的平臺，2005 年，《現代中國文化與文學》
創刊，除中國現代文學研究會的《中國現代文學研究叢刊》外，這在當時屬
於國內僅有一份由高校創辦的現代文學研究叢刊。八年之後，該刊被南京大
學社科評價中心列爲 CSSCI 來源輯刊，算是實現了國內學界認可的基本目標。

　　其次是相對超脫、寧靜的治學氛圍。進入川大以前，我所服務的高校正

〔註 1〕 參見程驥：《四川大學與中國現代文學》，《現代中國文化與文學》2008 年第 5
　　　　輯。

處於「學科建設」的焦慮之中，那種「奮起直追」、「迎頭趕上」的熱烈既催人「奮進」，又瓦解著學術研究所需要的從容與餘裕心境。到川大沒幾天，我即受毛迅教授之邀前往三聖鄉「喝茶」，山清水秀的成都郊外風和日麗，往日熟悉的生存緊張煙消雲散，「喝茶」之中，天南地北，學術人生，無所不談，半日工夫雖覺時光如梭，但卻靈感泉湧，一時間竟生出了許多宏大的構想！毛迅教授與我一樣，來自步履匆忙、心性焦躁的山城重慶，對比之下，對成都與川大的生存方式多了幾分體驗，在後來的多次交談中，他對這裡的「巴蜀精神」、「成都方式」都有過精闢的提煉和闡發，據我觀察，這裡的「溢美之辭」並非就是文學的想像，實則是對當今學術生態的一種反省，而只有在一個成熟的文化空間中，形形色色又各得其所的生存才有可能，學術生活的多樣化才有了基礎，所謂潛心治學的超脫與寧靜也就來自於這「多元」空間中的自得其樂。〔註2〕春日的川大，父親帶著孩子在草坪上放風箏，老者在茶樓裏悠閒品茗，學子在校園裏記誦英文，教授一時興起，將課堂上的研究生帶至郊外，於鳥語花香間吟詩作賦、暢談學問之道，這究竟是「學科建設」的消極景觀呢？還是另一種積極健康的人生呢？真的值得我們重新追問。

第三是多學科砥礪切磋的背景刺激著現代文學的自我定位。在四川大學，中國現當代文學並非優勢學科，所以它沒有機會獨享更多的體制資源，但應當說，物質資源並不是學術發展的唯一，能夠與其他有關學科同居於一個大的學術平臺之上，本身就擁有了獲取其他精神資源的機會。與學科界限壁壘森嚴的某些機構不同，我所感受到的川大學術往往形成了彼此的對話與交流，例如文學與史學的交流，宗教學、社會學與其他人文學科的交流，就現代文學而言，當然承受了來自其他學科的質疑與挑戰——包括古代文學與西方文學，然而，在古今中外文化的挑戰中發展自己不正是中國現當代文學的實際嗎？除了挑戰，同樣也有彼此的滋養和借鏡，例如從中國少數民族文學中發展起來的文學人類學，原本與中國現當代文學關係密切，但前者更為深入地取法於文化人類學、符號學、民族學、社會學等當代學科成果，在學術觀念的更新、研究範式的革命等方向上大膽前行，完全可以反過來啟示和推動現當代文學研究的發展。

以上的這些學術生態特徵也是我在川大逐步感受、慢慢理解到的。可能也正是得益於這樣的環境，我個人的學術方式也與「重慶時期」有所不同了，

〔註2〕李怡、毛迅：《巴蜀學派與當代批評》，《當代文壇》2006年2期。

更注重文學與史學的結合，更注意史實與史料的並重，也有意識地從其他學科中汲取靈感，跳出現代文學研究閉門造車式傳統套路，將回答其他學科的質疑當做學術展開的新起點。也是在四川大學，我更自覺地在一個較爲完整的歷史框架中思考中國現代文學的發展方向，進而提出了「從民國歷史發現現代文學」、「民國文學機制」等新的設想，在構想這些新的學術理念的時候，我能夠深深地意識到來自周遭的歷史信息與學術方式的支撐力量，那種生發於土壤、回應於知音的精神基礎，那種彌漫於空氣中的「氣質型」的契合……是的，新的學術之路也關聯著現有的社會文化格局。幾年之後，我重新打量這裡的學術同好，在毛迅對「巴蜀自由」的激賞中，在姜飛對國民黨文學挖掘中，在陳思廣對現代長篇小說史料的鉤沉中，啓示也都透出了某種共同的文史互證的趣味，這可能就是悄然形成的中國現代文學「川大學術群落」的氣質吧。

最值得稱道的還是在這一氛圍中成長著的年輕的學子們，從某種意義上說，努力將前述的「川大學術氣質」融入研究生教育，這可能是我們自覺不自覺地一種追求。在我的印象中，可能源於毛迅教授，我自然也成爲了自覺地推手。在三聖鄉的「茶話會」誕生了「西川讀書會」，從讀書會發展成爲全國性的「西川論壇」，繼而將「論壇」開到了日本福岡，成爲中日現代文學學者的兩國對話，從《現代中國文化與文學》的格局開闢出了《大文學評論》的方法論探求，最後兩岸合作，創辦《民國文學與文化》，誕生《民國文化與文學》論叢、《人民共和國文化與文學》論叢，以及《民國文學史論》、《民國歷史文化與中國現代文學研究》等大型叢書，一批又一批的四川大學的博士研究生在這樣的學術格局中發現了新鮮的話題，滿懷興趣地耕耘著他們自己的學術領地，關於民國文學，關於解放區文學，關於魯迅，關於通俗文學……作爲導師，能夠「快樂著他們的快樂」，大概再沒有比這樣的時刻更讓人興奮的了。這至少說明，我們對川大學術積極意義的理解和發掘是正確的選擇，這樣的選擇無愧於川大，無負於我們自己，也對得起中國現當代文學！

限於論叢規模，《民國文化與文學研究文叢·四川大學特輯》在 2017 年只收錄四川大學資深學者的論著，以及四川大學中國現當代文學專業畢業的博士生尚未出版的論著，這樣的原則，顯然是將兩類川大學子排除了：一是著作已經先期出版了，二是在川大接受了良好的碩士訓練，並繼續沿此道路在其他學校取得博士學位者。這樣一來，某些洋溢著「川大氣質」的優秀論

著便無緣進入論叢了。不過，我想，遺憾只是暫時的，在不久的將來，我們完全可以重新編輯一套完整的「中國現當代文學川大學人論叢」，只要這「川大學術氣質」眞的不是曇花一現，而是持續性的日長夜大，在當代中國的學界引人矚目。在那時，作爲川大學術的曾經的見證人，作爲川大氣質的第一次的闡釋者，我們都樂意以「川大群落」的一員爲驕傲，並繼續爲它添磚加瓦。

2017 年春節於成都江安花園

目

次

緒　論

　　1924 年，國民黨一大召開，國共合作共同致力於國民革命，中國正式開始了在蘇聯直接干預指導下的政黨革命運動。1930 年，在中國共產黨的直接指導下，左聯成立。這六年的時間裏，革命文學是其最重要的文學形態。如魯迅所言，「革命，倒是與文章有關係的。革命時代的文學和平時的文學不同，革命來了，文學就變換色彩。」〔註 1〕我們以往將 1927 年國民黨的清共視為國民革命的結束，實際上，清共後，國民黨繼續北伐，至到 1928 年底張學良的改旗易幟才正式結束。之所以選擇左聯成立為革命文學的終點，是因為直到此時喧囂一時的革命文學論爭才在政黨力量的干預下結束。另外，國民政府的統治變得相對穩固，其他各種文學形態也開始呈現。在整個國民革命時期，革命話語在社會上佔據主導地位，各個黨派依據對革命的不同理解，展開了對革命話語權的爭奪。有學者認為當時的「『革命』與『反革命』之因人而異、因時而變，更令人感歎『革命』與『反革命』毫無客觀準則之可言。」〔註 2〕這種雜亂紛呈的革命觀念勢必導致革命文學具有不同的面貌。因此，不僅在時間段上只截取國共分裂後的革命文學作為革命文學的全部形態不合適，而且，只將具備無產階級文學特徵的作品稱為革命文學也是對當時複雜的革命文學形態的窄化。在國共合作期間，由於共同接受了列寧的帝國主義理論，認為西方列強及其代理人的壓迫是導致中國貧窮落後的根源，國共兩

〔註 1〕魯迅：《而已集・革命時代的文學》，《魯迅全集》第 3 卷，北京：人民文學出版社 2005 年版，第 437 頁。

〔註 2〕王奇生：《「革命」與「反革命」：一九二零年代中國三大政黨的黨際互動》，《歷史研究》2004 年第 5 期。

黨以「打倒帝國主義、打倒軍閥」作爲口號，在此期間，革命文學以反帝爲主旨。國共分裂後，知識青年將在之前處於壓抑狀態下的無產階級革命理論發揚光大，倡導無產階級革命文學。它們之間的共同點都是以蘇俄的革命理論作爲自己的理論基石，差異只在前者處理的是民族國家與世界其他國家的關係，後者面對的是本民族內部不同階級之間的關係。不過這只是限於理論方面，具體到文學創作文本內部而言，外來理論和名詞不過是眩人耳目的幌子，本民族的文化傳統仍然在發揮根本的影響作用，個體生命在具體時代語境中的獨特生命感受才是革命文學眞正的內涵。

以往一提到革命文學作品，往往局限於「革命加戀愛」文學，但這只是革命文學的一部分。在國民革命進程中，那些直接服務於革命事業的報刊中以反帝爲主旨的革命文學作品，無論是在數量上，還是在影響上，都不容忽視。它們對於研究國民革命時期的社會思潮和人們心理狀態的變化，都有著重要價值。另外，劉一夢等作家，自身既是知識分子，也在一定的政黨組織中，其作品忠於現實，比較客觀地反映出了歷史的眞實情形。而我們以前籠統地將這些作品都歸入無產階級革命文學，忽略了他們作品可以繼續挖掘的深層內容。只有將這些不同類型的革命文學作家都納入到研究範圍，才可以更全面地認識國民革命時期革命文學的複雜狀況。

革命文學創作的主體已轉換成了更爲年輕的青年一代，他們有的從國外留學歸來，有的親身參與過國民革命。與五四知識分子信仰西方以個人爲本位的啓蒙思想不同，他們「以俄爲師」，相信政黨集體的力量。與後來的左聯作家不同的是，他們雖然有著各自的意識形態傾向，但無論是參加的組織，還是他們個人，創作的獨立性較強，並不直接受命於政黨。以往的文學史在論及革命文學時一般都把它看作左翼文學的準備階段，過於強調兩者的聯繫，而忽視了其間的差別。在討論革命文學與五四文學的關係時，則恰恰相反，又過份強調了二者的不同，忽視了兩者之間的內在聯繫。撥開意識形態對革命文學的籠罩，發掘出其與國民革命眞正的內在聯繫，並揭示其在現代文學史上的獨特價值，是論文努力的方向。

革命文學一直被認爲是深受當時從蘇俄和日本傳來的無產階級文學思潮的影響，這也是以往很多研究者將革命文學放進無產階級文學的發展歷程中來對其進行分析的原因。但革命文學只是借用了無產階級文學的幌子，表達的卻是知識青年在國民革命中的眞實生命體驗和生活感受。論文以工人運動

作爲切入革命文學的視角，以此來檢驗無產階級文學思潮對革命文學的影響程度。因爲如果沒有工人和工人運動作爲基礎的話，那麼所謂的無產階級文學實際上就只是停留在話語層面上而已。工人是在西方經濟進入中國後的新興群體。他們一方面是當時中國最先進生產力的代表，但同時也承受著各種勢力的壓榨，過著極度貧困的生活。國民革命「打倒帝國主義」的口號喚起了他們內心的抗爭意識，工人運動組織者對未來的美好承諾使得他們掀起了規模巨大的工人運動。但這些運動在不同地區又受到不同力量的制約，呈現出不同的面貌。國民革命時期的工人運動，是當時的政黨團體與新興的工人群體共同創造出來的在中國歷史上絕無僅有的新生事物。這裡面錯綜複雜的情形反映著社會各階層的不同利益訴求。許多知識分子直接參與了工人運動。但這裡面有一個重大的根本問題，即這些工人運動是由政黨人爲組織發動起來的，並且隨著國民革命形勢的發展很快便歸於沉寂。這就使得無產階級文學思潮的發展缺少來自中國現實語境的堅固基礎，因此，無產階級文學思潮所宣揚的階級鬥爭意識並不能構成革命文學的眞實內涵。而知識青年通過參與國民革命所獲得生命體驗和生活感受才是革命文學的眞實內核。他們大多是 1905 年廢除科舉以來由新興教育培養出來的青年，由於社會沒有爲這批人提供足夠的安身立命之所，他們的價值信仰和人生追求都處於眞空地帶。國民革命爲他們提供了展示自我的舞臺，革命的狂熱混雜以青春的激情，他們構成了這場深遠影響中國發展的革命主體，並在以後的歷史舞臺上扮演著重要角色。他們在參與和描述評論國民革命時期的工人運動時所展現出來的看待世界和人生的思維方式，「革命與反革命」非黑即白的鬥爭哲學，沉迷於理想的召喚而忽視對現實的關注所造成的偏執，都是革命文學興起的深層內因。

工人運動將知識青年投入到了非常眞實的社會劇烈變動中，這是中國千年以來的讀書人第一次眞正地參與到社會大眾中來。這與五四一代知識青年大部分停留在思想文化層面上的爭鳴非常不同，在與社會現實的激烈撞擊時他們獲得了異常深刻的心理震動。他們接觸到的工人，是近代中國最重要的現代化的原動力之一。但可惜的是，由於自身所限，他們還不能認識到工人這一角色在現代化進程中的重要價值。對這一題材的挖掘和表現，可以實現對現代文學「知識分子／農民」二元格局的突破。之所以如此，跟中國工業的落後相關。進入現代以來，工人在全國人口中只占極小比例，且發揮的作

用也有限。如此弱小的基礎尚不足以撼動農業中國根深蒂固的思想觀念，它還沒有時間在自身內部生長出改變中國的力量。國民革命時期的工人運動，基本上是在政黨的組織下開展的，而無產階級文學思潮則是由留學蘇俄和日本的知識青年譯介過來的。這兩種事物都不是由中國內部生發的，因此，雖然它們都對革命文學產生了巨大的影響，但實際上都構不成革命文學真正的內涵。而知識分子在與兩種新鮮事物的接觸中給自身原有思想觀念所帶來的巨大衝擊而引發的狂躁和迷失，才是革命文學真正的內核。這也是中國現代化過程中兩大原動力的相互撞擊在文學中的表現。這兩大原動力，一是被納入到世界體系後的沿海開放城市所形成的現代生產方式，一是知識分子依據理念所設計的自上而下的教化民眾的社會觀念引領。前者有一套可資借鑒的規律和方法，它是西方自大航海時代以來所形成的現代工業文明體系；後者則是延續了中國上千年的科舉制度所培養出來的士大夫傳統，依靠自身所習得的文化知識來維護天下的道統，到了近現代以來，它又加入了民族救亡自強的需求，知識青年通過現代報刊等媒介開始對國家和民族進行種種不同的設計。這兩者同向而行和諧發展的時候，會有繁榮成熟的城市文學的出現；相背而行互相衝突時，革命文學是其表現形態之一。

國民革命時期由政黨組織發動起來的工人運動是否符合工人自身的利益？它們究竟有幾種不同的運動模式？這些模式背後的思維方式與現代文學的基本形態之間有什麼內在的相似之處？參與國民革命的知識青年在工人運動中究竟有著怎樣的生命體驗和生活感受？這些體驗和感受在革命文學中又是如何表現的？無產階級文學思潮對革命文學的創作到底產生了多大程度的影響？革命文學本身又可以分為哪幾種類型？這些問題頗值得探究。

一、論文的研究現狀和研究意義

以往研究界囿於意識形態限制，將革命文學視作左翼文學的準備階段，將「革命加戀愛」的文學作品視為其主要文學形態。研究者一般認為這些作品是失敗之作，原因是受到蘇俄「崗位」派和日本福本和夫的影響，片面機械地理解了無產階級文學創作方法。因此，創造社、太陽社等作家無法創作出真正能夠反映中國無產階級真實生活狀況的作品。而更成熟的無產階級文學作品要有待於蘇聯對上述錯誤創作方法的糾正，而新的正確的唯物辯證法創作方法的傳入，才創造出了左翼文學的繁榮。這種研究思路對中國作家進

行了去主體化的處理，過份誇大了外來思想觀念在文學創作中的影響力，忽略了中國作家在現實生活中的生命體驗和生活感受。知識青年在國民革命時期的工人運動中的生命體驗和生活感受，才是革命文學真正的內核。無產階級文學思潮的名詞概念，不過是招牌和幌子而已。明乎此，才可以真正地理解革命文學在現代文學史中的獨特價值。

將革命文學視作左翼文學的前期發展階段，將其發生認定是蘇俄和日本傳來的無產階級文學思潮的影響，這方面的代表作首推艾曉明的《中國左翼文學思潮探源》。該書對無產階級文學思潮在蘇俄和日本的發展脈絡梳理得相當清晰，並且細緻考察了創造社和太陽社與這些不同派別之間的聯繫，還分析了魯迅、瞿秋白和胡風等人與無產階級文學思潮的關係。這些聯繫和影響確實也能夠在所論對象的文字中找到痕跡，但問題是如果抽離了研究對象的生存語境而單純對其進行影響研究，勢必忽略了所論對象的主體性，並且將中國近二十年的文學現象用外來的文學思潮串起來，也忽略了中國現代歷史的變遷對文學所發生的根本影響力。

有的學者試圖將對革命文學的研究放入具體的歷史語境中進行分析，從國民革命時期社會文化思潮、文學生產機制等角度對革命文學進行研究。這方面的代表作有曠新年的《1928：革命文學》，陳建華的《「革命」的現代性——中國革命話語考論》，余國良的《五四知識群體的革命論述》，林偉民的《中國左翼文學思潮》，陳紅旗的《中國左翼文學的發生（1923～1933）》，熊權的《「革命加戀愛」現象與左翼文學思潮研究》、曹清華的《中國左翼文學史稿（1921～1936）》和程凱的《革命的張力：「大革命」前後新文學知識分子的歷史處境與思想探求　1924～1930》等。但上述研究成果總體仍沒有突破將革命文學視作左翼文學的前期準備階段的框架，並沒有將其看作是國民革命歷史階段中所產生的獨特的文學形式。雖然如此，這些著作在具體問題上挖掘出的真實的歷史細節對作家產生的影響，豐富了對革命文學起因的認識，實現著對意識形態為文學研究設置的宏觀框架的突破。

從日常生活現代性的角度觀照近現代歷史中走向現代化的中國東部沿海城市，分析其市民的生存狀況和生活習慣的變化，是九十年代後逐漸興起的一種文化研究方法。這方面的代表作有李歐梵的《上海摩登》、盧漢超的《霓虹燈外：20 世紀初日常生活中的上海》和羅蘇文的《上海傳奇：文明嬗變的側影（1553～1949）》等。這種研究方法雖然並不直接指向革命文學，但對於

揭示革命文學是發生在現代城市裏這一背景具有重要啟發意義。上海作為當時中國最繁華、最現代的都市，集中了最多數量的工人群體，是知識青年體驗現代文明的絕佳試驗場。他們在這裏一方面感受著中國的貧窮落後，同時也釋放著內心各種鬱積的情緒。在這座魔窟與天堂並存的都市裏，積累了文學創作最重要的素材。

聲稱受了無產階級文學思潮深刻影響的革命文學理當以描寫產業工人作為主要任務，但作品裏的工人與真實歷史中的工人的關係又是一個值得探討的問題。中國的現代文學向來缺少工人文學的傳統，也缺少相應的研究。及至當下，對於工人文學的研究只有賈玉民主編的《20 世紀中國工業文學史》，張鴻聲的《從人道主義到社會主義──論「五四」勞工文學》、《工業經濟的變遷與中國現代文學》、《論中國現代文學中的工人形象》，陳新民的《試論新文學早期工人題材的小說創作》等少量著作。上述研究強調經濟視野中的工人文學，將工人還原到他們最根本的生存環境裏，設身處地從他們的自身情況出發，試圖尋繹出他們真實的歷史形象以及現代作家對工人的塑造機制。這些成果對於分析革命文學中的工人形象具有重要的啟發意義。

論文之所以選擇以工人運動作為切入國民革命的視角，進而分析其與革命文學的關係，首先是因為，工人運動是最能典型反映中國這樣一個農業社會融入自大航海時代以來所開啟的整個現代世界格局的重要表徵。沿海通商口岸的建立，西方現代生產方式以及由此而來的現代城市生活方式都集中落實到了工人群體身上，他們是中國從農村自然經濟轉化為世界商品經濟的最初的，也是最重要的實踐者。他們最集中體現了古老中國在向現代轉型時的矛盾衝突。工人飽受工廠資本家的剝削，但又要依賴其維持生存；工人既痛恨都市的冷漠，但又依戀都市的繁華；工人既懷念家鄉，卻不願回到農村；工人既渴望借助暴力革命運動來改變生存處境，但又不願社會的過份動盪而影響基本生計。存在於工人身上的這些矛盾是被動走向現代化道路的近代中國的縮影。對國民革命時期工人運動的研究，可以管窺當時的知識分子在面對工人這一新生群體時的認識方式，並進而分析其對革命文學發生的影響。

其次，對國民革命時期工人運動中的工人形象的研究，是對現代文學史中占絕對統治地位的「知識分子／農民」敘述模式的有益補充。工人文學的缺乏，反映了中國現代作家對工業文明和城市文明的隔膜。這一方面固然是因為中國工業落後，另一方面也是由於現代作家對工人群體缺少真正的體

察，習慣於將他們納入自己的認識範疇，剝奪了他們自身真實的內涵，而賦予了他們很多並不屬於自身的抽象意義。

再次，將工人運動看作革命文學的基礎，有助於準確把握革命文學的獨立文學特徵。以往的研究多把革命文學看作左翼文學的準備階段，把其看作無產階級文學的一部分，而實際上真正構成革命文學內核的是知識青年在國民革命時期的工人運動中的真實生命體驗和生存感受。如果將革命文學從無產階級文學的鏈條上脫開，就可以看到它與前期的五四文學非常相似的思維方式。它們都借用了本不是由中國社會結構內部生發出來的外來觀念試圖引領中國的變革，都相信依據知識青年自身的頂層設計可以改變國家民族的命運，而他們在文學作品中所表現出來的卻更多的是自己在社會變動時期的迷茫和困惑。

最後，將工人運動納入現代文學的研究視野，是對當下流行的城市文學研究的糾偏和豐富。李歐梵等人所開啟的「摩登上海」等城市文化的研究，強調現代中國東部沿海城市日常生活中的現代性。但如果忽略了為城市提供物質基礎的工人，所謂日常生活的現代性就是無根浮萍，更無法深入地理解沿海城市中那些不同於西方文明的現代性的複雜形態，也無法理解與中國現代城市並生的強調鬥爭反抗的革命文學、左翼文學的生成原因。

二、論文的研究內容和研究目標

論文選取國民革命時期的工人運動作為切入革命文學的角度，從革命文學與無產階級文學思潮和工人階級的關係中，挖掘革命文學的真正內涵。工人運動和中國工人階級的真實狀況使得無產階級革命文學名不符實。革命文學產生的國民革命時代背景，對只強調無產階級文學思潮影響的革命文學研究方式構成了消解。在對國民革命歷史深入考察的基礎上，革命文學呈現出複雜的不同形態，大致可分為反帝革命文學、工人革命文學、言情型革命文學和幻滅型革命文學。

第一章考察國民革命時期四種不同的工人運動模式，並對其背後的思維方式在文學上的反映進行探討。國民革命時期的無政府主義者、國民黨、共產黨都依照自己的理念發起了不同類型的工人運動。在此之外，上海作為中國現代產業最發達的城市，其自身的工業經濟邏輯也支配運行著一套與前三種類型不同的獨特的工人運動模式。

無政府主義者的工人活動主要集中在國民革命之前的十餘年裏，但由於與國民革命期間的工人運動聯繫緊密，也進行相關論述。關於無政府主義與工人運動的關係，劉勇在《試述無政府主義對中國現代工人運動的積極作用》一文作了較爲詳細的論述。早期無政府主義者劉師培、李石曾、師復、梁冰弦、吳稚暉、區聲白等人創辦《民風》週刊、《勞者》月刊、《勞動者》週刊等，宣揚勞工至上，工團主義，並在工人中組建了相當數量的工人俱樂部和工會。1920 年，無政府主義者黃愛、龐人銓等人成立了湖南勞工會，出版《勞工》和《勞工週刊》等刊物，鼓吹工團主義。無政府主義者是最早將勞動問題與社會改造理想聯繫起來，並致力於下層工人群眾的文化教育和組織爭取實際利益的工作。在無政府主義者的話語中，可以看到中國最早關注工人的知識分子是如何定位和認識工人的。

省港大罷工是在國民黨和廣州國民政府的支持和組織下開展的，雖然鄧中夏、蘇兆徵等共產黨人也積極參與其中，但仍是以國民黨員的身份進行活動的。正是由於當時國民黨對工人的經濟援助，這場罷工才可以持續達十六個月之久。也正是由於國民政府與英國政府的談判，才使得罷工結束。因此，省港大罷工頗可以反映國民黨是如何組織工人運動的。國民黨在第一次全國代表大會制定的宣言將工人視爲實現國民革命的依靠力量，但並不將謀取工人的利益作爲最終目的。勞資問題的解決局限於其民生主義的範圍內，主張以政府的力量來達成勞資雙方共同利益的發展。由於國民革命需要工人運動支持革命發展，國民黨鼓勵支持工人運動，但一旦奪取政權，則立刻採取制止措施。這在省港大罷工和國民政府定都南京後所採取的一系列舉措上可以較爲清晰地看出來。

早期共產黨人在北方，廣東和上海等地致力於工人運動，取得了豐碩成果。最典型集中展現其工人政策的是在武漢國民政府時期的兩湖地區。由於國民黨左派和大批共產黨人在武漢的領導地位，兩湖地區掀起了規模空前的工人運動。兩湖地區的工業本就不太發達，以武漢爲例，有很多工會實際是店員工會。工人在運動中提出了很多不切實際的要求，對當時的社會造成了破壞。

之所以單獨將上海作爲一部分來考察，一方面因爲上海是中國現代工業最爲集中的地方，另一方面也是各種類型的工人運動最爲活躍的地方。通過對其分析研究，可以較爲清晰地看出這座城市自身的工業經濟邏輯是如何深

深地控制和影響著工人的觀念和行為的。《申報》辦在租界裏，主要面向市民，以盈利為目的，立場較為客觀中立。由於這些報紙的誕生地是中國工人群體最為集中和壯大的地方，二者之間的同生關係，決定了這些報紙包含著工人群體的豐富信息。這裡既有關於工人罷工的各種報導，也有對罷工原因、勞資雙方調解過程、工人內部之間的分歧、工人的生活方式、工人與城市文明的關係等多角度多側面的立體呈現。這對於瞭解現代工業文明邏輯支配下的工人運動的真實狀況提供了較為可信的參照。

第二章討論工人運動和無產階級文學思潮兩者與革命文學的關係。論文首先通過對革命文學發生歷史背景的考察，試圖將其與左翼文學區別開來，如此便可分析影響其發生發展的真正因素。如果將革命文學看作是具有獨立文學特徵的文學類型，而不僅僅是左翼文學的準備階段，就可以將「革命」更豐富的內涵納入進來。革命文學發生於 1924 年至 1930 年間，首先是與國民革命密切相關，在城市中掀起的工人運動對知識青年內心的觸動最大；其次，以往研究界普遍認為由蘇俄和日本傳播而來的無產階級文學思潮構成了革命文學的根本影響因素，對這兩者之間關係的再探討可以撥開籠罩在革命文學頭上的歷史塵霧，有助於對其作進一步研究。

在國民革命中，與知識青年聯繫最緊密的工人運動是對革命文學產生最大影響的因素。國民革命期間的工人運動，為後來的革命文學創作提供了巨大的平臺，使得知識青年在此得以釋放青春的激情，或者將自己的理想在現實中進行檢驗。他們在國共分裂前高揚革命理想，清共後則陷入理想與現實的衝突引發的迷茫，這是他們文學創作的出發之地。超越中國現實的工人運動，使得工人和參與領導組織工人運動的知識青年在其間的生存感受和生命體悟與政黨所倡導的革命理論之間產生了嚴重脫節。這都反映在革命文學的創作中，其中很少有堅實反映工人運動狀況的文學作品，而多是知識青年自身革命與戀愛的故事。

中國的無產階級文學思潮不是建立在工人運動基礎上，更談不上以工人為主體的革命背景，它像中國近現代的各種思潮一樣，是從國外的土地上譯介過來的。它之所以能夠引起中國大部分知識青年的關注，與中國日趨激進化的社會形勢密切相關，也與這些青年們自身的狀況緊密相連。國共分裂前，無產階級文學思潮對知識青年的影響，不像後來歷史所描述的那樣重大。它只是作為眾多文化思潮中的一種而已，況且即使是影響比較重大的一種，就

放在中國當時整個的政治和社會生態中來說，文化思潮相對於現實的基本生存需求和生命感受而言，可以說是微不足道的。即使是在國共分裂後革命文學論爭大行其道時，創造社、太陽社諸君對無產階級文學的理解也大多停留在字面上，依據自己的理解對其進行與原產地頗不相同的闡發。革命文學作家利用外來的無產階級文學理論作為武器和招牌，但在文學作品中表達的卻是他們作為新一代的從科舉制度中放逐出來的讀書人，既懷有改造國家的熱烈情懷，但又尋不出道路來的迷茫和痛苦。

第三章對國民革命時期四種形態革命文學的文學特徵結合作品進行具體分析。它們分別是反帝革命文學、工人革命文學、言情型革命文學和幻滅型革命文學。

國共兩黨接受列寧的「帝國主義」理論，將中國積貧積弱的根源歸結於外部世界秩序的不合理。國共兩黨組織了一系列大規模的罷工反抗帝國主義，在刊物上發表了大量的帶有濃重反帝色彩的「革命文學」。反帝革命文學最主要的內容是反抗以英日為代表的帝國主義。它鼓吹仇恨，以此作為發動民眾參與革命的動力，也以此作為戰勝敵人的力量源泉。反帝革命文學不全是單純的宣傳文學，在點滴的細節描寫中透露著個體生命對時代的真實感受。它往往借助傳統的民間文學形式表達反帝思想，舊瓶裝新酒的形式特徵便於普通民眾的接受。

工人革命文學是以國民革命中的工人作為客觀描寫對象的革命文學。一批在國民革命中親身參與工人運動，或者是有著工人經歷的作家，尊重自身的生活經驗，創作了一批反映著真實工人形象的作品，呈現出了相當一部分不願參與罷工甚至反對罷工的工人形象，因為罷工不僅不能給他們帶來切身的利益，反而使生活陷入了更加窘迫的危險境地。它們所呈現的國民革命時期工人運動的別樣面影，對於再現那一風雲變幻歷史時期的工人形象具有重要意義。

言情型革命文學由於創作者偏於浪漫的性格，對現實政治和國家前途這樣宏大的問題並不作特別的思考，只是將興起的革命和戀愛思潮視作人生經歷中的一段。它將重點落在情感的抒發，或者是基於情感所展開的對於社會和人生的想像中。它與傳統的文學思維相近，以情感作為體察感悟社會人生的主要方式。蔣光慈、胡也頻、洪靈菲、孟超、華漢、丁玲等是言情型革命文學作家的代表。

　　幻滅型革命文學將革命作爲拯救國家和自我的重要手段，對所處時代有較爲理性的思考。它承續著「五四」所開啓的問題文學傳統，以對國家社會不息的熱情和歷史責任感，採取現實主義創作態度，以巨大的勇氣眞實地表現出了知識青年在革命理想幻滅後所陷入的無可著依的虛無。其代表作家是茅盾和白薇。

　　論文擬打算對下面三個問題進行重點關注，首先，挖掘出被宏大的歷史話語遮蔽了的國民革命時期工人運動的不同類型；其次，分析國民革命時期各種社會力量是如何認識和想像工人運動的；最後，通過對國民革命時期革命文學複雜形態的分析，在與五四文學和左翼文學的對比中，重新探討革命文學在現代文學史上的獨特價值。

第一章　工人運動的歷史語境

　　國民革命時期的無政府主義者、國民黨、共產黨都依照自己的理念發起了不同類型的工人運動。在此之外，上海作爲中國現代產業最發達的城市，其自身的工業經濟邏輯支配運行著一套與前三種不同的獨特的工人運動模式。在這四者中，無政府主義者宣揚的工團主義希望依靠工人教育實現政治理想；國民黨組織的工人運動以反帝爲旗號，旨在借助工人的力量完成國民革命；共產黨發起的工人運動以實現階級鬥爭爲目標；上海等沿海工業發達城市裏工業經濟邏輯起支配作用的工人運動，雖然有各種力量在組織發動工人進行罷工，但現代工業文明和城市文明有著強大的自我運行規則，對其進行著規約。

　　上述四種不同的工人運動模式，是四種不同的思維方式在起作用。特別是在國民革命這樣一個激烈動盪的年代，社會各種力量風起雲湧，在面對中國走向何方的問題上，根基牢固頑強的傳統思維與西方各種思想觀念發生激烈碰撞，人們的生活方式和思維方式都在發生著劇烈的變化。在政治上，依據不同的理念和信仰，出現了各種新興政黨；在文化上，各種文學團體如雨後春筍層出不窮，相互之間展開論爭。中國現代文學在分化整合中逐漸形成五種基本類型：問題文學、詩性文學、反帝文學、階級鬥爭文學和城市文學。五種文學類型和四種工人運動模式，在思維方式層面有許多相通之處。論文在分析四種工人運動模式的同時，試圖將其與五種文學類型之間的聯繫揭示出來，並總結它們的基本特徵。

　　論文提出五種文學類型的用意在於克服西方文論影響下的現代文學概念的局限。它們在分析現代文學現象和作品時過於強調思想觀念層面的高蹈，

對作品寫作的具體語境重視不夠，並且與有著上千年歷史的文學傳統做著有意或無意的割裂。這五種文學類型是從現代文學產生的具體歷史語境中總結出來的，帶有中國現代文學自身的特點。用其分析革命文學的發生，可以開闢許多新鮮的視角和照亮很多被遮蔽的空間。

第一節　無政府主義者的工團主義

　　無政府主義者工人運動主要集中在國民革命之前的十餘年裏，但由於與國民革命期間的工人運動聯繫緊密，也進行相關論述。關於無政府主義與工人運動的關係，劉勇在《試述無政府主義對中國現代工人運動的積極作用》一文作了較爲詳細的論述。早期無政府主義者劉師培、李石曾、師復、梁冰弦、吳稚暉、區聲白等人創辦《民風》週刊、《勞者》月刊、《勞動者》週刊等，宣揚勞工至上，工團主義，並在工人中組建了相當數量的工人俱樂部和工會。1920 年，無政府主義者黃愛、龐人銓等人成立了湖南勞工會，出版《勞工》和《勞工週刊》等刊物，鼓吹工團主義。無政府主義者是最早將勞動問題與社會改造理想聯繫起來，致力於工人文化教育並爲他們爭取實際利益的一批人。在其話語中，可以看到中國最早關注工人的知識分子是如何定位和認識工人的。

　　無政府主義者多年在工人運動中宣傳的思想流傳甚廣，譬如作爲實現其理想核心手段的「工團主義」。師復即宣揚「無政府其目的，工團主義其手段，明兩者之不可須臾離也。」〔註 1〕常凱主編的《中國工運史辭典》在對「工團主義」的解釋時指出，「工團主義把工會與政黨對立起來，認爲工人階級不必有自己的政黨，黨的活動是有害的，工會（即工團）才是團結和領導工人的唯一組織形式。主張由工會組織和領導生產，以各地工會在經濟上的聯合來代替國家，工會高於一切，管理一切。反對工人階級進行政治鬥爭和武裝鬥爭，極力把工人運動引導到提高工資，縮短勞動日等經濟要求上去。」〔註 2〕這樣的主張在國民革命提出的「打倒帝國主義」面前是不切實際的，但在民族主義高漲的國民革命之前，相對主張用溫和的手段爭取自身權益的「工團主義」有著

〔註 1〕葛懋春、蔣俊、李興芝編《無政府主義思想資料選》上冊，北京：北京大學出版社 1984 年版，第 303 頁。

〔註 2〕常凱主編《中國工運史辭典》，北京：勞動人事出版社 1990 年版，第 60 頁。

較大的市場。到了強調暴力鬥爭的國民革命時期，工團主義運動逐漸式微。「到1925 年中華全國總工會成立時，中國共產黨已經確立了在中國工人運動中的領導地位，無政府主義則基本上從工人運動中銷聲匿跡。」〔註3〕

　　自 1912 年中華民國成立，到 1924 年國民黨「一大」召開，雖然民族災難深重，戰火不斷，但社會整體氛圍並沒有像國民革命時那般激進。雖然五四新文化運動中的知識分子提出了很多激烈主張，但只是停留在思想文化層面上的討論，並沒有演變成突破社會底線的暴烈行爲。它反映了從國外汲取了新的思想文化回國後的青年知識分子，在目睹中國各方面的落後時，急欲改變現實的迫切心情。由於理想的過於高遠和不切實際，最重要的是沒有尋到一條可以將理想實現的現實路徑，其結果只能是如魯迅所感歎的，「如置身毫無邊際的荒原，無可措手的了」〔註4〕。民眾之所以如此淡漠，是因爲他們有著一套不同於知識分子的頑強生存邏輯。在某種程度上，也並不如知識分子們所想的，是因爲底層民眾知識落後，不能聽到他們的聲音。即使底層民眾聽到了他們的聲音，而他們的基本生存境遇沒有發生改變的話，那麼也不會按照知識分子們的預期進行改變。比較能夠突出反映這一現象的就是工人群體。工人最關心的是自身的衣食住行，怎樣逐漸提高工資待遇，至於個性解放、戀愛自由、男女平等等則是在基本生存解決後才能考慮的問題。魯迅的《傷逝》恰恰以知識分子在妄顧前者盲目追求後者的落敗中昭示了殘酷的現實生存邏輯。工團主義在某種程度上彌和了空具理想的知識分子和底層民眾的差距。它主張將工人團結起來，努力爭取利益，但又不主張暴力的形式，而是依賴於提高生產技能和管理水平。這些都是和當時社會的整體氛圍合拍的，也得到了廣大工人的支持。

　　褚民誼 1907 年在《新世紀》週刊發表《普及革命》一文，宣揚無政府主義理論。在這篇帶有嚴重空想性質的文章中，作者認爲，「欲大起革命軍，以傾覆政府者，今猶非其時矣。無矣，普及革命，使大多數承認之造成之，則強權不待排而掃地矣。」〔註5〕這裡「革命」的含義應當理解爲變革，與後來流行的革命含義頗不相同。作者認爲欲實現「強權掃地，人始各盡其所能，

〔註3〕劉勇：《試述無政府主義對中國現代工人運動的積極作用》，《黨史研究與教學》1996 年第 2 期。

〔註4〕魯迅：《吶喊·自序》，《魯迅全集》第 1 卷，第 439 頁。

〔註5〕民：《普及革命》，葛懋春、蔣俊、李興芝編《無政府主義思想資料選》（上冊），第 180 頁。

各取其所需，作息自由，享受平等」〔註6〕的目的，方法有二，一是「以書報為傳達」，一為「以演說為鼓吹」。〔註7〕在針對資本家實行的罷工方面，作者認為目的在於「使彼富貴者不得借財產，避工作之勞苦，而專責之於貧賤也」，「是故此罷工也，實為脫奴隸牛馬，而非要求休息與增多工錢也。不受制於人，而各謀社會之改良，求公眾之幸福，盡其所能，取其所需，同受工作之勞苦，同享工作之安樂，是之謂自然生活。」〔註8〕作者關於罷工的闡述，與其說是受到了西方無政府主義思潮的影響，不如說是中國傳統的「勞心勞力說」的現代翻版。作者對工人生活缺乏瞭解，基本上是當時由傳統儒家教育培養出來的士子，在走出國門後，受到西方現代思潮的啟迪而對當時的中國開出的空想藥方。其所借助的思想資源，在根柢上是傳統的儒釋道等學說，不過是反其道行之而已。他們試圖借助思想文化的力量改變人們的認識，從而實現政治理想。

師復是較早宣揚工團主義的無政府主義者，並且於 1909 年在廣州成立理髮工會和茶居工會。1912 年，在廣州成立晦鳴學舍，是中國內地最早成立的無政府主義組織。1914 年，在上海創立無政府共產主義同志會。他認為無政府主義的根本目的在於：

> 抑「無政府」以反對強權為要義，故現社會凡含有強權性質之惡制度，吾黨一切排斥之，掃除之，本自由平等博愛之真精神，以達於吾人所理想之無地主、無資本家、無首領、無官吏、無代表、無家長、無軍隊、無監獄、無警察、無裁判所、無法律、無宗教、無婚姻制度之社會。斯時也，社會上惟有自由，惟有互助之大義，惟有工作之幸樂。〔註9〕

至於達到這一目標的手段，師復認為應當依賴自身實力的增強，「以本社為暫時之交通機關，無論為個人，為團體，均望隨時與本社互通聲氣，務使散在

〔註6〕民：《普及革命》，葛懋春、蔣俊、李興芝編《無政府主義思想資料選》（上冊），第 180 頁。

〔註7〕民：《普及革命》，葛懋春、蔣俊、李興芝編《無政府主義思想資料選》（上冊），第 181 頁。

〔註8〕民：《普及革命》，葛懋春、蔣俊、李興芝編《無政府主義思想資料選》（上冊），第 191 頁。

〔註9〕師復：《無政府共產主義同志社宣言書》，葛懋春、蔣俊、李興芝編《無政府主義思想資料選》（上冊），第 305 頁。

各地之同志，精神上皆聯爲一體，實際上皆一致進行。」〔註10〕師復在這裡強調本社同人在精神上一致的重要性，將「精神」作爲實現政治理想的最核心關鍵詞。他所期望的「平民大革命」，是待無政府黨將自己的主義利用種種傳播手段達於民眾，一旦大眾獲得同等覺悟，則政治目標即可完成。師復不僅將實現政治理想的信託資源和實施手段都寄託在精神層面，而且將實現以後的無政府共產社會得以有效運轉的前提仍設置爲精神層面的「道德」。「欲實現無政府共產之社會，須先傳播吾人主義，要求平民多數之贊成，倘多數人曉然於此主義之美善，則少數人之未明曉者，感之固自易易，曾何患其紛擾？」「無政府之道德，不外『勞動』『互助』而已，二者皆人類之本能，非由外鑠，但使社會改善，生活之狀態日趨於適，此種天然之美德，必能自由發展，且彼時之勞動，乃最愉快之事，非如今日之苦惱者也。」〔註11〕可見「勞動」、「互助」被認爲是理想生活的保障，但師復同時也將其視作實現目標的手段。「工團主義」的「工」可看作「勞動」，「團」可視爲「互助」。面對散沙一盤的工人，師復認爲他們的根本缺陷在於知識的貧乏，應大力加強教育。「工團之根本目的自然爲反抗資本制度，惟今日工人知識幼稚，一時尚難顯出此作用，故目前之要圖，實在乎多設平民學校。」「治乎工人之入學者漸眾，工人之自覺心發生，然後乃可以與資本家抗鬥矣。」〔註12〕

　　師復的「工團主義」表面上借鑒西方的無政府主義理論，但實際上只是在名詞方面而已，骨子裏的思維仍不脫依照儒家的教化觀念達到道家無爲而治的境地。「工團主義」缺少對現代工業生產體系的認識，對工人眞實生存處境存在隔閡。它是當時的知識分子在面對工人這樣的新興群體時，像林紓翻譯西方小說那樣將外來觀念用意譯的方式將其納入到原有的認知範疇，採取的仍然是傳統的依「修身」達到「治國平天下」的老辦法。但它在當時的歷史條件下仍然具有積極意義。「工團主義」將那一代新舊交替中知識分子的啓蒙情懷落實到了現實具體的可操作層面，將思想文化設計與底層民眾結合起來。他們提出的藍圖雖然是趨於激烈的，但採取的手段仍是漸進而溫和

〔註10〕　師復：《無政府共產主義同志社宣言書》，葛懋春、蔣俊、李興芝編《無政府主義思想資料選》（上冊），第306頁。

〔註11〕　師復：《無政府共產黨之目的與手段》，葛懋春、蔣俊、李興芝編《無政府主義思想資料選》（上冊），第317頁。

〔註12〕　師復：《上海之罷工風潮》，葛懋春、蔣俊、李興芝編《無政府主義思想資料選》（上冊），第329～330頁。

的。這有利於社會平穩地向前發展，不像後來的暴烈革命對社會產生了巨大破壞。

師復倡導的工團主義不是孤立的，那一代的眾多知識分子紛紛響應。即使是到了國民革命開始時，當時的報刊上仍有大量宣傳平民教育的報導。三十年代的「大眾化」和「化大眾」討論，「新生活運動」，乃至延安文藝座談會上的講話，都可以從中看出其影響。

以知識分子的目光俯看社會和底層民眾，依據自己的思想認識發現問題並在文學中表達出來，或表現對於社會人生的情愫，這兩種文學類型和傳統儒家教化下的士大夫文學聯繫密切。首先，作者都自居於他們的描寫對象之上，以一種兼及天下的姿態發表見解或表達情懷；其次，在文學表達中有較為濃厚的道德化傾向，即習慣以一種將人群分類並區別出品質高下的思維方式處理作者與描寫對象的關係；最後，他們在文學中都表現出了揮之不去的家國情懷，即不把自我發現的問題局限於自身，而是藉此表達對於集體的想像和建構。傳統的士大夫文學在科舉廢除後喪失了存在的根基，讀書人處於向現代知識分子的艱難轉變中。在這個過程中，從事文學創作的青年逐漸創作出了兩種不同的現代文學類型。一種是借助於從西方學習到的現代科學思想文化知識，結合中國具體的社會問題，「揭出病苦，引起療救的注意」〔註 13〕，五四時曾稱這一類小說為「問題小說」，這裡不妨稱這種文學類型為「問題文學」；另一類在文學作品中以表達自我的詩意情懷感受為主，它與傳統文學中的感時憂國、傷春悲秋的思維慣性相聯繫，姑稱之為「詩性文學」。這兩種文學類型成為現代文學的重要文學類型。它們所代表的思維習慣在現代中國思想文化領域頗具代表性。五四時著名的「問題與主義」之爭可以看作這兩種思維慣性的表現，胡適強調的一個一個解決社會中的具體問題，與「問題文學」的路徑一致；而李大釗倡導的尋一種主義以求對社會問題進行全盤的解決，與「詩性文學」中以自我觀照世界的思維方式相同。具體到工人運動領域，無政府主義者強調的工團主義，強調以知識教化底層民眾，提高工人自身待遇的思路與「問題文學」相連；而他們在具體的實踐過程中理想的高蹈，以及情緒性感知世界的方式，與「詩性文學」的思維又密切合拍。魯迅的《一件小事》和郁達夫的《春風沉醉的晚上》分別是這兩種文學類型的典型代表。

〔註 13〕魯迅：《南腔北調集‧我怎麼做起小說來》，《魯迅全集》第 4 卷，第 526 頁。

第二節　國民黨工人運動模式

國民黨從事工人運動較早，據張國燾回憶，「國民黨人士是較早從事職工運動的。南方政府所在地的廣州及近在咫尺的香港，就是他們活動的中心區域。這一帶的工人主要都由他們領導。」〔註14〕由於國民黨的很多重要人物都與廣東關係密切，加上毗鄰港澳，常得風氣之先，國民黨的工人運動最早是在海員和機器工人中開展的。「這些熟業機器工人與以往及其他地區的手工業工人最大的不同處是：（1）他們具有專業知識，因此知識水準較手工業工人爲高；（2）他們多服務於外國資本開辦的生產或運輸單位中，直接與外國勢力接觸，所以容易產生國家意識，對現實情況亦較關心。」〔註15〕充分利用工人由民族主義激發的反帝情緒使他們加入到革命的隊伍中來，是國民黨一開始從事工人運動時就習慣採用的策略。

由於意識到工人在國民革命運動中的重要作用，國民黨在第一次全國代表大會制定的宣言中寫道：「故國民革命之運動，必恃全國農夫、工人之參加，然後可以決勝，蓋無可疑者。」〔註16〕宣言將工人視爲實現國民革命的依靠力量之一，但並不將謀取工人的利益作爲最終目的。國民黨將工人運動的價值和意義局限在三民主義框架裏，將其看作是實現民族主義的手段。因爲國民黨認爲中國的落後和貧困的首要原因是國內軍閥與帝國主義的勾結。「蓋民族主義對於任何階級，其意義皆不外免除帝國主義之侵略。其在實業界，苟無民族主義，則列強之經濟壓迫，自國生產永無發展之可能。其在勞動界，苟無民族主義，則依附帝國主義而生存之軍閥及國內外之資本家，足以蝕其生命而有餘。」〔註17〕正是基於這樣的目標，國民黨才積極組織工人運動。至於工人的生存問題，國民黨將其放在民生主義裏解決，通過平均地權和節制資本，「工人之失業者，國家當爲之謀救濟之道，尤當爲之制定勞工法，以改良工人之生活。此外如養老之制、育兒之制、周恤廢疾者之制、普及教育之制，有相輔而行之性質者，皆當努力以求其實現。」〔註18〕正是基於這樣

〔註14〕　張國燾：《我的回憶》第1冊，北京：現代史料編刊社1980年版，第220頁。
〔註15〕　蘇啓明：《北伐期間工運之研究》，臺灣國立政治大學歷史研究所1984年碩士論文，第63～64頁。
〔註16〕　《中國國民黨第一次全國代表大會宣言》，《孫中山全集》第9卷，北京：中華書局1986年版，第121頁。
〔註17〕　《中國國民黨第一次全國代表大會宣言》，《孫中山全集》第9卷，第119頁。
〔註18〕　《中國國民黨第一次全國代表大會宣言》，《孫中山全集》第9卷，第121頁。

的理論基礎，國民黨要以政府的力量來達成勞資雙方共同利益的發展。有學者認爲，「國民黨的勞工政策是以國家利益及全民福利爲著眼，雖然其宣言中的農工氣味稍重，但其要旨係以喚起最受帝國主義及軍閥壓迫的下層民眾爲宣傳」。〔註19〕由於國民革命需要工人運動支持，國民黨也鼓勵支持工人運動，但一旦奪取政權，則立刻採取制止措施，使工人運動重新回到勞資合作的軌道上來。

1917年，馬超俊被孫中山委派負責全國的工運工作。他提出八項原則：「（一）扶植工會組織，（二）規定工時標準，（三）提議增加工資，（四）倡導工人福利，（五）培植工人教育，（六）培養政治認識，（七）確認勞資合作，（八）協助罷工運動。」〔註20〕孫中山閱後認爲第七條尤其重要。它實際上也成爲國民黨以後進行工人運動的主要方向。這在接下來1920年香港機器工會大罷工中體現出來。工人出於提高工資開展罷工，馬超俊在孫中山的指示下組織廣州的工人群眾大力援助，最後，「由港府華民政務司出面硬性調處，並得羅文錦律師之斡旋，將工資增加3.25成，雙方代表簽字復工。」這樣的處理結果實際上就是採用勞資合作的辦法。雖然當時面對的是英國殖民地的香港，但當「罷工第十八日，香港水廠工人，有同情醞釀，如果實行，則全市飲水斷絕，將無法收拾」。〔註21〕這樣的結果不僅是資方不想看到的，馬超俊所代表的廣州方面亦不想看到這種場面。因爲他們也不想社會的正常生活秩序遭到破壞，只是希望增加工人的待遇而已。這說明在二十年代初，激進的民族主義尚沒有完全抬頭，即使在面對英國勢力時，也沒有爆發出大規模的勞資衝突。這恰可與1925年持續長達16個月的省港大罷工形成對比。省港大罷工是在國民黨和廣州國民政府的支持和組織下開展的，雖然鄧中夏、蘇兆徵等共產黨人也積極參與其中，但仍是以國民黨員的身份進行活動的。正是由於國民黨對工人的經濟援助，這場罷工才可以持續達一年多之久。最後在國民政府與英國政府的談判下，罷工得以結束。這兩次罷工無論是在持續時間還是對社會的破壞程度上，都是不可同日而語的。這其中的重要原因就在於當時的國民革命政府需要利用這場罷工達到自己特定的政治目的。它

〔註19〕蘇啓明：《北伐期間工運之研究》，第90頁。

〔註20〕臺灣中央研究院近代史研究所編《馬超俊先生訪問紀錄》，中央研究院近代史研究所發行室1992年版，第40頁。

〔註21〕臺灣中央研究院近代史研究所編《馬超俊先生訪問紀錄》，第42頁。

一方面在經濟上大力支持港粵工人，另一方面則大力開展宣傳，強調帝國主義對工人的壓迫。國民黨高舉反對帝國主義的大旗，鼓動民眾內心中的民族主義，煽起社會狂潮，「反帝文學」在這種風潮的鼓舞下壯大起來。

　　帝國主義者在近代對中國的武力侵略和經濟壓榨，使得反對帝國主義成為一股不容忽視的重要思潮。有學者認為可以將反帝國主義運動的內涵分為兩個層面：「一是現實生活上的反壓迫，二是精神意識上的求伸展。在五四運動以前，中國民間屢次的排外風潮，可以說多起於前者的趨策；五四運動以後，則以後者為主要導向。」〔註22〕由於民眾的逐漸覺醒和民族意識的日益高揚，大規模的工人運動在政黨的參與下越來越集中和頻繁地爆發。這其中尤以「五卅運動」為最，掀起了全國的反帝高潮。「由於帝國主義者及軍閥在五卅案中肆殺無辜，激起許多青年的救國熱血，他們紛紛加入國民革命的行列；而國民黨和共產黨在各地示威中的組織運動，也使其勢力因此得到空前發展。」〔註23〕為了響應和支持「五卅運動」而開展的省港大罷工更是國共兩黨成功利用民眾反抗帝國主義情緒的最好案例。由於英法帝國主義的血腥鎮壓而造成的沙基慘案，將工人運動推波助瀾，一直持續達16個月之久。雖然國民政府極力對罷工工人予以援助，但他們的生活處境依然非常艱難。「在這種艱難的情況下，卒能堅持奮鬥到底，完全是憑著一股民族意識與愛國心使然。而這種民族主義的發揚，也正是這次抵制運動最大的意義所在。」〔註24〕這種在民眾心理基礎上由國共兩黨加以有意推動的反帝主義情緒，一直是國民革命重要的內在動力。它延續到後來的收回漢口、九江租界的行動，以至於後來的「革命外交」也深受其影響。這種彌漫在社會中的普遍情緒必然也影響到文學創作中來。

　　從被有學者稱為「最早的長篇反帝文學作品《庚子國變彈詞》」〔註25〕，到陳天華的《警世鐘》和《猛回頭》，在國民革命時期，反帝文學發展到了一個小高峰。它更成熟的作品在以後的東北流亡作家群那裏，在抗戰全面爆發後還有更宏富和深入的發展。反帝文學作為現代文學的一個基本文學類型，一直沒有得到梳理和重視。它崇尚簡單易懂的文學形式，強調與傳統民間文

〔註22〕蘇啟明：《北伐期間工運之研究》，第117頁。
〔註23〕蘇啟明：《北伐期間工運之研究》，第142頁。
〔註24〕蘇啟明：《北伐期間工運之研究》，第151頁。
〔註25〕梁球：《最早的長篇反帝文學作品〈庚子國變彈詞〉》，《學術論壇》1983年第3期。

學形式相結合，在思維特徵方面頗能與中國文學傳統中的神魔文學聯繫起來。由於國民革命時期各派勢力都高呼「打倒帝國主義」的革命口號，這一階段裏的反帝文學也成爲「革命文學」的一種重要形態。

第三節　共產黨工人運動模式

早期共產黨人在北方，廣東和上海等地致力於工人運動，取得一定成果。最典型集中展現其工人政策的是在武漢國民政府時期的兩湖地區。早期北方的工人運動，在吳佩孚的鎮壓下陷入低潮。廣東時期的省港大罷工，共產黨雖然積極參與，但畢竟是在國民黨的領導下，當時的廣東國民革命政府掌握著現實的力量和主導權。上海的五卅運動共產黨出力甚多，但上海工業經濟邏輯仍起著根本的制約作用。由於國民黨左派和大批共產黨人在武漢的領導地位，兩湖地區掀起了規模空前的工人運動，「無工不組會，無會不罷工」〔註 26〕。可以說兩湖地區的工人運動是共產黨領導下的工人運動的典型模式。

共產黨在成立之初，就將自己看作是工人階級的政黨，是爲工人階級的利益而奮鬥的。1924 年 5 月，共產黨在上海召開擴大執委會議，認爲「勞動運動尤其近代產業工人運動是我們的黨之根本工作，我們在國民革命運動中若忽視了這種工作，便無異於解散了我們的黨。」〔註 27〕會議通過的《工會運動問題議決案》決定「繼續不斷在產業的工人裏有規畫地創設工會的組織。」〔註 28〕共產黨利用上海這座現代城市的多元空間和包容性，培養了大批從事工運的幹部。由國共兩黨共同創辦的上海大學，共產黨人在其中佔據了主要地位，成爲當時推動工人運動的重要堡壘。「北有五四的北大，南有五卅的上大，而後者尤能使民眾運動深刻化，直接掀動從事生產的大眾的反帝狂瀾，成爲民族運動史上最光榮的一頁」〔註 29〕在中共成立早期，共產黨與工人的關係相當微妙。一方面共產黨自認是工人階級的政黨，但另一方面，它的主

〔註 26〕 馬超俊：《中國勞工運動史》，上海：商務印書館 1942 年版，第 616 頁。

〔註 27〕 《此次擴大執行委員會之意義》，中央檔案館編《中共中央文件選集》第 1 冊，北京：中共中央黨校出版社 1989 年版，第 229 頁。

〔註 28〕 《工會運動問題議決案》，《中共中央文件選集》第 1 冊，第 234 頁。

〔註 29〕 張士韻：《中國民族運動史上的上海大學》，《上海大學留滬同學會成立大會特刊》1936 年 9 月。

要成員卻是知識分子。「早期中共有一個十分矛盾的想法和做法：一方面以工人政黨自命，積極開展工人運動；一方面又以工人覺悟不夠，而未在工會中發展黨的組織，將工人積極分子拒之於黨外。」「這實際上反映了早期中共所具有的知識精英組織的某些特性。當時吳佩孚稱共產黨爲『學生政黨』。上海一些招牌工會分子亦稱共產黨人爲『穿長衫的』。」〔註30〕這些知識分子對工人階級的認同，乃至自稱是工人階級的一部分，實際上是在向蘇俄的學習過程中實現的。正如毛澤東所言，「十月革命一聲炮響，給我們送來了馬克思列寧主義」〔註31〕。

對於工人運動的政策，中共內部在不同階段發生著變化。在中共剛開始成立時，依據階級鬥爭理論和共產黨的性質，積極從事工人運動。但陳獨秀等部分共產黨人在實踐中，逐步意識到中國工業和工人的實際情況，並不適合開展此項運動。因此，「中共三大接受共產國際的決議，決定與國民黨合作，並將黨的工作重心由單純領導工人運動轉移到國民革命中來。」〔註32〕但由於盲目迷信階級鬥爭理論和共產國際的權威，以及工人運動在國民革命中爆發出來的巨大力量，中共又很快將主要精力放在從事工人運動上來。

蘇聯試圖將其革命經驗在中國加以推廣，發動工人階級推翻資產階級，但由於中國工人階級無論在數量還是質量上，顯然都難於勝任這樣的工作。「中國工人階級的文化水平在當時比起西方來是更爲落後的，據統計當時中國的工人至少有百分之九十五以上不識字，其餘百分之五的人亦是識字不多的。」〔註33〕國民黨在開始時即將工人運動局限於國民革命的範圍。共產黨依據共產理論和蘇俄指導，大力發動工人進行工人運動。由於脫離中國國情和工人自身的實際狀況，因此不能得到工人眞正的支持。罷工不僅沒有給工人帶來當初組織者許諾的美好前景，反而使他們的境遇每況愈下，並且還給整個社會的有效運轉帶來巨大的負面影響。由於罷工是在政黨力量的參與下組織起來的，並不符合經濟社會內在的發展規律，因此出現了一系列並不符

〔註30〕 王奇生：《國共合作與國民革命：1924～1927》，南京：江蘇人民出版社 2005 年版，第 455～456 頁。

〔註31〕 毛澤東：《論人民民主專政》，《毛澤東選集》第 4 卷，北京：人民出版社 1991 年版，第 1471 頁。

〔註32〕 王奇生：《國共合作與國民革命：1924～1927》，第 456～457 頁。

〔註33〕 寧樹藩：《中國工人階級的產生和初步發展》，《復旦學報（人文科學版）》1956 年第 2 期。

合當時實際情況的怪現象。工人向資本家提出在當時的歷史條件甚至在當下都無法實現的要求。「提出使企業倒閉的要求，工資加到駭人的程度，自動縮短工時到每日四小時以下」。〔註 34〕「此次漢口最受打擊的是中產商人，大家最痛心疾首的是店員工會。據說會中規定，店東不得隨便歇業，不得任便辭退店員。這樣一來，笑話鬧得非常之多，大有不把東家吃倒不許散夥之象。」〔註 35〕工人罷工造成了巨大的經濟損失。「工人經濟上的過急、過高的要求，工廠開工的嚴重不足，加上其他方面的原因，使生產額大幅度下降。根據國民黨中央工人部 1927 年 3 月的調查，申新紗廠生產額比 1926 年 9 月降低百分之三十，第一紗廠降低百分之五十五。商業的凋敝則更甚。據 1926 年 6 月統計，營業額與過去相比為一比十五。」〔註 36〕整個社會生產的停滯反過來又對罷工運動產生了制約。「等到一陣狂潮過去，工會自身已有不能支持之勢，因為工會若實際上不給工人好處，工會已失卻存在的權威，而事實上漢口地面歷年受軍閥剝削，本已徒有外表，再加工潮一鬧，中人以上之資產階級，多已逃之夭夭，中人以下也只有盡幾個本錢賠乾了事」。〔註 37〕曾經擔任過國民黨中央工人部長的陳公博在反省國民革命時期工人運動的失誤時，將當時的中國經濟納入到整個世界經濟體系中進行分析，認為「產業落後的國家，經濟往往為產業發達國家所左右。」「當工運最熱烈之時，我們只見生產低降看不見生產增長，就因為店員的運動為工人運動的骨子。而且城市的交換，多半是舶來的商品和輸出的原料，自帝國主義退卻以後，航運停頓，舶來的商品減少，原料的輸出停頓，一切商業已入於睡眠狀態，就使工人沒有加工減時的運動，商業已露危機；何況店員運動超出現社會要求，結果只有全社會崩潰了。」〔註 38〕這就是現代工業經濟邏輯對忽視這一基本規律的懲罰，同時也是以反面教材的形式使得剛剛接觸到城市文明的中國人被迫適應這一邏輯。國民革命中共產黨領導的工人運動，證明了俄國經驗在中國的破產。中國共產黨在以後的艱苦實踐中，才實現了從城市革命向農村革命的轉

〔註 34〕劉少奇：《關於大革命歷史教訓中的一個問題》，《黨史研究資料》（2），成都：四川人民出版社 1981 年版，第 314 頁。

〔註 35〕冷觀：《南行視察記》，天津《大公報》1927 年 3 月 6 日。

〔註 36〕楊天石等：《中華民國史》第 6 卷，北京：中華書局 2011 年版，第 210 頁。

〔註 37〕冷觀：《南行視察記》，天津《大公報》1927 年 3 月 6 日。

〔註 38〕陳公博：《國民革命的危機和我們的錯誤》，出版社不祥，1928 年版，第 93、35 頁。

變，從而走向了符合中國實際的革命發展道路。

　　但這樣的中國現實並不是爲大多數具體從事工人運動的中共黨員所能認識到，他們更多的是迷信共產國際宣揚的階級鬥爭理論。以至於在事過二十年後，很多人還是不能認清工人運動不符合中國現實這一事實。我們從中可以看出國民革命時期迷信於共產國際階級鬥爭理論教條的青年知識分子是如何思考和理解那個時代的。這也有助於理解「革命文學」的發生。鄭超麟在1945的回憶裏寫到：

> 　　二十世紀二十年代。認識這時代的意義的人頗不多見。在我看來，它指示了中國的出路。在這時代，歷史負擔者無產階級從自在的狀態進於自爲的狀態了；代表無產階級利益的共產黨誕生，發展，幾乎奪得了政權；一九二五年至一九二七年的革命雖然失敗仍能以其教訓指示未來第三次革命的道路。總之，這是一個革命的時代，比辛亥革命更加有革命的意義。〔註39〕

鄭超麟在接下來的回憶中闡述了「比辛亥革命更加有革命的意義」的原因：

> 　　二十年代的共產黨，無論如何錯誤，總是無產階級的黨，那時無產階級躍上政治舞臺，它的前鋒隊團結於共產黨周圍。可是，在這個時代末期，無產階級前鋒隊漸漸離開共產黨了；共產黨漸漸拋棄工人運動而專力於農民及一般小資產階級運動，以至於現在成爲代表一般愛國者的黨。〔註40〕

這裡面存在著自我認識與歷史實際情形的背離。以當時中國工人的數量以及在全體國民中所佔的比重和發揮的影響來說，還遠遠沒有達到「無產階級從自在的狀態進於自爲的狀態」，工人作爲一個集體還遠遠沒有成長到可以影響全體國民的程度。中國工人的數量不僅很小，而且只集中在上海這樣幾個大城市裏。他們還處在剛從農村進入城市的初級階段，絕大多數還掙扎在基本生存的保障線上。中國共產黨成立初期的成員，基本上是清一色的知識分子，幾乎沒有從工人的隊伍裏成長起來的。

　　鄭超麟所心儀的「那時無產階級躍上政治舞臺，它的前鋒隊團結於共產黨周圍」，是一時的表面現象。實際的情況，也不是如鄭所說，是無產階級團結於共產黨周圍，而是共產黨積極組織發動的結果。由於工人運動並不切合

〔註39〕鄭超麟：《鄭超麟回憶錄》（上），北京：東方出版社2004年版，第157頁。
〔註40〕鄭超麟：《鄭超麟回憶錄》（上），第158頁。

工人的自身利益，因此，「無產階級前鋒隊漸漸離開共產黨了」。中國最早一批馬克思主義者並不是由工人隊伍裏成長起來的，而是知識分子接受了西方馬克思主義學說轉變而來的。中共中央黨史研究室編著的《中國共產黨歷史》這樣寫道：「五四時期是中國先進分子思想發生急劇變化的時期。經過學習、宣傳馬克思主義以及『與勞工為伍』的實踐，一批先進分子相繼從激進民主主義者轉變為馬克思主義者。」〔註41〕這就明確表明，中國共產黨的早期黨員並不是從工人的隊伍裏產生的，而是由接受了馬克思主義學說的知識分子轉變而來的。因此，鄭超麟所說的：「二十年代的共產黨，無論如何錯誤，總是無產階級的黨，那時無產階級躍上政治舞臺，它的前鋒隊團結於共產黨周圍」，是有問題的。二十年代的共產黨自認是代表無產階級利益的政黨，但其主體卻是知識分子。實際情況也不是無產階級躍上政治舞臺，那個時期中國的工人階級只占全國人口的很少一部分。五卅運動的轟轟烈烈，不代表工人階級的覺醒，而是反帝的口號和各種政治勢力運作的結果。經過短暫三個月，此後便不再有大規模的工人運動。實際情況也不是「它的前鋒隊團結於共產黨周圍」，而是共產黨積極發動組織工人，努力爭取他們。工人的鬥爭意識很低，他們只關心自己的生活。國民革命的經驗告訴共產黨，當時如上海這樣幾個少數大城市並不如階級鬥爭理論闡述的那樣，而是有著自身的經濟邏輯，並且對生活在城市中的人群起著支配性的作用。如果不尊重這一基本事實和規律，就會得到事與願違的結果。

處於革命熱潮中的知識青年，由於只看到火熱的工人鬥爭場景，再加以本身與工人缺少深入接觸，大多從理論和理想出發，創作出了大量真正的工人並不在場的工人文學作品。國共分裂後，傾向共產革命的知識青年，創作出了大量「革命加戀愛」的作品。這裡面很多以工人之名創作的小說，其行為方式和思想狀況和真實的工人相去甚遠，是知識青年自身的寫照，充滿了革命浪漫蒂克的幻想。特別是後期創造社一批從日本歸國的青年，缺少對國內實際情況的瞭解，大談「革命文學」。

工人運動在國共分裂後歸於沉寂，但它所宣揚的階級鬥爭理論，在當時國人心中埋下了火種，為社會中普遍的不滿情緒和日趨激進化的社會思潮提供了發洩的渠道，並日益成為國人思考和看待世界的重要思維方式。基於這

〔註41〕中共中央黨史研究室：《中國共產黨歷史》第 1 卷，北京：中共黨史出版社 2011 年版。

套理論衍生的階級鬥爭文學在「革命文學」中還只是牛刀小試，在接下來的左翼文學和延安文學中還要大顯身手，並在 1949 年後排除其他文學類型成為中國文壇上占絕對支配地位的文學類型。

第四節　工業經濟邏輯下的工人運動模式

之所以單獨將上海作為一部分考察，一方面因為上海是中國現代工業最集中的地方，另一方面是各種類型的工人運動最活躍的地方。通過對其的分析研究，可以較為清晰地看出這座城市自身的工業經濟邏輯是如何深深地控制和影響著工人的觀念和行為的。最能反映上海工人運動特徵的是五卅運動。

五卅運動中的工人並沒有多少階級鬥爭的意識，他們只是在各種政治勢力的蠱惑下，被綁在愛國主義的戰車上轟然前行。其基因裏的排外意識和造反心理得到鼓勵，再加以總工會發的救濟金，不工作也可以獲得報酬，因此，得以釀成巨大的罷工工潮。這裡面潛藏著一個根本的危機，即他們的生存境遇決定了這種罷工不可持續。城市文明已經不允許他們像農民那樣採取吃大戶的方式去劫掠地主，他們的救濟金要依賴社會各界支持。悖論的是，這群在當時中國最有生產力的人不但放棄了向其他人提供生產的能力，還要那些生產能力遠低於他們的人向他們提供援助。在經濟行為上，這是一種削弱補強，其支持的力度和時間必然有限。由於城市不像鄉村那樣是一個自給自足的生存狀態，城市裏各個系統的互相依賴，使得他們的罷工必然影響到自身的生存。比如，水廠、電廠的停工，就會使得整個城市中人的生存全部受到威脅。所以，五卅罷工，雖然轟轟烈烈，但並不能持續太長時間。這是現代城市文明的工業經濟邏輯在起作用。

國民革命時期，工人運動和農民運動一直被認為是配合北伐的重要力量。五卅運動以來，工人被認定為革命在城市裏最值得倚重的力量。但這樣的認定，是將工人作為一個統一的階級或階層進行認識的，而忽略了這一在中國大地上新興角色本身的特殊性和複雜性。首先，產業工人的出現是與中國現代工業的發展和現代城市的建立密切相關的。工人代表的不僅是一種新興的身份，更是一種不同於農民的生活方式。「據估計，1920 年前後，中國工農業總產值約為 219 億元，其中現代工業產值約為 10.66 億元，占總產值的 4.87%，工場手工業產值 12.95 億元，占總產值的 5.91%，兩者合計 23.61 億元，

占工農業總產值的 10.78%」。〔註42〕這組數據表明在當時的經濟結構中,現代工業所佔比重很小,產業工人數量不大,但他們發揮的作用卻不容小覷。在某種意義上,現代工業是作為火車頭牽引著整個國民經濟的發展。其次,工人的出身和地緣決定了他們在工人階層中的地位。依上海為例,江南等發達地區的農民和手工業者,由於原先手工業者的身份,地理位置帶來的得風氣之先,教育程度較高等優勢,使得他們在工人階層中最早轉化為技術工人,也是最早一批融入城市的人。那些來自蘇北等相對落後地域的農民,則只能淪為非技術或半技術工人。他們與城市保持著若即若離的關係。一方面現代城市生活對他們有著巨大的吸引力,另一方面,他們在城市中的地位和處境又使得他們不得不與農村保持密切聯繫,將農村作為在城市中落敗後的逃路。〔註43〕再次,工人的命運與社會整體環境和世界經濟政治的發展密切相關。技術革命帶來的衝擊,通貨膨脹對生活的影響,政治行動的蠱惑,都對他們的生活產生了直接影響。最後,工人這一形象,是最能典型反映中國這樣一個農業社會融入自大航海時代以來所開啟的整個現代世界格局的重要表徵。沿海通商口岸的建立,西方現代生產方式以及由此而來的現代城市生活方式都集中落實到了工人身上,他們是中國從農村自然經濟轉化為世界商品經濟最初的也是最重要的實踐者。他們是當時中國最先進生產力的代表,是中國經濟發展依靠的最重要力量。他們同時也是各種政治勢力拉攏利用的對象。作為推動經濟社會發展和政治勢力利用的多重載體,早期產業工人在很多時候被推向歷史大潮的風口浪尖,在其中扮演著不可或缺的重要角色。但各方力量的互相撕扯,又使得他們在各種矛盾中掙扎。在他們身上,最集中地展現了人為的政治運動與自在的經濟社會發展規律的博弈。

　　一方面,中國工業在民國初年獲得了較大發展。「從 1912～1922 年的 10年間,可謂中國現代工業發展的黃金時期。」「據估計,中國現代工業 1914～1920 年間的總平均增長年率為 13.8%,其中幾乎所有的工業部門都有發展,而輕工業的發展速度更快,有的部門(如麵粉、捲煙等)年增長率超過了 20%。」〔註44〕另一方面,由於國內激進主義風潮的湧起,各種政黨力量的參與,在

〔註42〕 汪朝光:《民國的初建:1912～1923》,南京:江蘇人民出版社 2005 年版,第507 頁。

〔註43〕 參見〔美〕裴宜理:《上海罷工:中國工人政治研究》,劉平譯,南京:江蘇人民出版社 2011 年版,第 80 頁。

〔註44〕 汪朝光:《民國的初建:1912～1923》,第 495 頁。

民族主義的裹挾下，工人捲入到各種政治鬥爭中。隨著工人數量的增長和參與社會活動經驗的豐富，他們自身也得到成長。在某種程度上，工人罷工恰是他們生命獲得新生的象徵，是融入城市生活的標誌。「就像經濟學家指出的，罷工一般依據經濟繁榮而增長，這一模式適用於整個產業領域。」〔註45〕之所以會出現罷工頻率與經濟繁榮成正比，原因就在於罷工是作為現代工業文明發展早期階段工人與資本家在利益分配時進行博弈的一種手段。當工廠的整體效益增加，工人在預期到通過鬥爭可以獲得更大利益時就會起而要求提高待遇。由於資本家在經濟發展中獲得了更大利益，為了獲得持續發展，在權衡之後，一般會在一定程度上滿足工人的要求，以實現雙方共贏。但當經濟沒有得到發展，甚或停滯消退時，就不具備罷工的前提條件。因為資本家不可能將自己的利益無償地讓渡給工人。如果不是經濟總量得到提升，工人也不會想到改變分配方式以擴大自己的利益，試圖僅靠切割資本家的利益來加強自身利益的做法是不現實的。如果生產停頓，相較資本家，工人受到的損失更大。因此，罷工是現代城市文明和現代工業生產方式的產物，是工人為了與資本家進行利益平衡而展開的一場硬談判。這不同於傳統農業社會裏的「吃大戶」。遇到天災人禍，農民無法生存時，他們成群結隊到富農地主家吃飯，甚至搶他們的東西。這種方式，用現代經濟術語來講就是「零和博弈」，即社會的整體財富沒有增加，改變的只是分配方式，將財富從地主富農手裏轉移到貧農手裏。現代工業社會裏的工人與資本家的利益分配不適合採用這種方式，原因在於工人和資本家在某種程度上是一體的，他們都要靠彼此協作為社會創造更多的財富來獲得生存的資本。工廠是他們共同的生存之源。他們雙方都不能靠破壞工廠來增加自身的財富。只有當雙方共同創造出更多的社會財富，工人才會發起罷工，從而為自身爭取更大的配額。最積極發起這一運動的，往往不是我們以往敘述中的最貧窮的無產者，而是在工人隊伍中地位較高，待遇較好的技術工人，因為他們有更多的資本和廠方展開鬥爭。而那些非技術工人，由於工資是他們養家糊口的唯一來源，他們反而是罷工運動中的消極者，甚至對罷工持抵制態度。

　　國民革命時期的罷工打破了經濟繁榮與罷工頻率成正比的規律。與風起雲湧的工人罷工不相協調的是，此時正是中國經濟發展的低潮期。「從 1922年起，中國現代工業的發展與前一階段相比速度趨緩，許多部門停滯不前，

〔註45〕〔美〕裴宜理：《上海罷工：中國工人政治研究》，第 80 頁。

進入相對蕭條時期」。〔註46〕一方面，經濟發展遲緩給工人的生活帶來壓力，物價上漲又雪上加霜，使得很多工人的生活跌到了基本保障線以下。另一方面，各種爲了實現自己政治目的的政治勢力乘機借助工人對生活的不滿，煽動鼓舞他們向資本家反抗。「在近代中國，群眾運動從來就沒有單純的民意表達。它不僅是在野政黨和政治勢力藉以『造勢』的常規武器，有時也是執政當局運用的工具。五卅運動中，這種情況表現得格外鮮明。如果沒有中共的組織領導和發動，五卅事件固然不會被激盪成如此規模的群眾運動；同樣，如果沒有北京政府的有意放任與默認，五卅運動的聲勢也可能要小得多」。〔註47〕正是在各種政治勢力的參與下，「全國工會會員，五卅前爲 54 萬，到 1926 年 4 月發展到 124 萬。在工會組織迅猛發展的同時，工人運動亦日趨高漲。據統計，1926 年全國有報導的罷工多達 535 次，幾乎接近前 8 年罷工次數的總和（698 次）。」〔註48〕以地區而論，「北伐期間，與長江中下游地區工人運動蓬勃發展形成鮮明反差的是，華北與東北地區的工人運動十分消沉；華南地區的工人運動在北伐出師後亦出現逆轉趨勢。」〔註49〕這樣的地區差異是政黨運作的結果。凡是北伐進展到的地方，國共兩黨即組織發起大規模的工人運動相配合。華北和東北處於北洋軍閥的統治之下，爲維持統治秩序和社會的正常運轉，自然會對罷工採取抵制態度。即使是北伐軍的根據地華南地區，在北伐前，國民黨大力支持工人運動以配合廣東的革命行動。一旦北伐開始，廣東作爲北伐的後方，必須保持穩定。1926 年 8 月 6 日，國民黨中央政治會議通過《解決雇主雇工爭執仲裁會條例》和《勞工仲裁會條例》，從而通過調解仲裁的方式解決勞資雙方的糾紛。〔註50〕當時身在廣州的魯迅即表示：「廣東仍然是十年前底廣東。不但如此，並且也沒有叫苦，沒有鳴不平；止看見工會參加遊行，但這是政府允許的，不是因壓迫而反抗的，也不過是奉旨革命。」〔註51〕工人運動的組織者的目的是爲了掀起社會狂潮，加劇人們對統治者的不滿，從而有利於實現自己的政治目的。這在五卅運動的商人罷市鬥爭中有著突出的表現。「中共與上海總商會的意圖全然不同。中

〔註46〕汪朝光：《民國的初建：1912～1923》，第 506 頁。
〔註47〕王奇生：《國共合作與國民革命：1924～1927》，第 169 頁。
〔註48〕王奇生：《國共合作與國民革命：1924～1927》，第 171 頁。
〔註49〕王奇生：《國共合作與國民革命：1924～1927》，第 473 頁。
〔註50〕參見王奇生：《國共合作與國民革命：1924～1927》，第 475 頁。
〔註51〕魯迅：《而已集·革命時代的文學》，《魯迅全集》第 3 卷，第 440 頁。

共的出發點是政治，總商會的出發點是經濟；中共的目的是想進一步激化和擴大事態，藉此刺激民眾的反帝民族情緒，總商會則『以風潮不再擴大，交涉早日結束』爲宗旨；中共提出 17 條，顯然並不指望列強接受，也深知列強不會接受。如果沒有中共提出 17 條在前，總商會所提條件可能還要低調得多。總商會的這種低調處理，實際上代表了多數商人的心理。他們雖然參與了罷市行動，卻不願漫無節制，以至於無法收拾，給自己在經濟上造成重大損失。」〔註52〕與五卅運動持續了長達三個月的工人運動相比，商人罷市只有 25 天。商人群體比起工人來，無論是在經濟上還是政治上，都有著更大的獨立性。他們一方面具有愛國熱情，但另一方面維持自己的既得利益顯得更爲重要。

　　工人作爲中華民族的一員，對於國民革命提出的「打倒帝國主義，打倒軍閥」的口號，內心自然會湧起強烈的民族主義情緒，採取具體行動配合北伐。但作爲具體的個人，個體以及家庭的生存，是他們首先要考慮的事情。這其中不乏不願參與罷工甚至反對罷工的工人，因爲罷工不僅不能給他們帶來切身的利益，反而使得生活陷入了更加窘迫的危險境地。工人在資本家的工廠做工，過去的敘述一味強調他們的被剝削處境，但工人這一從傳統農業社會中轉變而來的新興群體，是最早一批進入城市生活的農民。他們一方面有在城市中的無助和失落，但另一方面，他們也最早享受到了現代城市文明所帶來的最特異的生命體驗。城市的現代生活方式，電車、電話、舞場、霓虹燈等物質文明，人與人交往空間的開拓，交往機會的增加，信息傳播的高效，由此帶來的家庭生活、婚戀生活的變化，都使得他們獲得了一種迥異於傳統農業社會的新奇體驗。這構成了他們區別於出生成長地方的人們的驕傲資本，是生命獲得新生的最眞實的依託。這些豐富的生命感受與中國的現代化歷程緊密聯繫在一起。「隨著經濟繁榮而來的是加速的都市化。城市人口的年增長率，大大超過了人口的總增長率。這個現象在上海特別明顯，華界人口在 10 年（1910～1920）之中增長 3 倍」，而「城市的迅速發展，既不是因爲內地發生了饑荒，也不是由於社會動盪的特別惡化，而實質上是反映了新的發展中心對農業社會的吸引。」〔註53〕

　　阿 Q 的時代或許可以過去，但生活依舊在繼續。無論怎樣「遍身有大光

〔註52〕王奇生：《國共合作與國民革命：1924～1927》，第 156 頁。
〔註53〕〔美〕費正清編《劍橋中華民國史》（上卷），楊品泉等譯，北京：中國社會科學出版社 1994 年版，第 740 頁。

輝」〔註 54〕的高妙理論，都要放到和個體生命聯繫最為緊密的日常生活中來
檢驗。張愛玲說：「上海人是傳統的中國人加上近代高壓生活的磨練。新舊文
化種種畸形事物的交流，結果也許是不甚健康，但是這裡面有一種奇異的智
慧。」〔註 55〕這種智慧是剛開始融入城市生活的農村人把最基本的生存當作
是最重要的目標進行追求，至於其他的美妙口號，是不會一直左右他們的行
動的。工人在經歷過罷工後，衣食無著，他們開始把怨恨發向組織他們罷工
的總工會。《申報》中多次提到總工會被失業工人搗毀。魯迅在《起死》裏寫
到莊子為實現自己的哲學理想，復活了漢子，但光著身子的漢子立刻便扭住
了莊子，要強奪衣服給自己穿，否則便要動拳頭。莊子的那一套哲學在漢子
最基本的衣食要求面前完全失效，最後只得用「此亦一是非，彼亦一是非」
來為自己的尷尬處境開脫，並且還要借助於巡警才可開溜。這兩者之間是何
其相似。魯迅在後期創作的《故事新編》中的五篇小說即是將儒墨道三家的
祖師爺們的理論放進他們個人的日常生活中，使他們顯出各種窘相來，從而
證明其高妙理論的通體矛盾。國民革命期間由政黨掀起的工人罷工運動給工
人生活帶來的困窘，給當時新興的城市工業生態帶來的破壞，與當時的各種
革命宣傳構成對比，將各種宏大敘述放置到和大地貼得最緊的工人的日常生
活中進行檢驗，從而燭照出華麗外表下內裏的蒼白和空虛。

　　國民革命時期的中國，經濟已開始納入世界經濟體系之中。它的發展無可
避免地受其影響，加以中國處於產業鏈的低端，被動的處境很難改變。僅靠工
人與資本家的鬥爭，很難實現自身的利益訴求。在現代都市，無論是外國資本
家、民族資本家，還是工人，他們之間的聯繫是非常緊密的。一方的舉動，會
直接影響到其他方的生活。由於商人無法承受巨大的經濟損失，以及他們經濟
上的優勢地位，比較不受政黨的控制，他們在五卅運動中最早退出罷市。但商
人在這場運動中依然受到了巨大損失。「據各馬路商界聯合總會的調查統計，
五卅運動中上海商界因罷市而蒙受的直接經濟損失合計銀 367.8 萬餘兩，大洋
775.4 萬餘元。罷市對金融業所造成的間接經濟損失則無法估計。」〔註 56〕商
人退出罷市並不就簡單意味著對罷工運動產生負面影響，反而是復市帶來經濟

〔註 54〕 魯迅：《野草‧失掉的好地獄》，《魯迅全集》第 2 卷，第 204 頁。
〔註 55〕 張愛玲：《到底是上海人》，《流言》，上海：五洲書報社 1944 年版，第 58 頁。
〔註 56〕 徐鼎新等：《「五卅」運動與上海的資產階級》，《上海社會科學院學術季刊》
　　　　 1985 年第 2 期。

某種程度的恢復，使得可以爲罷工工人提供更多的經濟援助。「上海總商會是五卅期間罷工經費籌募的主渠道。」「在罷工維持費無法發出時，商界的墊款便異常重要。」〔註57〕商界在《開市宣言》中表示：「仍本初志，爲俾張公理，而努力於抵制英、日貨物與停業工人之援助。途徑雖殊，目的未改。」〔註58〕商人復市正是工人得以繼續罷工的必要條件。這是現代都市文明在罷工運動中的表現，現代經濟將城市裏的各種人群密切聯繫爲一個共同體，彼此依賴對方的存在而存在。這種緊密聯繫不僅表現在商人開市對工人罷工的支持上，也表現在原先支持工人反抗外國資本家的華商資本家對工人罷工的態度上。剛開始，華商資本家利用工人反抗外國資本家的罷工運動，爲其提供經濟援助，自己開足馬力生產，賺取高額利潤。但由於現代經濟的一體性，勢必影響到華商資本家對工人罷工的態度。「商界開市後，租界工部局爲了破壞工人罷工，於7月 6 日斷絕對華商紡織工廠的電力供應，想以此脅迫華商紡織資本家促成復工。」「工部局停止供電後，華商紗廠聯合會要求電氣處工人先行復工，後又致電北京政府，要求當局制止工人鬥爭。」〔註59〕工部局的這一舉動引起了相關的連鎖反應。「據稱僅中國工廠因電氣供應中斷，而陡增失業工人四五萬人，而自來水斷絕之傳言更讓民眾驚慌。」〔註60〕持續的工人罷工運動引起了社會的一連串不良反應，並且對普通民眾的生活造成了巨大的負面影響。在北伐軍逼近上海時，上海全市的總同盟罷工給當時的社會帶來巨大衝擊。上海《小日報》有兩首反映這一情況的小詩：

其一

傳來一片罷工聲，資本家先吃一驚；

巷尾街頭人躑躅，電車今日不通行。

　　注：黨軍下杭州，滬上工界罷工響應之。大工廠十九停工。華租界電車亦多停駛。行人乃大感不便。〔註61〕

其二

綠衣使者往來頻，何事於今不問津；

〔註57〕 羅志田等：《中華民國史》第 5 卷，北京：中華書局 2011 年版，第 236、237 頁。
〔註58〕 《開市宣言》，上海《民國日報》1925 年 6 月 25 日。
〔註59〕 王奇生：《國共合作與國民革命：1924～1927》，第 158 頁。
〔註60〕 松濤：《五卅事件的北京交涉》，《東方雜誌》第 22 卷第 14 號。
〔註61〕 豹謝：《海上新竹枝詞》，上海《小日報》1927 年 2 月 25 日。

　　　　　　秋水望穿鴻雁杳，等閒急煞有情人。

　　　注：郵差罷工，信件擱置。一般日以情書往來者，今將望穿秋
水矣。〔註62〕

兩首小詩雖都以調侃的口吻出之，但卻較爲眞實地反映了上海普通市民對罷工的眞實感受。這種較爲文學性的描寫在罷工運動組織者的回憶中也得到了證實。「此時，上海工廠無人作工，商店罷市，輪渡不通，車馬斷絕，交通爲之梗阻。此時的上海，眞的入於荒涼恐怖之境況。」〔註63〕

　　對於上海這座中國最現代的城市，中西混合，一方面是西方最現代的生產方式帶來的現代都市文明，另一方面是剛從農業社會進入到城市的農民。工人在經過五卅運動這樣由政黨組織起來的大規模的工人運動後，已初步認識到了現代工業經濟邏輯對於這座城市的根本支配性作用。在此之後的歷史，就再也沒有爆發過像五卅這樣持續長達三個月的罷工。他們在努力和這座城市合拍，以獲得自身和社會的共贏。相對於強調鬥爭的工人運動，上海這座城市的知識分子也開始嘗試運用現代工業社會的思維來改變工人的生存處境。署名新德的作者在 1926 年 11 月 2 日的《申報》上發表《增加工人收入之根本方法》，文中提出由於物價高漲使得工人生活陷入困境，因此，「各廠家須規定工資，以物價指數表爲標準。俾工人衣食無憂，安心工作，廠家亦得增加生產，供求相應，非兩利之道乎。」其次，提倡按照工人的工作效率作爲增長工資的依據，增加工人勞動積極性；再次，改良工廠的管理水平；最後，努力改進生產技術。以上幾條，都符合現代工業的特點，是上海人逐漸適應現代工業的先聲。

　　相對於外在生活方式的改變，更難改變的是內在的思維習慣。這一點充分地反映在文學作品中。整個中國現代文學對於城市文學和工業文學的創作都是缺乏的。有學者將工人小說的困乏稱之爲「中國現代文學的偏癱」，並認爲「在爲數不多的描寫產業工人的小說中，主人公缺少產業工人的主體意識，具有傳統農民、都市流浪漢、知識分子和革命黨人的混合氣質。」〔註64〕可以說整個現代文學缺少都市文學和工業文學的氣質。對於現代都市的描寫缺

〔註62〕豹謝：《時事新詩經》，上海《小日報》1927 年 2 月 27 日。

〔註63〕劉少奇：《一年來中國職工運動的發展》，上海社會科學院歷史研究所編《五卅運動史料》第 1 卷，上海：上海人民出版社 1981 年版，第 69 頁。

〔註64〕張福貴等：《文學史的命名與文學史觀的反思》，北京：北京大學出版社 2014年版，第 204 頁。

乏對其主體性的內在認同，更不用提起作者與所描寫的城市合為一體這樣的
境界。他們都是帶著各自原有的眼光來有距離地審視打量著城市。

　　三十年代左翼文學從經濟角度，以社會剖析方法，運用階級鬥爭學說描
繪都市裏的產業工人，海派文學從生活的體驗出發，描繪都市消費生活的新
奇和眩暈。這兩者是都市文學的一體兩面，但又存在著分裂。左翼文學致力
於描寫現代工業的生產者，海派文學致力於描寫現代工業的消費者，而這兩
者之間卻是分離的。生產者是初由農民和手工業者轉變而來的產業工人，消
費者則是各種依靠權力取得財富的達官貴人。產業工人低劣的待遇對城市的
燈紅酒綠只能是望而卻步，並且作為城市的消費者所享受到的物質文明也不
是這座城市的生產者生產出來的。中國當時的工業水平還只能從事一些比較
簡單的原料初級加工，而那些高檔的產品需要從發達國家進口。這樣的雙重
分裂造就了上海這座城市天堂與地獄的雙重景觀。一方面是高度奢華的現代
都市消費文明，但由於缺少堅實的經濟基礎，人們在享受物質文明時精神無
所寄託，不時泛現鄉愁；一方面是廣大待遇很差的產業工人，在最基本的生
存線上苦苦生活，並且由於文化水平的限制無法發出自己的聲音，只能被各
種知識精英描寫和塑造。需要分析的是，當時的產業工人肯定不像千篇一律
的革命文學和左翼文學所描寫的那樣單面，畢竟那些寫作者依據的是思想理
論，甚至是組織機構製定的寫作範式。他們雖然無力享受海派文學所描寫的
那種由高度物質文明所帶來的現代都市體驗，但畢竟可以和這些人生活在共
同的公共空間，分享著大致相似的信息，體驗著現代都市的便捷和高效，他
們的心中也醞釀著新生活的種子，畢竟雖不能至但目光所及之處總會帶來諸
多新奇的體驗。這些工人真實的生存狀態和生命體驗，並沒有得到文學充分
細緻的表現。

　　雖然如此，上海這樣的東部沿海城市的出現，為城市文學的發展提供了
內在的動力。作家們對於城市生活的體認需要一個由陌生到熟悉的過程。茅
盾的《子夜》裏就有諸多對於都市文明的描寫，雖然是帶有批判的眼光，但
也不時流露出對其的流戀和欣賞。在關於國民革命時期的工人運動的描寫
中，劉一夢等作家就比較能夠忠實於城市裏產業工人的真實生存狀況，描寫
出了初入城市的工人真實的心理感受。

本章結語

對國民革命時期四種工人運動模式的考察，可以看到不同的思維方式對工人運動的主導作用。將這種思維形式延續到文學創作方面，可以相應地總結出現代文學的五種基本類型。與無政府主義者「工團主義」相對應的「問題文學」和「詩性文學」，與國民黨工人運動模式相對應的「反帝文學」，與共產黨工人運動模式相對應的「階級鬥爭文學」，與工業經濟邏輯下的工人運動相對應的「城市文學」，這五種文學類型在國民革命時期基本上都已陸續呈現。論文以工人運動的不同模式所呈現出來的不同思維，為五種不同的文學類型提供了形象具體的歷史文化背景。同樣，這五種不同的文學類型也是四種工人運動模式背後思維特徵的最佳注腳。

「問題文學」的命名來源於五四時期著名的「問題與主義」之爭。它以相對獨立的知識分子視角對社會中出現的具體問題進行關注，試圖運用知識的力量和人文的情懷對其加以觀照，以求問題的解決。這種文學類型自五四「問題小說」出現以來，一直都是現代文學的基本類型。它與中國傳統科舉制度下培養出來的士大夫傳統關係密切，知識分子們向來以社會的精英自居，有著強烈的家國情懷。與「反帝文學」和「階級鬥爭文學」不同的是，它並不以某一種先入主的主義試圖去分析和解決所有現實中的問題，而是以社會中的具體問題作為本體，動用擁有的知識和思想去分析研究對象。

與「問題文學」孿生的是「詩性文學」。它仍是植根於傳統的士大夫文學。與「問題文學」不同的是，它不強調學習現代科學文化知識對社會中存在的問題進行解決，而是表達個人在社會劇烈變動時的情感波動。如果說前者是在為新時代的到來鼓與呼，後者則是在為舊時代的消失哀與傷。

「反帝文學」其實淵源有自，它伴隨著中國近代被殖民的歷史而產生，到國民革命時期形成了一個高潮。在民族主義的激蕩下，農業文明長久以來形成的天朝上國心態，在盲目排外的狂熱中夾雜著對對方主體性的忽略，以一種相對神秘主義的眼光形塑對方，過份醜化妖魔化對手，從而獲得一種高揚激烈的樂觀主義情緒。這可以和中國傳統中的妖魔神怪文學聯繫起來。但不同的是，「反帝文學」遇到的是實實在在的入侵者，殘酷的現實又不得不引起創作者的反思。「反帝文學」在國民革命時期還處於非常初級的階段，正面描寫帝國主義者的作品極少，大多都流於情緒性的指責咒罵，或是通過描寫中國人民所受的苦難來控訴其罪惡。但它卻為革命文學創作提供了整個民族

的躁動情緒和社會氛圍。「反帝文學」在接下來的抗日戰爭中得到深入發展。

　　「階級鬥爭文學」在世界無產階級文學思潮的鼓動下迅速在中國蔚為大觀。國民革命時期的工人運動和農民運動是將階級鬥爭理論最早付諸實踐的運動。它極速加劇著整個中國社會思想文化的左傾。這種文學類型與中國傳統文學中的農民起義文學無縫接榫，也與現代中國的苦難處境相吻合。「革命文學」某種程度上來說是「階級鬥爭文學」在現代文學史上的首秀。儘管它還包含著更多的知識青年對革命的過度幻想，對現實的隔膜，但其中所蘊含的思維模型和被激發出來的狂熱能量，都預示著它將在以後的左翼文學和延安文學中發展壯大。

　　「城市文學」是伴隨著東部沿海現代城市的建立而逐步發生的。經過半個多世紀的發展，到了國民革命時期，像上海這樣的城市已初具現代城市的雛形。「革命文學」的創作者很多都經過這座當時中國最現代的工業城市的鑄煉。以後三十年代的海派文學和四十年代淪陷區的市民文學都是其典型代表。

　　需要說明的是，這五種基本文學類型並不是彼此孤立的，它們更多的是互相交融在一起。只不過在不同的歷史階段和具體語境裏，某一種相對佔有主要地位。在整個現代文學階段，「問題文學」、「詩性文學」和「階級鬥爭文學」佔有主導地位，「反帝文學」和「城市文學」相對邊緣。國民革命時期興起的「革命文學」，依據這五種基本文學類型的不同組合方式又可分為四種文學形態。「反帝文學」影響下的「反帝革命文學」；「城市文學」和「階級鬥爭文學」影響下的「工人革命文學」；「詩性文學」和「城市文學」影響下的「言情型革命文學」；「問題文學」和「城市文學」影響下的「幻滅型革命文學」。

第二章　革命文學視野下的工人運動

　　論文將 1924 年國民黨一大召開至 1930 年「左聯」成立之間強調革命鬥爭的文學作品統稱爲「革命文學」。有學者認爲,「革命文學、無產階級革命文學、普羅文學（普羅列塔利亞文學的簡稱）、新興文學、左翼文學等稱謂,在當年,其實說的都是一回事。」〔註1〕但左翼文學與前四種不僅有時間上的差別,而且在性質上也頗不相同。前四種文學都是國民政府尙沒有徹底完成統一之前,青年知識分子處在多元的文化氛圍中進行的創作。而左翼文學則是在國民政府的統治相對穩定後,對前四種文學進行打壓的情況下產生的。畢竟左翼是與強調維護現政權的右翼相對而存在的。研究者將「革命文學」等同於「無產階級革命文學」和「普羅文學」等,將其發生的時間定於 1928年間,這種提法是受制於無產階級革命意識形態的結果。它遮蔽了國民革命時期社會各階層以及各政黨對革命的多元理解,也窄化了當時革命文學的複雜歷史形態。革命文學作爲當時激進的革命思潮在文學上的反映,是五四個人主義思潮漸趨勢微,而強調採用暴力革命等激烈手段的革命思潮興起的結果。大致可以從 1924 年國民黨一大的召開爲起始點,因爲從此國共兩黨在蘇聯的支持下,中國開始了有組織的革命活動,革命思潮得以急劇高揚。1930年「左聯」的成立可視爲革命文學的終結點,因爲一方面國民革命已經結束,國民政府的統治相對穩固,並採取一系列措施穩定社會秩序,對激進的革命活動進行壓抑。另一方面,共產黨也有意結束文壇上紛擾的革命文學論爭,將本具有各自不同觀點的革命文學作家統一到左聯社團中進行統一管理。如

〔註 1〕張大明:《中國左翼文學編年史》,北京:社會科學文獻出版社 2013 年版,第
　　　　4 頁。

果將革命文學看作是具有獨立文學特徵的文學類型，而不僅僅是左翼文學的準備階段，就可以將「革命」更豐富的內涵納入進來，這也符合歷史的真實狀況。

近些年來，許多學者開始將革命文學向前推，將更早期的無產階級革命人士對於革命文學的論述和創作納入革命文學的考察範圍，但他們都一致將其看作三十年代左翼文學的前奏，而非具有獨立文學特徵的文學類型。艾曉明在《中國左翼文學思潮探源》一書裏，詳實條理地分析了革命文學所受到的來自蘇俄和日本無產階級文學思潮的影響，並分析了創造社、太陽社和魯迅、茅盾等人對其不同流派的接受。但問題在於，缺少了對中國具體語境的觀照，就使得中國文學成為外來思潮的簡單回應和複製。脈絡清晰的對於左翼文學發展階段的描述，很有可能是脫離了歷史語境的話語創造。陳紅旗的《中國左翼文學的發生（1923～1933）》強調對當時整體文學生態的考察，分析左翼文學的發生語境，並特別注重中國作家自身對於歷史的體驗以及中國文學傳統所發生的作用。這對於我們深入到具體的歷史語境中認識革命文學大有助益。但陳著依然將革命文學視為左翼文學發生的準備階段。曹清華的《中國左翼文學史稿（1921～1936）》在一定程度上跳出了將革命文學視為左翼文學準備階段的認識，並嘗試在一些具體的點上分析其特徵。對於郭沫若在《女神》中使用的「無產階級」一詞，曹著認為，「如果回到這首序詩本身，『無產階級』一詞除了以字面表達了『赤條條』『沒有私有財產』的意思，還肩負著『無私』這一意義指向。在詩人的知識／想像空間中，『無產階級』一詞是一個道德意象（moral image）的物質載體（physical form）。」﹝註 2﹞這顯然與左翼文學中「無產階級」的含義不同。這就深入到個人與歷史具體而微的層面，實現著僅將 1930 年以前的革命文學視為左翼文學的準備階段觀點的突破。

如果脫開無產階級革命意識形態的束縛，將革命文學和左翼文學還原到真實的歷史語境中，不難發現它們之間存在著巨大的差異。在某種程度上來說，它們可以被看作截然不同的兩種文學類型。首先，在作家隊伍方面，革命文學的創作者與左翼文學的創作者非常不同，革命文學作家的創作生涯很少在左翼文學那裏得到延續。即使有茅盾、丁玲這樣的例外，但前後兩階段

﹝註 2﹞曹清華：《中國左翼文學史稿（1921～1936）》，北京：中國社會科學出版社 2008 年版，第 11 頁。

的創作已有雲泥之別。其次，在創作觀念方面，無產階級革命文學倡導的創作觀念並沒有在革命文學作家那裏產生實質性的影響，反而是傳統文學和五四文學在發生著作用。左翼文學作家受階級鬥爭學說產生的文學創作論的影響則要更加具體和深入。再次，在作品題材方面，革命文學主要以知識青年作爲描寫對象，帶有濃厚的理想色彩和青春氣息，左翼文學則多以較爲眞實的農民生活作爲描寫對象。最後，二者創作的具體時代語境完全不同，革命文學發生在國民革命進程中，大規模的工人運動和農民運動是作品的創作背景，而左翼文學則是發生在南京國民政府的統治相對比較穩固，工人運動和農民運動陷於低潮的情景下。如果充分認識到這兩種文學類型的巨大不同，跳出單從左翼文學的角度來認識革命文學，可以更清楚地看到革命文學的複雜影響因素，也可以更爲清晰地分析其文學特徵。

　　革命文學發生於 1924 年至 1930 年間，首先是與當時發生的國民革命密切相關，在城市中掀起的工人運動對知識青年內心的觸動最大；其次，由蘇俄和日本傳播而來的無產階級文學思潮對革命文學的發生發展起了推波助瀾的作用。這兩者一爲內因，一爲外因，共同影響著革命文學的發生發展。工人運動作爲國民革命的一部分，對於國民革命的順利推進起著巨大作用，同時國民革命軍爲了提高工人抗爭的積極性，進行了一系列有組織的宣傳，形成了帶有濃重宣傳意味的「革命文學」。那些具體從事工人運動的青年知識分子，依據自身經歷進行了一定數量的革命文學創作。更爲重要的是，工人在工人運動中所顯示出來的巨大力量，開始得到社會各階層的重視，這爲無產階級文學思潮的進入打下了良好的接受基礎。無產階級文學思潮中討論的一個重要方面，就是關於無產階級的屬性和作用的理解。查第六版《辭海》和常凱主編的《中國工運史辭典》中關於「無產階級」的詞條部分，分別寫著「即『工人階級』」〔註3〕和「見〔工人階級〕」〔註4〕。因此，所謂的無產階級文學思潮即是工人階級文學思潮。從蘇俄發源的無產階級文學思潮是從它自身工人階級和工人運動的實際狀況中生發出來的，而中國國民革命時期工人運動的實際狀況則構成了中國無產階級文學思潮發生發展的現實語境。知識青年對於工人階級和工人運動的理解，反映著對當時整個中國社會的整體

〔註3〕　夏徵農、陳至立主編《辭海》第 6 版，上海：上海辭書出版社 2010 年版，第 1994 頁。
〔註4〕　常凱主編《中國工運史辭典》，北京：勞動人事出版社 1990 年版，第 2 頁。

認識和分析，其背後的思維方式也影響著當時「革命文學」的發生和發展。

革命文學以國民黨的清共分爲前後兩個時期，分別呈現出不同的特點。清共以前，國共共同致力於的國民革命是革命文學發生發展的最大影響因素，無產階級文學思潮雖然也在發生作用，但只是眾多影響因素中的一種，並不佔有主導地位。清共以後，共產黨大力倡導和從事的工人運動陷於低谷，國民黨統治區域傾向於社會穩定，對激進的革命活動採取抑制措施。從實際的革命活動中脫身出的青年知識分子有的迫於生計的壓力，有的爲了化解心中的苦悶，將自身在國民革命的經歷轉化爲革命文學創作。在與上海城市讀者的互動中，革命文學又幻化爲各種不同的文學形態。後期創造社和太陽社對無產階級文學理論的倡導對革命文學的創作基本上不可能發生多少實際的影響。對工人運動與無產階級文學思潮和革命文學創作關係的釐清，有助於我們撥開歷史的重重迷霧來分析革命文學的眞實內涵。

第一節　工人運動與革命文學

革命文學的興起，是在民初十多年西方憲政民主試驗失敗的大背景下發生的。它首先與中國的政治密切相關，民初十年左右的北洋時代使當初辛亥革命的承諾化爲泡影。1924 年國民黨一大的召開，掀起了一場以蘇俄爲師的國民革命。它提出的「打倒帝國主義，打倒軍閥」的口號成爲國共分裂前革命文學的主要涵義。由蘇聯傳播進來的強調階級鬥爭的無產階級文學思潮，在共產黨以國民黨的名義開展的工農運動中產生著日漸重要的影響。這就使得革命文學的涵義呈現出蕪雜的一面來。就像有的學者所論述的那樣，「1920年代開始，革命成爲多個政黨的共同訴求。國民黨的『國民革命』、共產黨的『階級革命』、青年黨的『全民革命』幾乎並起，並形成一種競爭態勢。革命不僅爲多數黨派所認同，也爲多數無黨派的知識分子所信奉，而且迅速形成一種普遍觀念，認爲革命是救亡圖存、解決內憂外患的根本手段。革命高於一切，革命受到崇拜。知識青年尤其成爲革命的崇拜者和謳歌者。」〔註 5〕這種紛繁複雜的情景恰是這一時期「革命文學」的特色。社會各階層各政黨競相爭奪革命話語權，都以先鋒的革命姿態對青年展開爭奪。國共分裂後，國

〔註 5〕王奇生：《革命與反革命：社會文化視野下的民國政治》，北京：社會科學文獻出版社 2010 年版，第 2 頁。

民黨對知識青年的屠殺，使得多數知識青年認為其背叛了革命，以致於雖然國民黨奪得了政權，但卻喪失了大多數有理想有追求的知識青年的支持，從而使自身的合法性受到嚴重置疑和挑戰。

在國民革命中，與知識青年聯繫最緊密的工人運動是對革命文學產生最大影響的因素。出於宣傳的需要，國共兩黨都發行了一系列刊物來鼓動和教育工人，使他們認識到自身的處境，起而參與工人運動。這些宣傳刊物中的革命文學作品，雖然藝術性較差，但可以從中看出其形式特徵來。它們在以往的研究中得不到重視，主要原因是囿於無產階級革命意識形態。如果以無產階級革命文學作為衡量標準，它們確實沒有呈現出鮮明的無產階級革命文學特徵。但它們卻是國民革命年代革命文學的真實反映，其「打倒帝國主義，打倒軍閥」的主題，呈現出了「反帝文學」的鮮明特徵。它的藝術特徵將在第三章的第一節進行詳細論述。

「二次革命」後，袁世凱和孫中山都意識到西方議會制在中國的難以實行，雙方共同急速走向權力集中的道路。袁世凱最終稱帝，孫中山建立的中華革命黨則要求黨員向自己宣誓無條件服從領袖。經過民初十多年的政治試驗，北洋政府走馬燈似的交替輪換，大多數的知識分子，尤其是青年知識分子已不太相信英美的民主道路。俄國 1917 年的十月革命，為尋求救國道路的中國人提供了新的自強的榜樣。再加上俄國人廢除不平等條約的承諾，雖然事後證明只是空頭支票，但卻為俄國革命模式進入中國打開了方便之門。中國學習蘇俄革命模式，根本原因還在於中俄兩國在世界範圍內生存境遇的相似。俄國雖然比中國的國際地位高，但在發達程度上不僅不及英美，甚至連後發的德國也要比其強大，在國際列強的角逐中並不佔優勢。魯迅注重翻譯東歐弱小民族國家的作品，原因就在於同樣是處於被壓迫地位的弱小民族。在與他們的比較和學習中，或許可以尋出自己的生路來。魯迅向來對英美那一套不感興趣，原因即在於以他對中國國民性的瞭解，若將那一套搬進中國，則只能會帶來更大的災難。「古之臨民者，一獨夫也；由今之道，且頓變而為千萬無賴之尤，民不堪命矣，於興國究何與焉。顧若而人者，當其號召張皇，蓋蔑弗托近世文明為後盾，有佛戾其說者起，輒誣之曰野人，謂為辱國害群，罪當甚於流放。」〔註 6〕魯迅在對朋友的信中寫道：「英美的作品我少看，也不大喜歡」，接下來他提到美國的辛克萊和傑克·倫敦，原因是「恐怕於中國

〔註 6〕魯迅：《墳·文化偏至論》，《魯迅全集》第 1 卷，第 47 頁。

的現在也還相宜」。〔註7〕他翻譯了大量的俄國文學，因為「俄國小說多描寫下等人」〔註8〕。這種在國際中處境的相似，使得當時的國人特別傾向於以俄為師。尤其是懷著濃厚家國情懷的青年知識分子，對由蘇俄傳播而來的無產階級文學思潮更是青睞有加，以為是掌握了改變國家貧窮落後處境的不二法門。但久富革命經驗的孫中山卻認為，「孫逸仙博士以為共產組織，甚至蘇維埃制度，事實均不能引用於中國。因中國並無使此項共產制度或蘇維埃制度可以成功之情況也。」〔註9〕孫中山選擇以俄為師，並提出「聯俄、聯共、扶助農工」的口號，意在學習蘇聯建黨治軍的經驗，以完成自己三民主義理想。「在國民黨一大期間孫中山本人不僅多次講述三民主義和五權憲法，而且通過宣言的制定和發表把它作為國民黨的指導思想。」〔註10〕「孫中山將『師俄』的目標主要限定在黨務組織的技術層面上」。〔註11〕孫中山及其領導的國民黨對於蘇聯倡導的階級鬥爭不感興趣，並堅持不把「階級鬥爭」、「工人階級」、「農民階級」等字眼寫進國民黨第一次代表大會的宣言裏。他們認為中國並不存在俄國那樣的工人階級，中國當下最重要的任務是謀求全國各階層力量的聯合，完成「打倒帝國主義，打倒軍閥」的國民革命。但國民黨又意識到工人的巨大力量，因此制定了一系列政策組織發動工人運動，以配合國民革命的完成。共產黨雖然接受了階級鬥爭的理論，但由於要在國民黨的旗幟下開展工人運動，也不得不在宣傳上強調反帝的重要性。雖然在後來的實際工人運動中，共產黨越來越強調階級鬥爭的一面，使工人運動呈現出激烈過火的一面。

　　無論是國民黨組織的工人運動，還是共產黨組織的工人運動，都不像在俄國那樣有著深厚廣泛的工人基礎。因為兩國的國情不同，中國的工業尚處於起步階段，工人階級的數量少，根本沒有展開大規模階級鬥爭的基礎。鑒於國民革命與工人階級的密切關係，有必要先瞭解二十年代中國工人階級的真實狀況。按照中共中央黨史研究室著的《中國共產黨歷史》的描述，「無產階級是以機器大工業為物質技術基礎的資本主義生產方式的產物。」「到

〔註7〕 魯迅：《271120 致江紹原》，《魯迅全集》第12卷，第91頁。

〔註8〕 魯迅：《彷徨‧幸福的家庭》，《魯迅全集》第2卷，第36頁。

〔註9〕 《孫文越飛聯合宣言》，《孫中山全集》第7卷，第51～52頁。

〔註10〕 李玉貞：《國民黨與共產國際（1919～1927）》，北京：人民出版社2012年版，第235頁。

〔註11〕 王奇生：《國共合作與國民革命：1924～1927》，第36頁。

1894 年，中國近代產業工人約有 10 萬人。到 1914 年，增加到 100 萬人以上。到 1919 年五四運動前夕，已達 200 萬人以上。」「1920 年，全國工農業總產值爲 159.28 億元，其中近代工業產值爲 9.88 億元，占工農業總產值的 6.2%，只有手工業總產值 44.45 億元的 22.2%。而且，中國資本主義工業的分佈，在地區上極不平衡，絕大部分近代工業集中在沿海地區，特別是少數大城市。」〔註12〕中國工人階級由於數量少，只集中在沿海少數大城市等特點，以及在中國整個經濟結構中所處的位置，都決定了他們自身並沒有太強的鬥爭性。剛從農村進入工廠做工的工人最大的需求是滿足基本生存，罷工反而會使他們陷入更加貧窮的境地。所以，國民革命時期的工人運動是由政黨基於自己的政治目標的設定，而採用組織和宣傳的方式發動起來的。這種特點決定了當時的工人運動必然會偏離工人自身的實際生存需要，也會影響到社會思潮朝著不切實際的激進化方向發展。

在國共開展工人運動的過程中，他們創辦的宣傳刊物上刊載了大量鼓動工人罷工的文學作品。這些文學作品隨著工人運動的激進而變得激進。在剛開始時，它們呈現出反帝文學的主題，後來越來越加入更多關於階級鬥爭的內涵。這些帶有濃厚宣傳意味的革命文學作品，其最大的推動力是當時的工人運動。一方面，政黨要在刊物上發表革命文學作品以鼓動工人運動，另一方面日趨激烈化的工人運動又反向推動著革命文學作品的急劇暴力化。但由於這樣的工人運動並不是生發在中國社會的內部結構中，因此雖然表面轟轟烈烈，但並沒有太多的實際內容，更多的是一種情緒宣洩和道德表達。這一時期的革命文學作品呈現出空泛的現象，並沒有太高的藝術價值。這也是以往的文學史不太注重的原因所在。但它們所呈現出來的反帝文學特徵對於揭示這一時期的社會思潮，以及國共分裂後革命文學的特徵都有重要價值。

超越中國現實的工人運動，使得工人和參與領導組織工人運動的知識青年在其間的生命感受和生命體悟與政黨倡導的革命理論之間產生了嚴重脫節。從第一章的論述中可以看到，當時很多的工人參與罷工的眞實原因僅僅在於可以不做工而領到發放的救濟金。知識青年與工人之間並沒有多少緊密的聯繫，他們在沸反盈天的革命熱潮中，最切實感受到的是被禁錮的生命走向廣闊天地的刺激與激揚。在與眾多陌生人的交往中，中國傳統士子被壓抑千年的生命得到從來未有的解脫與釋放。革命與戀愛所潛藏的暴力與性的本

〔註12〕中共中央黨史研究室：《中國共產黨史》第 1 卷，第 25 頁。

能需求，使得社會文化思潮日趨激烈。這些具體真實深刻的生命感受，鬱積在參加國民革命的知識青年的內心深處。這既是他們當時從事工人運動的內心動力，也是在國共分裂後從事「革命加戀愛」文學創作的源頭活水。這就是歷史的弔詭之處，本著各種外來理念進行工人運動的知識青年，在真實的生命和生活面前，都逃脫不了真實生活的邏輯和自身生命的內在需求，它們會將一切空洞的理念瞬間瓦解。所以，這也可以解釋在清共以後的革命文學創作中，為什麼很少有堅實地反映工人運動狀況的文學作品，而多是知識青年自身革命與戀愛的故事。因此，國民革命期間的工人運動，實際是為後來的革命文學創作提供了一個巨大的平臺，使得知識青年在此得以釋放青春的激情，或者將自己的理想在現實中加以檢驗。他們或繼續高揚原先的革命理想，或陷入理想與現實的衝突引發的迷茫，總之，這是他們文學創作的出發之地。

工人運動之於革命文學的關係，就像新文化運動之於五四文學的關係，都是後者的孕育之地。但它們也有不同之處，前者屬於政治經濟層面，後者屬於文化層面。這是革命文學發生的歷史背景與五四文學發生背景的差異導致的。五四文學的發生與民初嚮往西方英美式的民主政體相關，經過民初幾年的醞釀和積累，《新青年》等刊物宣傳的個人價值觀，借助五四運動這樣的歷史事件終於點燃。由於社會思潮的左傾，中國開始以俄為師，新文化運動開始落潮。代之而起的是強調集體和組織力量的國民革命，由於其本身即是劇烈的革命行動，根本沒有條件像民初的政治格局培育新文化運動一樣有一個文化醞釀期，而是將知識青年直接推入革命行動中，使他們在改天換地的風潮中與時代短兵相接。他們一般不會直接進入硝煙彌漫的戰場，與鄉間目不識丁的農民打交道也非其所長，而城市裏的工人運動就成了釋放他們青春激情的最佳試驗場。這批青年是比五四作家更為年輕的一輩，有著更強的叛逆性，也張揚著更加肆無忌憚的青春激情。如果說五四文學是青年人的文學，那麼革命文學可以稱為青春文學。五四作家強調個人的價值，但因為當時的中國尚不足以提供支持這種價值的空間存在，所以他們自信的同時又感到迷茫，雖自認找到了正確的價值觀，卻尋不到路在何方。革命青年在工人運動中發現了集體的力量，並且可以在無產階級文學思潮中得到理念層面的支持，他們比五四作家更加確信自己尋到了宇宙真理，並依此對魯迅、茅盾等五四作家展開批判。國共分裂後工人運動的煙消火滅，大量青年死於原先自

己隊伍人之手，使得他們的集體信仰發生迷失。最終也只有回到個人那裏，在革命與戀愛的極端個人體驗中完成著自身和歷史的敘事。

工人運動爲知識青年提供了投身社會實踐的試驗場，同時也成爲他們文學創作的題材。不同的是，大部分知識青年由於受當時流行的無產階文學思潮的影響，以此理論來綁架工人運動的題材，將自己在現實中的感受納入到其框架結構中來闡釋，結果反而失去了反映工人運動真實面貌的能力。工人只是他們作品中的傀儡，是抽離了具體所指的符號，是他們自身在替工人發言，這就是後來我們所熟知的「革命加戀愛」文學。與此不同的是，另外還有像劉一夢等極少數作家，不受當時流行的無產階級文學思潮的束縛，忠實於自己在實際工人運動中的感受，將其呈現在文學作品中，從而展現了國民革命時期工人運動中工人真實的生存狀態。

第二節　無產階級文學思潮與革命文學

中國的無產階級文學思潮不是建立在堅實的工人運動基礎上，更談不上以工人爲主體的革命背景，它像中國近現代各種思潮一樣，是從國外的土地上譯介過來的。它之所以引起中國大部分知識青年的關注，與中國日趨激進化的社會形勢密切相關，也與這些青年們自身的狀況緊密相連。無產階級文學思潮在國共分裂前已經開始發揮影響，但只是當時革命思潮中的一支，影響並不如後來那麼廣大。它真正產生廣泛影響是在國共分裂後，很多投身實際革命活動的青年被擠出，轉而提倡無產階級文學。再加上由日本歸國的後期創造社成員的推波助瀾，更是蔚爲大觀。但無產階級文學思潮宣揚的思想觀念，到底有多少成爲革命文學的內涵，是一個值得探討的問題。無產階級文學思潮到底是通過何種方式影響革命文學創作的？它所提倡的無產階級革命意識在不是無產階級的知識青年的創作裏到底又有多大程度的表現？概念口號與作家真實的生命感受之間的裂隙又是如何在文學作品中得以呈現的？革命文學與五四文學存在哪些相通之處？革命文學在現代文學史上的獨特價值是什麼？

「無產階級文學是與無產階級文化相聯繫的一個概念，也是 20 世紀 20 年代初發源於蘇聯此後蔓延影響到國際文壇的一股強大的思潮。」〔註 13〕在

〔註13〕艾曉明：《中國左翼文學思潮探源》，北京：北京大學出版社 2007 年版，第 4

蘇俄經驗的成功引領下，中國留蘇和留日的青年學生在歸國後，通過大量的翻譯和著述以及展開論爭的方式，將這一思潮與中國當時的文化思潮發生關係。蘇聯無產階級文學思潮的譯介者多與實際的革命活動接近，而日本無產階級文學思潮的譯介者多是直接從日本留學回來沒有實際革命經驗的知識青年。另外，中國本土傾向無產階級革命文化的魯迅、茅盾等知識分子，對於當時正發生的「革命文學」有著自己的獨特看法，並在與前兩者的交流和論爭中發揮著影響力。

　　無產階級文學思潮在中國的迅速傳播有著強大的內因基礎。五四以個人為本位的現代思想並不是由中國的社會結構自然生長出來的，這就導致這些思想是無根浮萍，難以發展壯大。但它對於個人具有強大的吸引力，以致於一旦看見就再也無法忘記。這裡面存在一個悖論，中國當時的社會現實沒有提供足夠的物質和精神財富來呵護這些在文學作品中廣泛傳播的現代思想觀念，反而要利用文學作為工具來完成救亡圖存的迫切任務。所以，五四很快落潮了，代之而起的是與現實結合更緊密的革命文學。有學者認為，「新文學作為五四新文化運動的產物，它的思想結晶主要反映的是這一運動民族民主革命的性質，它把文學與人性、文學與社會、文學與人生的問題提出來了，但還沒有來得及回答文學與階級、文學與革命、文學與政治的關係問題。」〔註 14〕李澤厚將這一問題歸結為「啓蒙與救亡」的悖論。這在某種程度也可以說是「理想與現實」的糾結。如何找到一條從現實出發通往理想的道路，是當時所有中國精英分子思考的問題。無產階級文學思潮的興起，一方面有蘇俄成功革命的先例，另一方面也應和著中國日益走向激進化的社會思潮，它不僅為中國預支著屹立世界民族之林的承諾，也為當時社會中鬱積的不滿情緒提供著洩洪口。

　　在國共分裂前，無產階級文學思潮對知識青年產生的影響，不像後來歷史描述的那樣重大。它在當時只是作為眾多文化思潮中的一種，況且即使是影響比較重大的一種，就放在中國當時整個的政治和社會生態中來說，文化思潮相對於現實的基本生存需求和生命感受而言，可以說是微不足道的。更何況在當時以報刊作為主要傳播工具的中國，絕大多數民眾並不具備閱讀的能力，信息傳播的速率極其低下，一種外來的文化思潮頂多也就在少數知識

　　　　頁。
〔註 14〕艾曉明：《中國左翼文學思潮探源》，第 27～28 頁。

青年那裏發揮影響，對社會的整體運行和發展作用不可以誇大到後來歷史所描述的那樣。以後來都對無產階級文學發生認同的魯迅和郭沫若爲例，他們在國共分裂前對無產階級文學所知甚少。魯迅回憶說：「我有一件事要感謝創造社的，是他們『擠』我看了幾種科學底文藝論，明白了先前的文學史家們說了一堆，還是糾纏不清的疑問。」〔註 15〕郭沫若在翻譯完河上肇的《社會組織和社會革命》後，自稱「現在對於文藝的見解也全盤變了」，將其分爲「昨日的文藝，今日的文藝，和明日的文藝」，而他對「今日的文藝」的理解則是：「今日的文藝是我們現在走到革命途上的文藝，是我們被壓迫者的呼號，是生命窮促的喊叫，是鬥志的咒文，是革命預期的歡喜。」〔註 16〕這其中所主要表達的依然是強調要抗爭的文學內涵，與無產階級文學並沒有太大聯繫。以魯郭二人對社會風潮的敏感，都尚且如此，餘者就大可不必再論了。

即使是在國共分裂後革命文學論爭大行其道時，創造社、太陽社諸君對無產階級文學的理解也大多停留在字面上，對其進行與原產地頗不相同的闡發。就像魯迅所說的，「中國文藝界上可怕的現象，是在盡先輸入名詞，而並不紹介這名詞的函義。於是各各以意爲之。」〔註 17〕絕大多數的論爭者對於無產階級文學中的「無產階級」一詞基本不予理會，與所指涉的在現代機器大工業時代裏與「資產階級」相對的「產業工人」相剝離。就像郁達夫所指出的：

> 我對於不是工人，而可以利用工人，來組織工會，不是無產階
> 級者，而只教有一個自以爲是無產階級的意識，不管你有幾千萬家
> 財，有幾十乘汽車，有幾十間高大洋樓，只教你有一個自以爲是無
> 產階級的心，你就可以變成一個無產階級者的這種理論，我是絕對
> 否認的。〔註 18〕

不是產業工人的知識青年卻可以通過獲得無產階級意識來改變世界，其背後的邏輯依然是只要獲得了先進的思想文化觀念，就可以改變個人和國家貧窮落後的處境。這和五四強調「個人」在思想文化層面的覺醒可以帶來國家強

〔註 15〕魯迅：《三閒集·序言》，《魯迅全集》第 4 卷，第 6 頁。
〔註 16〕郭沫若：《創造十年續篇》，《郭沫若全集·文學編》第 12 卷，北京：人民文學出版社 1992 年版，第 207 頁。
〔註 17〕魯迅：《三閒集·扁》，《魯迅全集》第 4 卷，第 88 頁。
〔註 18〕達夫：《對於社會的態度》，中國社會科學院文學研究所現代文學研究室編《「革命文學」論爭資料選編》（上），北京：知識產權出版社 2010 年版，第 599 頁。

盛的內在邏輯是一脈相承的。這也是郭沫若所強調的,「不怕他昨天還是資產
階級,只要他今天受了無產者精神的洗禮,那他所做的作品也就是普羅列塔
利亞的文藝。」〔註 19〕知識青年不僅脫離外來文化思潮發生語境片面理解其
中的名詞,而且還爲這些名詞加入了很多新的內涵。有學者指出,「茅盾所說
的『無產階級』一詞,一方面指向現實中那些沒有財產的民眾和受壓迫的社
會下層;另一方面,『無產階級』又承載了一個道德想像以及關於社會變革和
未來歷史的理想。」〔註 20〕因此,所謂的無產階級文學思潮只是知識青年用
以表達自身處境和願望的幌子,他們消解掉了其原發語境中的含義,卻借助
了其原生地革命成功的光環來爲自己的文學敘事賦予合法性。

　　1928 年的革命文學論爭是外來留學生以及國內唯洋是從的知識青年,懷
抱自以爲取來的眞經對中國文壇進行一路踏來的砍伐。這也與後來黨內王
明、博古、李德等共產國際代理人不顧中國具體革命現實而亂發議論瞎指揮
的現象頗爲相似,都是以先驗抽象的理論去批判一切異質的豐富的現實的路
子。他們自以爲掌握了宇宙眞理,掌握了改造中國的不二法門,而急於在中
國進行理論指導實踐的試驗。但如此缺乏根基的理論,既遭到深知中國社會
情形的魯迅和茅盾等人的痛擊,也受到從事具體政治實踐的共產黨有關人士
的批評。日本的福本主義強調在階級鬥爭中偏重於知識階級,「它實質上是以
對純粹的階級意識的追求爲特點,帶有很濃的『寧左勿右』的色彩。」〔註 21〕
後期創造社的李初梨、馮乃超、彭康、朱鏡我受此影響較大。藏原惟人的「新
寫實主義」對太陽社諸作家的影響較大,一方面強調生活對文學的作用,要
寫出生活的眞實性,另一方面也強調無產階級意識對文學的根本價值,強調
文學敘事的正確性。太陽社作家不像後期創造社青年是從日本歸國而來的留
學生,他們基本上都有著參加國民革命的切身經驗,本身也以創作文學作品
爲主,不像後期創造社主要進行文學理論方面的論爭。因此,太陽社作家既
認同創造社的強調無產階級意識的絕對作用,另一方面也強調生活經驗對作
品的重要價值。有學者將創造社、太陽社、魯迅和茅盾三方的差別總結爲:「創
造社堅持文學是意識(無產階級意識)的表現;太陽社最初標明文學是生活

〔註 19〕麥克昂:《桌子的跳舞》,《創造月刊》1928 年 5 月 1 日第 1 卷第 11 期。
〔註 20〕曹清華:《中國左翼文學史稿(1921～1936)》,北京:中國社會科學出版社 2008
　　　　年版,第 73 頁。
〔註 21〕艾曉明:《中國左翼文學思潮探源》,第 75 頁。

的表現；茅盾進一步指出，文學表現生活不是一般地表現而是藝術地表現。」
〔註 22〕

　　革命文學論爭除了集中於無產階級意識對於文學創作的決定作用方面，
還集中在關於文學的宣傳功用方面。文學宣傳功用的問題是無產階級意識對
文學創作作用問題的延伸，既然作家通過獲得無產階級意識可以做一個名符
其實的無產階級，並可以將這種先進的意識遍佈文學作品的每一個角落，那
麼讀者自然可以通過接受無產階級文學作品來完成自己的無產階級化。這樣
一條文學的生產、傳播、接受鏈條是脫離了文學生態語境的臆想。這既是對
無產階級意識的膜拜所造成的基本常識的喪失，也是當時知識青年急欲通過
自身所擅長的知識文化來改變國家的迫切願望所致。魯迅、茅盾等人則表達
了對於文學自身規律特點的充分尊重，強調文學除了宣傳的功效，還有其他
更為廣泛的作用。創造社、太陽社等人只是在理論中建構了一條理想途徑，
在具體的文學作品中根本做不到。他們自身雖然宣佈已獲得了無產階級意
識，但卻根本不瞭解無產階級的真實生活狀態，因此在作品中無法對無產階
級進行充分表現，反而是表達了此一時期知識青年內心的困惑、焦慮和躁狂。
由此可以看出，創造社、太陽社等人身上存在兩大悖論，一是文字中宣揚的
觀點與現實的背離，他們一再宣揚無產階級的先鋒性，以及對於歷史的決定
性，甚至認為只要獲得了無產階級意識，就可以撬動歷史，但他們身處的最
大的現實是中國當時處於工人運動的低谷期，況且他們本身也沒有和工人有
多少密切的聯繫。他們所謂的無產階級意識只停留在文字中。一是宣傳觀點
與實際創作之間的背離。他們在口號中一再強調無產階級的價值，但在實際
的創作中，雖以工人為名，但實際寫的卻是知識青年在國民革命中的生命感
受和人生思考，與真實的工人並沒有太多的關聯。他們的作品也被冠以「革
命加戀愛」文學。這就像魯迅所說的，「況且無產文學，是無產階級解放鬥爭
的一翼，它跟著無產階級的社會勢力的成長而成長，在無產階級的社會地位
很低的時候，無產文學的文壇地位反而很高，這只是證明無產文學離開了無
產階級，回到舊社會去罷了。」〔註 23〕

　　創造社、太陽社等知識青年實際上既不屬於資產階級，也不屬於無產階
級，而是屬於名符其實的小資產階級，雖然有時候他們也用這個名詞來攻擊

〔註 22〕 艾曉明：《中國左翼文學思潮探源》，第 121 頁。
〔註 23〕 魯迅：《二心集・對於左翼作家聯盟的意見》，《魯迅全集》第 4 卷，第 241 頁。

對手。在《野祭》裏，陳季俠對於自己身份的認定「不是資產階級，然而又不能算爲窮苦階級」，他稱自己爲「半無產階級」。〔註 24〕小資產階級在轉型期的中國是一個數量巨大、作用巨大的群體。他們由中國科舉的士子轉變而來。由於中國龐大的文官制度，學而優則仕的傳統，他們天然是治理國家的群體。科舉的廢除，使得他們失卻了立身之本。近代以來的混亂，讀書人已不能通過社會正常渠道做官，各類武人、黨人佔據要津。中國的產業經濟落後，也不能爲他們提供職業。達則兼濟天下，揮斥方遒的抱負已無法實現，但他們「忍不住的『關懷』」〔註 25〕，注定要與國家民族的未來綁定在一起。無處發洩的失落情緒，革命爲他們提供了急需的舞臺。在改天換地的現實革命鬥爭中，就像毛澤東所說，「革命不是請客吃飯，不是做文章，不是繪畫繡花，不能那樣雅致，那樣從容不迫，文質彬彬，那樣溫良恭儉讓。革命是暴動，是一個階級推翻一個階級的暴烈的行動。」〔註 26〕知識青年手不能提、肩不能挑的弱點，成爲需要改造的對象。在後來改造知識分子的一系列大規模運動中，知識分子上不能在戰場上舞刀弄槍，下不能進廠做工、下地務農的尷尬處境，也成爲他們積極配合改造的內因。

在國民革命時期，知識青年就遭遇到上述尷尬處境。在激烈的現實鬥爭中，他們的書生意氣飽含著理想主義色彩，卻缺乏現實鬥爭的經驗。傳統士子的培養是爲整個的社會系統塑造一種道德型範，進而影響整個社會的風氣，而眞正負責處理日常行政事務的是沒有進入科舉體系的各種吏。由此轉變而來的知識青年，也有著同樣口頭議論遠大於實際行動能力的致命弱點。汪精衛身上的書生意氣，「引刀成一快，不負少年頭」，但刺殺未及實行即已被捕，殺身成仁的勇氣可嘉，但行事的周全卻需提高。在中山艦事件中，他竟一氣之下去國年餘，從而使得國民黨內失去了制衡蔣介石的重要力量，使其迅速坐大，等再回來時，一切均已改變。郭沫若在他的詩歌中時而表現出極爲昂揚樂觀的理想主義，時而徘徊低吟。在這方面描寫最爲成功的是茅盾的作品，他的《虹》、《蝕》三部曲極爲細膩地描寫了知識青年苦悶惆悵的心情，有心參與革命事業，但缺少行動的能力，只好靠異性的身體來慰藉。

〔註 24〕 蔣光慈：《野祭》，《蔣光慈文集》第 1 卷，上海：上海文藝出版社 1982 年版，第 310～311 頁。

〔註 25〕 參見楊奎松：《忍不住的「關懷」》，桂林：廣西師範大學出版社 2013 年版。

〔註 26〕 毛澤東：《湖南農民運動考察報告》，《毛澤東選集》第 1 卷，北京：人民出版社 1991 年版，第 17 頁。

　　現代文學的開啓者魯迅也不例外，他自述並非常有能力去做事，「我看事情太仔細，一仔細，即多疑慮，不易勇往直前」。〔註27〕他在演講中坦白，「我不是什麼『戰士』，『革命家』。倘若是的，就應該在北京、廈門奮鬥；但我躲到『革命後方』的廣州來了，這就是並非『戰士』的證據。」〔註28〕魯迅在廈門和廣州都希望青年站出來說話行動，但當他看到在革命中青年被無辜屠殺，他感到無比的絕望。「立意要不講演，不教書，不發議論，使我的名字從社會上死去，算是我的贖罪」。〔註29〕但他的可貴之處在於，對此有著清醒的自知，並且敢於正視自我，敢於正視殘酷的現實，不像其他革命文學創作者淺薄而驕傲地認爲「唯我革命」。

　　以往研究界過份強調魯迅和創造社、太陽社等人之間的分歧，是五四作家和革命文學作家兩代人之間的區別。其實，魯迅在某種程度上也不能看作是五四文學的代表，他與當時眾多的五四作家之間的差別非常之大。他對五四的信心比當時任何一個五四人都要小得多。《吶喊》固然是致力於打破鐵屋子之作，但他自述是「聽將令」，是爲了「慰藉那在寂寞裏奔馳的猛士，使他不憚於前驅。」〔註30〕更能代表他內心的是《彷徨》裏那些對五四啓蒙表示質疑的作品，和那黑暗得不忍讓人接近的《野草》。這恰是魯迅之於現代文學的價值所在，他絕不盲從任何外來觀念，而是始終以腳下的土地和生活在這片土地上的人們爲根基，無論他們是多麼的醜陋和血污，都以大無畏的勇氣，「敢於直面慘淡的人生，敢於正視淋漓的鮮血」〔註31〕，絕不自欺欺人，在夢中尋出本沒有的路。明白了此點，我們可以發現，革命文學作家和五四作家在很多地方都有相似之處，不僅如此，而且魯迅在與無產階級文學的關係方面，與他和五四文學的關係非常相似。魯迅在剛開始時對五四文學並不太感興趣，但一旦投入，卻是堅持得最久的作家，以至於「兩間餘一卒，荷戟獨彷徨」〔註32〕，表現了極爲頑強的韌性戰鬥精神。在與無產階級文學的關係方面也是一樣，他認同其爲大眾的主旨，雖與同道中人多有論戰，但依然是在這方面堅持得最久的作家，並且表達了最爲獨特的思考。這可以從反面

〔註27〕　魯迅：《250331致許廣平》，《魯迅全集》第11卷，第471頁。
〔註28〕　魯迅：《而已集·通信》，《魯迅全集》第3卷，第465頁。
〔註29〕　魯迅：《三閒集·通信（並Y來信）》，《魯迅全集》第4卷，第100頁。
〔註30〕　魯迅：《吶喊·自序》，《魯迅全集》第1卷，第441頁。
〔註31〕　魯迅：《華蓋集續編·記念劉和珍君》，《魯迅全集》第3卷，第290頁。
〔註32〕　魯迅：《集外集·題〈彷徨〉》，《魯迅全集》第7卷，第156頁。

更好地理解和分析創造社、太陽社等知識青年與無產階級文學思潮以及革命文學的關係。

　　國民革命不僅爲革命文學等年輕作家燃起了希望，而且同樣給五四作家以莫大的信心。正如胡適所言：「民十五六年之間，全國多數人心的傾向中國國民黨，眞是六七十年來所沒有的新氣象。」〔註33〕魯迅對當時國民革命的發展態勢極爲關注，並寄予很大希望。他在廈門給許廣平的信中寫道：「此地人民的思想，我看其實是『國民黨的』的，並不老舊」。〔註34〕魯迅南下有和創造社重新造一條新的戰線以聯合進擊的打算，並且一到廣州就到創造社去拜訪。在國共分裂後，創造社的郭沫若等人也有聯合魯迅重新恢復《創造週刊》的打算，只是在成仿吾及其從日本帶回來的朱鏡我、馮乃超、彭康、李初梨等人看來，魯迅已成爲過時的舊文學的代表，而對從日本新學來的福本和夫的無產階級文學理論充滿自信，轉而對魯迅、茅盾、葉聖陶等五四作家展開批判。有意思的是，兩年後，這場你來我往頗爲激烈的論戰在共產黨領導層的干預下走向聯合，成立共同的組織「左聯」。這兩撥人都有深厚的家國情懷，都希望找到救國途徑，這是他們能夠走到一起的基礎。但即使在左聯裏，魯迅仍然感覺到自己是「橫站」〔註35〕，「敵人不足懼，最令人寒心而且灰心的，是友軍中的從背後來的暗箭」〔註36〕，使他傷心不已，「常常有『獨戰』的悲哀」〔註37〕。同時，他對於左聯的很多做法都有意見，認爲他們不敢正視殘酷的現實，喜歡只擇取喜歡的場景裝點門面，裏頭的某些人「抓到一面旗幟，就自以爲出人頭地，擺出奴隸總管的架子，以鳴鞭爲唯一的業績」〔註38〕。魯迅對於自己的選擇和看法，不僅沒有充足的自信，而且經常懷疑自己。他相信未來是屬於青年的，「對於青年，我敬重之不暇，往往給我十刀，我只還他一箭。」〔註39〕「革命文學的第一步，必須拿我來開刀，我也敢於咬著牙關忍受。殺不掉，我就退進野草裏，自己舐盡了傷口的血痕，決不煩

〔註33〕　胡適：《慘痛的回憶與反省》，《胡適全集》第 4 卷，合肥：安徽教育出版社 2003　年版，第 494 頁。
〔註34〕　魯迅：《261010 致許廣平》，《魯迅全集》第 11 卷，第 571 頁。
〔註35〕　魯迅：《341218 致楊霽雲》，《魯迅全集》第 13 卷，第 301 頁。
〔註36〕　魯迅：《350423 致蕭軍、蕭紅》，《魯迅全集》第 13 卷，第 445 頁。
〔註37〕　魯迅：《341206 致蕭軍、蕭紅》，《魯迅全集》第 13 卷，第 280 頁。
〔註38〕　魯迅：《且介亭雜文末編・答徐懋庸並關於抗日統一戰線問題》，《魯迅全集》　第 6 卷，第 558 頁。
〔註39〕　魯迅：《三閒集・序言》，《魯迅全集》第 3 卷，第 5 頁。

別人傳藥。」〔註40〕他認為青年人有力量，「自己卻正苦於背了這些古老的鬼魂，擺脫不開，時常感到一種使人氣悶的沉重。」〔註41〕他甘願沉入黑暗中去，願意給青年人「作梯子」〔註42〕。但他對青年人也有失望和不信任，在廣州，他親見「同是青年，而分成兩個陣營，或則投書告密，或則助官捕人」〔註43〕，而「量狹而多疑」〔註44〕的創造社諸君，或「皆茄花色」〔註45〕的革命作家，都不能給他以特別的希望和鼓舞。

　　魯迅在與創造社展開論戰之前就對無產階級文學思潮有關注，並因為論戰，又特別研究和翻譯了相關論著。他對於無產階級文學思潮感興趣，一方面是因為親歷「五四」的他清醒地意識到以個人為本位的價值觀在中國尚缺少實現的基本條件，娜拉出走的結局不是墮落便是回來，這條路在中國很難行得通。俄國十月革命的成功，同樣給了魯迅以希望，強調以工農大眾為本位而進行的反抗，或許是通往未來的一條路。以後人之明來看，在當時那個信息極不通暢的年代裏，這也是魯迅對蘇聯人的誤讀。有趣的是，強調以階級鬥爭為核心的俄國革命並不是魯迅關注的重點。他所感興趣的一是為工農大眾抗爭，二是文學如何可以更有效地為抗爭服務。對於革命中的暴力行為，魯迅一向反對，他一再強調，「革命是並非教人死而是教人活的」〔註46〕。

　　魯迅親近無產階級文學思潮，但並不意味著就相信其中所說的一切，更何況這裡面還分很多不同的流派。他對《蘇俄文藝論戰》一書大為讚賞，因為這裡面介紹了論戰雙方不同的觀點。他不贊成當時關於唯物史觀的論爭，「只希望有切實的人，肯譯幾部世界上已有定評的關於唯物史觀的書——至少，是一部簡單淺顯的，兩部精密的——還要一兩本反對的著作。」〔註47〕他在這裡強調的是自己獨立判斷的精神和能力，而不是盲從他人。這正是他作為中國現代知識分子最寶貴也最難得的品質。他對五四有著自己的猶疑和判斷，不像覺慧等青年抱持了「個人的價值」幾個鎦金大字就離家出走，他

〔註40〕　魯迅：《南腔北調集·答楊邨人先生公開信的公開信》，《魯迅全集》第 4 卷，第 645 頁。
〔註41〕　魯迅：《墳·寫在〈墳〉後面》，《魯迅全集》第 1 卷，第 301 頁。
〔註42〕　魯迅：《300327 致章廷謙》，《魯迅全集》第 12 卷，第 226 頁。
〔註43〕　魯迅：《三閒集·序言》，《魯迅全集》第 3 卷，第 5 頁。
〔註44〕　魯迅：《兩地書七九》，《魯迅全集》第 11 卷，第 217 頁。
〔註45〕　魯迅：《300327 致章廷謙》，《魯迅全集》第 12 卷，第 226～227 頁。
〔註46〕　魯迅：《二心集·上海文藝之一瞥》，《魯迅全集》第 4 卷，第 304 頁。
〔註47〕　魯迅：《三閒集·文學的階級性》，《魯迅全集》第 4 卷，第 128 頁。

覺得中國當下最需要的是「一要生存，二要溫飽，三要發展。」〔註 48〕在與
創造社、太陽社等人的論戰中，他們之間的差異也正是在這個地方。魯迅以
深厚的學養和見識對中國的現狀下著自己的判斷，外來的思潮只是起著一個
參照的作用，並不能主宰他的全部心智。而創造社、太陽社諸君子則以新學
到的各種名詞概念是從，唯洋是舉，唯新是舉，將魯迅等人簡單斥爲落伍者，
在概念和名詞的操練中完成著自己的英雄夢想，忽略的恰恰是最寶貴的他們
腳下土地上最眞切的現實。魯迅對此評價道：「他們對於中國社會，未曾加以
細密的分析，便將在蘇維埃政權之下才能運用的方法，來機械的地運用了。」
〔註 49〕

　　魯迅對五四文學的超越並不影響五四文學在現代文學史中的價值，同
樣，他與無產階級文學的論爭同樣也不應該成爲妨礙我們正確評價革命文學
的標準。如果不以單純的無產階級文學的標準來衡量的話，革命文學是國民
革命時期知識青年在與無產階級文化相遇時的心靈圖志，反映著與五四作家
不同的革命青年在現實的革命行動中的困惑和迷失。比起五四文學局限於思
想文化層面，革命文學與現實的聯繫更加密切，對外來觀念更加癡迷，缺少
自我主體的過濾和思考。雖張揚著無比決絕的青春激情和鬥爭精神，但也彌
散著浪漫蒂克的空想和不接地氣的我執。它是在科舉制度廢除二十年後，徹
底失去了安身立命所在後的讀書人，在社會的動盪時期走出書齋邁向廣場
後，在無比眞實但也無比冷酷的現實運動中，所眞切體驗到的書生意氣與現
實撞擊時的陣痛，生命被撕裂的同時釋放出了壓抑千年的個我生命原始衝
動。這在某種程度上要感謝五四所發現的「個我」，並給它們予以正名。如果
說五四文學是中國文學第一次在思想觀念上給「個我」予以正名的話，那麼
國民革命時期的革命文學則是五四文學所覺醒後了的「個我」首次在與現實
的撞擊中所體悟到的生命陣痛。在與現實的搏殺中，讀書人很快意識到「個
我」在現實面前的渺小和無力。中國的現實決定了這些覺醒後了的「個我」
還沒有力量承擔如此巨大的理想與現實之間的落差，以及心靈撕裂所造成的
虛無。這些不能承受的生命之重很快迫使他們重新投入集體的懷抱。既然傳
統的科舉仕途徹底無望，「學得文武藝，貨與帝王家」已不現實，那麼就尋求
與數量龐大的「國民」、「民眾」在一起。不過，它們也僅停留在文字的抽象

〔註 48〕魯迅：《華蓋集‧忽然想到（六）》，《魯迅全集》第 3 卷，第 47 頁。
〔註 49〕魯迅：《二心集‧上海文藝之一瞥》，《魯迅全集》第 4 卷，第 304 頁。

意義上，並不具有真實的所指。他們需要的是重新建構一套理論話語，既安撫了自己那顆在現實中受傷的心，另一方面，通過在話語中的重新敘述來為自己投入集體的懷抱獲得合法性。無產階級文學思潮滿足了所有這些需求，恰逢其時，一拍即合。就像郭沫若在翻譯完河上肇的《社會組織與社會革命》後所說的：

> 但我譯完此書所得的教益殊覺不鮮！我從前只是茫然地對於個人資本主義懷著憎恨，對於社會革命懷著信心，如今更得著理性的背光，而不是一味的感情作用了。

> 這書的譯出在我一生中形成了一個轉換期。把我從半睡眠狀態裏喚醒了的是它，把我從歧路的彷徨裏引出了的是它，把我從死的暗影裏救出了的是它。〔註50〕

這種尋到了寶藏的亢奮構成掀起革命文學論爭的底氣。但由於創作主體內裏的空虛和對外來思潮的理解僅停留在名詞方面，不敢正視殘酷的現實，所表現出來的仍舊是老調子而已。

　　總之，創造社、太陽社等知識青年在國共分裂後，利用外來的無產階級文學理論作為武器和招牌，在文學作品中表達的卻是他們作為新一代從科舉制度中放逐出來的讀書人，既懷有改造國家的熱烈情懷，但又尋不出道路來的迷茫和痛苦。同時，由於在國民革命的廣闊天地中接觸到了社會的劇烈變動，既體驗著人性得到釋放帶來的新奇感，同時也陷入了無所依託的迷失。所謂的無產階級文學思潮其實只停留在他們的話語層面，並沒有進入到思維的深層中去。

〔註50〕郭沫若：《創造十年續篇》，《郭沫若全集・文學編》第12卷，第205頁。

第三章　革命文學書寫工人運動基本形態

　　以往文學史往往將「革命文學」等同於「無產階級革命文學」和「普羅文學」等概念，它們的所指是國共分裂後至「左聯」成立這一階段的文學。「無產階級革命文學」和「普羅文學」兩個概念是依據無產階級意識形態對文學形態進行的命名，但具體到中國當時的實際創作而言，並不存在無產階級或普羅大眾創作的文學形態。「革命加戀愛」文學是對這一時期文學的另一稱呼。這是從文學描寫的內容出發對文學進行的命名，缺點是不能反映創作主體與時代語境的互動關係。論文統稱整個國民革命時期的文學為革命文學。它以國民革命的歷史背景作為框架對文學進行命名，符合中國文學傳統的命名方式。由於革命話語在社會各個領域各個階層的強勢滲透，已成為個人思想建構和文學想像的必然因素。以往的研究囿於意識形態限制，把此一時期的革命話語單一地解釋為無產階級革命話語，將當時豐富蕪雜的革命話語進行了提純和單一化。身在國民革命之中的知識青年對革命的理解可謂是五花八門，基於自身對時代的感受而進行的革命文學創作，更是反映出了他們對革命千差萬別的理解。論文將革命文學分作反帝革命文學、工人革命文學、言情型革命文學和幻滅型革命文學四種形態。前兩種側重文學對歷史內容的再現，後兩種強調文學對個人內心情感的表現。

　　論文在對革命文學四種形態進行解讀的時候，嘗試運用第一章中由工人運動的四種模式相對應的現代文學的五種基本類型作為切入的工具，以此分析它們在國民革命的進程中對革命文學的發生發展產生了怎樣的影響，從而

使得革命文學分化出了各具特徵的四種形態。

第一節　反帝革命文學

　　剛剛成立的中國共產黨，受蘇俄召開的「遠東勞動者第一次代表大會」
的影響，在中共二大時提出「推翻帝國主義」的口號，並在接下來的宣傳工
作中大力傳播關於「帝國主義」的思想理論，將中國積貧積弱的根源歸結於
外部世界秩序的不合理。中國要通過革命行動，來推翻這一不合理秩序，從
而在世界民族之林獲得合法性。這一理論被國民黨接受，並將其作爲國民革
命的兩大目標之一。國共通過五卅事件成功將這一思想在社會上廣泛傳播，
並演化爲實際的反帝行動。這轉變了在此之前的中國社會對於世界強國的基
本思維，基於社會達爾文主義的優勝劣汰理論，中國將受西方列強欺壓的原
因歸結於自己的落後，因此將自強作爲改變中國處境的根本方法。現在則認
爲要依靠革命行動來推翻世界的不合理秩序作爲擺脫被動地位的方法。〔註1〕
在中國當時的社會生活中，與「帝國主義」最爲短兵相接的是沿海城市裏的
工人。一方面，國共兩黨組織了一系列大規模的罷工反抗帝國主義，另一方
面，在刊物上不僅大講革命理論，還創作了大量的帶有濃重反帝色彩的「革
命文學」。它與國共分裂後的「革命文學」相比，反帝意味要遠遠大於無產
階級鬥爭的內涵。即使在國民黨左派和共產黨佔據優勢的武漢，孫伏園主編
的《中央副刊》刊載的詩歌也主要以反帝作爲旗幟。當時西安國民革命軍中
的簡又文在 1927 年 3 月 28 日自稱爲國民軍三十萬誓死救國的革命同志作的
《我的墳墓》中寫道：「我已擇定了我的葬身地兮，／是在黃河之畔，泰山
之麓，或白山黑水之間。／那是帝國主義最後的傀儡劇場兮，／又是萬惡軍
閥最末一座的靠山。／願與不平等條約同時殞命兮，／誓與胡魯軍閥兮偕
亡！」〔註2〕共產黨雖有意將國民革命搞成階級革命，但礙於國民黨的反對，
只能將兩黨都接受的反帝作爲主要宣傳方向。這種「革命文學」是現代文學
「反帝文學」這一基本形態的中間階段。它上承將西方國家稱爲列強的簡單
樸素的初級階段，下啓「九一八」後東北流亡作家群的抗日文學，至到抗戰

〔註1〕參見尹鈦：《「帝國主義」在中國的建構——以 20 世紀 20 年代的國民革命爲
　　　例》，《國際關係學院學報》2007 年第 3 期。
〔註2〕簡又文：《我的墳墓》，《中央副刊》1927 年 7 月 8 日第 104 號。

的全面爆發，「反帝文學」進入了更爲成熟的新階段。與此同時，因爲畢竟脫胎於列寧的「帝國主義」理論，它也與國共分裂後倡導無產階級革命理論的革命文學有相似之處。前者以帝國主義列強作爲敵人，後者以壓迫無產階級的資本家和地主作爲敵人，二者都從公平正義的道德立場出發，將自我的不利處境歸結於外在秩序的不合理，都要通過暴力的革命鬥爭改變這一秩序，從而確立自身的合法性。不同的是，前者將自我與民族國家裏挾在一起，將西方列強看作敵人，後者則是將自我認定是無產階級的一分子，將資本家和地主視爲敵人。因此，如果從文化思潮的角度看，與其將國共分裂後革命文學大盛的原因歸結爲無產階級文學思潮的影響，不如將其看作是國共分裂前「反帝文學」的自然延伸。不同的是，前者將工人受苦的原因歸結於帝國主義的壓迫，後者認爲是由於本國資本家的剝削。相同的是，在這兩種聲稱以工人作爲主角的革命文學裏，工人都是缺席的。在前者中，知識青年只是將工人作爲抽象符號的代表納入革命理論體系，並以此創作出了具有強烈反帝意味的革命文學，目的在於通過影響社會輿論從而擴大自我的聲音，進而將工人吸引進工人運動的行列。爲了使文化水平普遍偏低的工人群體易於接受自己的觀點，他們廣泛採用了傳統的民間文學形式。論文將國共分裂前以反帝爲主旨的革命文學稱之爲「反帝文學」。

　　與國民革命時期那些不乏爭論觀點各異的革命理論相比，很多以工人作爲預期讀者的報刊中的文學作品反映的是這些貌視不同的觀點背後思維層面上的驚人一致。論文選取 1925 年創刊的中華全國總工會省港罷工委員會的機關報《工人之路》作爲典型案例，對其中的文學作品進行分析。它們形式多樣，不僅有小說、詩歌、戲劇等現代文學形式，還有傳統的班本、粵謳、曲歌、急口令、京曲、新鼓、對聯、童謠、時調、新歌謠、龍舟歌、吟詠等形式。特別是在後一種文學形式中，由於利用了民眾熟悉的文學體裁，有的直接運用當地的方言，大大增強了在底層民眾中的宣傳功效。在這裏其實已經進行了後來的「文學大眾化」試驗。需要注意的是，這些工人刊物並不是由普通工人創辦的，「中國工人階級報刊是從中國先進知識分子所創辦的宣傳革命民主主義和社會主義的刊物直接發展過來的，中國工人階級報刊的產生過程是和中國先進知識分子逐步無產階級化的過程相適應的。」〔註3〕這些文學

〔註 3〕寧樹藩：《中國工人階級報刊的產生的初步發展》，《復旦學報（人文科學版）》1956 年第 2 期。

作品由於強烈的現實功用目的，蘊含著當時知識分子試圖發動組織工人的文化心理機制。論文采用了同時期立場比較中立客觀的《申報》中關於工人的報導，從另一個側面窺視歷史的眞相，以與《工人之路》中的工人文學作品進行對比，從而便於分析反帝文學對工人進行的塑造機制。

反帝文學最主要的內容是反抗以英日爲代表的帝國主義。「大帝國，大帝國，原本我，眞眞是萬惡。惡到通環球，惡到去中國。中國的利權，時常任我託。有陣佢，嬲我帝國，把佢中國地方割。重要控住佢海關，想話共管佢中國。」〔註4〕當時國內的張作霖、吳佩孚和孫傳芳等軍閥被看作是帝國主義的代理人，廣東省內的陳炯明等也被視作與帝國主義是一類人。他們都被描述成充滿各種惡行的壓迫者，是中國民眾受苦的根源所在。「軍閥陳炯明，實是反革命。盤據在東江，害人數不清。苛抽與慘剝，壓迫我百姓。縱容佢軍隊，鄉村都搶清。」〔註5〕陳扇翔在第171期的《工人之路》發表班本《行刺洪兆麟》，其中寫道：「可恨帝國主義，資本家，勾通軍閥，欺壓我們，你來看，上海沙基，遭他屠殺，因此義憤塡胸，遍尋機會，殺卻奸人」。因爲將洪兆麟視作帝國主義一夥，因此帝國主義在中國犯下的罪行，也應當由其承擔。

反帝文學鼓吹仇恨，以此作爲發動民眾參與革命的動力。啓動仇恨機制並以此爲革命行動賦予道義上的合法性，通常可分作這麼幾步。第一，充分描寫帝國主義和軍閥在中國犯下的滔天罪行，對工人進行的壓迫。「帝國主義實凶蠻，野心勃勃若生番。不平條約強迫我，侵奪土地握海關。」〔註6〕「史塔士，性如牛，視工人，如讎仇，常山那，碧眼兵，打工人，像打狗。」〔註7〕「慘，慘，慘！五月卅日眞可慘，槍殺我同胞，學生並工人。流血南京路，斑斑好痛心。」〔註8〕爲了突出帝國主義者的罪惡，反帝文學把它們比作各種妖魔鬼怪，在外在形象描寫方面對其進行矮化醜化。稱日本人爲「日矮子」〔註9〕，稱西方人爲「紅毛鬼」〔註10〕。將帝國主義比作一隻白狗，「那隻洋狗，生得非常的怪樣。『綠眼紅毛』，又高又大」。〔註11〕

〔註4〕 馮秋初：《帝國鬼返祖國》，《工人之路》第62期。
〔註5〕 金高：《五字歌》，《工人之路》第131期。
〔註6〕 鄭遠文：《憤敵壓迫》，《工人之路》第153期。
〔註7〕 秋星：《史塔士》，《工人之路》第57期。
〔註8〕 陳心赤：《愛國歌》，《工人之路》第92期。
〔註9〕 孔寶翔：《想起了》，《工人之路》第220期。
〔註10〕 冼一宇：《打倒帝國主義》，《工人之路》第69期。
〔註11〕 程光庭：《黃狗亦知助黨除凶》，《工人之路》第189期。

　　第二，大力宣揚普通民眾衣食無著的悲慘生活境遇。「夏天太陽如火燒，多天北風呼呼叫。多無棉襖夏無葛，窮人的苦苦難說！」〔註12〕「工人做工苦得很，一天到夜做煞快，工錢只有幾百文，工廠裏面黑沉沉，空氣醒醒悶煞人，有時還把性命送，機輪皮帶不留情。」〔註13〕「烈日當空，車夫之被打聲。年關已屆，債主之催錢聲。北風怒號，窮人之叫苦聲。天時將晚，老丐之乞飯聲。」〔註14〕

　　第三，通過敵我對比，將民眾苦難的原因歸於帝國主義及軍閥的壓迫，從而使民眾獲得道德優勢，革命行動自然也就獲得了無庸置疑的合法性，而這又構成了戰勝帝國主義者的資本和底氣。在這樣的思維方式下，有的人居然將天氣也歸爲帝國主義覆滅的前兆。「工友們，天助我們勝利，天助我們成功呢？你不看今年的天氣麼，雖隆冬的時候；沒有冷過甚麼利害的。近日又暖起來了，使我們罷工的工友，享得『天時』利便」。〔註15〕翟鐵血在第204期的《工人之路》發表《無形槍炮比有形槍炮》一文，認爲民氣就是一種無形槍炮，殺起人比有形槍炮厲害得多。「帝國主義，無限的犀利槍炮，也都被我們的民氣，節節來打他，試睇帝國主義現在的情形，張皇失措，無法來抵抗」。這種民氣，實質上是一種高度人格化的道德虛設體，是在中國這樣一個高度道德化的社會裏殺人的利器，「千夫所指，無疾而終」。但在遇到外族入侵時，並不能起作用，這與義和團強調的神功護體可以抵抗洋人的刀槍一樣無效。終歸起來，也就是魯迅所說的「合群的愛國的自大」，「這便是文化競爭失敗之後，不能再見振拔改進的原因。」〔註16〕除了以民氣作爲戰勝敵人的法寶，反帝文學過份誇大帝國主義的經濟損失，而對己方的損失則不予重視。《工人之路》在每期上都專門開闢板塊用特大字號刊出「帝國主義者的損失自罷工到今天（每天四百萬）已至 XXXX 萬元了」的字樣。在罷工的重要組織者鄧中夏看來，「我們的罷工手段好利害！你想，他們每月損失一萬萬餘元，每日應得損失四百萬元，我們呢？每日不過六千元，以六千元對四百萬元，我們和帝國主義來拼一拼，到底是誰吃虧大？」〔註17〕這是自給自足的

〔註12〕　偉姑：《夏天和冬天》，《工人之路》第 125 期。
〔註13〕　《平民歎》，《工人之路》第 129 期。
〔註14〕　金：《耳不忍聽之聲》，《工人之路》第 183 期。
〔註15〕　鄧協池：《天助的罷工工友》，《工人之路》第 223 期。
〔註16〕　魯迅：《熱風·三十八》，《魯迅全集》第 1 卷，第 327 頁。
〔註17〕　鄧中夏：《香港帝國主義損失一萬萬餘元了》，《工人之路》第 26 期。

小農經濟邏輯與強調互相合作互通有無的現代工業經濟的矛盾衝突。在當時的歷史語境中，西方列強固然需要中國工人的合作才能進行生產，但處於產業鏈低端的國人更需要在與西方的合作中學習現代工業生產方式。傳統的農業文明培育出的民族精英們還不能認識到這一點。面對工人罷工後的生活困境，他們一方面虛陳高義，以民族主義的道德尊嚴對工人進行綁架，另一方面通過當時廣東國民革命政府的經濟援助對工人發放救助金。此外，又通過各種欺騙的方式許諾工人未來會有美好的生活。第 44 期的《工人之路》刊載《罷工工人生財之機會》的消息，宣稱在江北發現大金礦，將擇期開採，從而可以為工人的生活帶來保障。這樣的辦法無異於「望梅止渴」。

反帝文學在描寫工人時，往往是將其看作和農民、士兵一樣的反抗帝國主義的一份子，基本不強調其與資產階級對立的一面。署名荷笠的作者 1926年在廣州黃埔中央軍事政治學校時作了一首詩，希望有音樂家譜曲後可以傳唱。詩歌的最後一節寫道：「在青天白日旗下，／工農商學兵，／永遠地團結起來！／熱血就是自由的代價！！！／殺！剷除帝國主義，／與新舊萬惡軍閥！」〔註18〕在白話劇《二七血》中，工人甲說：「我們的意思，是為無產階級非是團結不能自救，現在軍閥雖然壓迫不准開會，不許我們自由，我們還是不能屈服，我們要誓死力爭，將來要全國各路工友，都組織起來，聯合起來，內與全國無產階級聯合，外與全世界無產階級聯合，以期打倒軍閥打倒帝國主義」。〔註19〕由此可以看出，反帝文學使用的「無產階級」一詞，與之相對的並不是資產階級，而是帝國主義和軍閥，有時甚至將官僚地主也算作在內。比如有的詩歌寫道：「想起我的農民工友，好似陷在幽冥。帝國主義無人性，目無公理把我欺陵。軍閥荼毒如狼虎，苛抽強掠塗炭我的生靈。官僚政客私囊飽，苛捐雜稅暴殮橫征。地主催租如星火，廠主淫威施虐刑。真是千里壓迫，兼虐政，令人痛苦，慘不勝。」〔註20〕

此時的「無產階級」含義模糊，更多的是指勞苦大眾，並且充滿了道德色彩。另外，由於「無產階級」一詞是來自革命已經成功的蘇俄，使其帶上了巨大無比的魔力，彷彿一使用它就可以達到朝聞道，夕則革命可收全功的效果。這也反映了當時知識青年對外來名詞的盲目崇拜，而對其實質內涵則

〔註18〕荷苙：《在青天白日旗下》，《中央副刊》1927 年 6 月 28 日第 94 號。

〔註19〕《二七血》，《工人之路》第 234 期。

〔註20〕朵：《夜靜悲聲》，《工人之路》第 172 期。

不求甚解的態度。如果再往心理的深層次進行分析，他們對於外來名詞在原發地的內涵本來就不感興趣，感興趣的是它們身上所帶有的原發地作爲世界強國的榮耀，在這樣的虛殼裏再裝入中國本土民眾對自身弱小處境的不滿情緒以及由此帶來的富國強兵的願望，這樣左右逢源的新詞在中國自然是能夠迅速風靡大江南北。

　　反帝文學借助於傳統的民間文學形式表達反帝思想，舊瓶裝新酒的形式特徵便於普通民眾的接受。在表達主旨前，往往採用古典詩詞賦比興等藝術技巧，先是對風景進行一番描繪，再將描述對象與讀者熟知的事物進行一番比附，最後將要表達的主旨合盤托出。如此的表達策略，可以將外來的名詞「帝國主義」、「無產階級」等包裹在傳統的認知習慣裏輸入到受眾那裏。這不失爲一種高明的舉動，在抗日戰爭的民族文學形式的討論中，向林冰提出的「以民間形式爲民族形式中心源泉」〔註21〕也是採用的這種傳播策略。問題是應和了受眾的文學表達形式，新名詞的眞正內涵就會消解在傳統集體記憶的汪洋大海裏。到底是輸入了新的認知世界的方式，還是不管什麼外來思想，最終都統統化歸到「中體西用」的思維模式中，是一個値得思考的問題。反帝文學在幾個蘇俄名詞的點綴下，承繼的是義和團式的妄自尊大和盲目排外的民粹主義，這裡面又混雜了中國民間的造反傳統。具體到文學傳統，神魔小說對蘊含著強大力量的未知物體採用醜化其形體特徵從而獲得心理優勢，以其德行缺陷來取得道德優勢，用戲謔嘲笑的方式來瓦解對方的實體力量，這些都在此一時期的反帝文學中得到了承繼。有學者認爲：

　　　　從提出「中體西用」，到熱衷「華夷之辨」，都深刻表明在中西
　　方文化衝突的最初推進中，普遍存在著盲目排拒外來文化的民族自
　　大心理。因此，近代文學作者不可能透徹認識帝國主義的本性和西
　　方文化的實質，從而找到一條切實、正確的救國道路。有些作品往
　　往從狹隘的民族主義、反動的國粹主義、民粹主義乃至文化復古主
　　義、排外主義的思想出發，把抵抗外敵侵略同拒斥西方先進文化混
　　淆起來，幻想以「東方精神文明」來對抗西方物質文明，在「尊王
　　攘夷」觀念的馬褂下面，依然拖著一條封建文化的尾巴。〔註22〕

〔註21〕向林冰：《論「民族形式」的中心源泉》，《大公報》1940 年 3 月 24 日。
〔註22〕王培元：《關於中國現代反帝愛國文學的思考——從中西文化衝突出發》，《文
　　　　學評論》1987 年第 5 期。

國民革命中反帝文學作品也承襲此傳統而來，對帝國主義持盲目仇恨的態度。鼓動工人通過罷工來打擊帝國主義，實際上就是這一思想的最佳體現。魯迅在廣州時對那裏的情況評價道：「廣州的學生和青年都把革命遊戲化了，正受著過份的嬌寵，使人感覺不到真摯和嚴肅。」「在廣州，儘管有絕叫，有怒吼，但是沒有思索。儘管有喜悅，有興奮，但是沒有悲哀。沒有思索和悲哀的地方，就不會有文學。」〔註23〕這也大抵可以用來評價反帝革命文學。

　　反帝革命文學也不全是單純的宣傳文學，文學並不簡單地馴服於理論觀念的強力灌輸，它以自身藝術規律的特點對社會現實進行著表達，點滴的細節描寫透露著個體生命對時代特徵的真實感受。《工人之路》第 191 期刊載了馮金高的小說《報紙賣新聞紙》，小說首先描寫了軍閥大戰給老百姓帶來的苦難，接著寫道：「更有可憐的，便是窮苦人家的生活，往日賣些小食物，或者是工廠作苦工的人，經過這次災後，沒有不失業，坐食山空，而且想找工做是不容易，簡直是痛苦難堪！」這裡雖然在前面加上了軍閥的帽子，但寫的卻是所有戰爭給民眾帶來的苦難。這篇小說在後面強調的仍是富人對貧苦人的壓迫，但在這一段話裏卻寫出了工廠對於窮苦人家生活的重要性。這是人們多少可以依賴的生活所在。戰爭使他們失去了這一生活來源，當時強調反抗帝國主義的工人運動實際上也使他們失去了這一生活來源。工廠在當時社會上的意義和作用，我們可以從近代工業最發達的城市上海來做一個觀察。滌在 1924 年 11 月 15 日的《申報》發表筆記《一個好工人》，記述了軋花廠的工人王二，平時在做工時細心留意觀察，當機器出現故障時能夠及時將其修好，從而得到經理的賞識，給他加了工錢。「後來王二的本事又進步了，就升做到機匠，每年的薪俸，加到四百多元。但是他對於工作，仍舊很認真；薪俸雖大，用度仍和從前做工人時，一樣省儉。用攢下的錢，便儲蓄到銀行裏。如此十個年頭，王二的存摺上已經總結到五千多元了。」這篇筆記不乏勸諭工人積極做工的意味，但也給當時許多沒有衣食來源的窮苦人一條現實的生存之路和希望之路。平在 1925 年 1 月 3 日的《申報》上發表《一封家信》中寫道：「父親：我進廠以來，已經半年多了；每月工錢五元，在此很好，請大人不必掛念。」仲穎在 1925 年 1 月 10 日發表《勸友人作工書》，信中寫道自己在安頓好家裏的農活後就外出做工。「現在我在這裡，每天的工資，靠近五

〔註23〕〔日〕山上正義：《談魯迅》，魯迅博物館、魯迅研究室、《魯迅研究月刊》選編《魯迅回憶錄：散篇》（下冊），北京：北京出版社 1999 年版，第 1552 頁。

角；除去一切用費，還可以盡賺三角。」又述及在工廠做工的好處，「一、工價是看人的能幹定的；所以個個人都很出力。聽說有的熟手拿到一塊錢一天呢！二、學習一種技能，心中便覺著無限的快樂；什麼苦痛，都掃得一空。三、我向來身體是很瘦弱的，現在因爲天天勞動，好得多了。」王婧嬂在 1925 年 2 月 14 日的《申報》發表詩歌《工人樂》，「工人忙碌碌，朝出晚歸宿。雖將血汗換些錢，淡飯粗衣也自足。一分勞力一分酬，心頭無愧自舒服。」徐平田在 1925 年 2 月 28 日的《申報》發表詩歌《作工》，「作工好，作工好，作工之人少煩惱。眠要早，起要早，精神充足心靈巧。」這些例子都從另一個角度證實了小說《報紙賣新聞紙》在細節上描寫的工廠對於民眾生活的重要性。

反帝文學對於工農大眾革命性的過份推崇，忽視了他們身上急需現代啓蒙思想改造的劣根性。琴鶴堂在《工人之路》第 187、188 期上發表小說《冬夜》。小說先是敘述了黃包車夫江北退伍士兵和他的朋友阿五在寒冷的冬夜拉不著客人的淒慘境遇，接著寫到退伍士兵關於當年在軍隊的回憶。「忽然感到他十二年前冬夜的那回事，帶著殺氣的面孔上，現了一堆笑。」而這笑的原因在於，當年在軍營嘩變殺死營長橫行搶劫時的快意。當「銀行和首飾鋪都塞滿著盡是我們的人」時，他「卻跑到姓吳的家裏去搶；因爲我曉得姓吳的家裏有一個很美的姑娘」。在他用槍打死了和他爭搶這個姑娘的張四後，剩下的事情他只是對正聽得津津有味的阿五說：「改日再談罷！」如此兼具士兵和工人身份的黃包車夫的形象絕不符合那個時代的宣傳需求，但卻又是如此的真實和耐人尋味。我們從中看到的不僅沒有什麼反抗帝國主義的革命性，反而是依據武力對弱小民眾的欺凌。「小百姓們，正蒙著頭憨睡著。我們槍一響，他們都由夢中驚醒，哭聲震天的亂嚷。」這頗有《水滸傳》裏梁山好漢打家劫舍的架勢，也讓人不禁想起阿 Q 那份宣稱要革命時的「我要什麼就是什麼，我歡喜誰就是誰。」〔註 24〕

第二節　工人革命文學

這裡的工人革命文學，並不是指「革命文學論爭」中創造社等人強調在獲得了無產階級意識後而創作的文學，而是指以國民革命中的工人作爲客觀描寫

〔註 24〕魯迅：《呐喊・阿 Q 正傳》，《魯迅全集》第 1 卷，第 539 頁。

對象的革命文學。這些工人不是在階級鬥爭理論的指導下對本國資產階級進行反抗，而是在國民革命反帝旗幟的號召下，對帝國主義和軍閥進行反抗。一批在國民革命中親身參與工人運動，或者是本身有著工人經歷的作家，尊重自身的生活經驗，描寫出了一批反映著眞實工人形象的作品，呈現出了相當一部分不願參與罷工甚至反對罷工的工人形象，因爲罷工不僅不能給他們帶來切身的利益，反而使得生活陷入了更加窘迫的危險境地。它們所呈現的國民革命時期工人運動的別樣面影，對於再現那一風雲變幻歷史時期的工人形象具有重要意義。論文選取劉一夢的小說集《失業以後》作爲案例進行分析。

在與創造社、太陽社展開的「革命文學」論爭中，魯迅認爲他們的作品停留在理念層面，與現實脫開，「招牌是掛了，卻只在吹噓同夥的文章，而對於目前的暴力和黑暗不敢正視。作品雖然也有些發表了，但往往是拙劣到連報章記事都不如」。〔註25〕意外的是，魯迅在《我們要批評家》裏稱劉一夢的短篇小說集《失業以後》爲「優秀之作」〔註26〕。劉一夢是太陽社的重要作家，《失業以後》是他在「四・一二」清黨後從事革命文學創作的成果。他在1928 年被中共中央派往山東任團省委書記，1931 年被韓復榘殺害。由於參加文學創作的時間很短，且只有《失業以後》等八篇短篇小說，劉一夢及其作品在以後的文學史敘述中多不見其身影。魯迅好像並不知道劉一夢是太陽社作家，認爲像《失業以後》這樣的作品，是「每一個文學團體以外的作品，在這樣忙碌或蕭閒的戰場，便都被『打發』或默殺了。」〔註27〕魯迅是將其與當時流行的「革命文學」區別對待的。胡從經曾指出這種區別，「劉一夢是中國無產階級革命文學最早一批實踐者之一，早在1927 年 7 月就開始了旨在反映工人鬥爭與農民運動的小說創作，比一般在1928 年初倡導革命文學熱潮中開始執筆的作家早半年左右；而且與某些主觀臆造、心意爲之的作品不同的是，他以自己從事工運、農運的切身體驗而創作的作品，富有眞實性與感召力」。〔註28〕這正是魯迅所一再倡導的眞的革命文學，「革命人做出東西來，才是革命文學。」〔註29〕田仲濟在應胡從經邀請撰寫的《〈劉一夢作品集〉序》

〔註25〕魯迅：《三閒集・文藝與革命》，《魯迅全集》第 4 卷，第 85 頁。

〔註26〕魯迅：《二心集・我們要批評家》，《魯迅全集》第 4 卷，第 246 頁。

〔註27〕魯迅：《二心集・我們要批評家》，《魯迅全集》第 4 卷，第 246 頁。

〔註28〕胡從經：《魯迅推重的「優秀之作」──劉一夢〈失業以後〉》，《文藝報》1987 年 3 月 21 日。

〔註29〕魯迅：《而已集・革命時代的文學》，《魯迅全集》第 3 卷，第 437 頁。

（後未刊印）中回憶：「蔣光慈對劉一夢的小說評價很高，說他是最早地描寫了中國產業工人的形象。」〔註30〕

《失業以後》小說集中的《工人的兒子》、《車廠內》、《失業以後》都是以工人罷工作爲描寫對象，是作者在國民革命時期參與組織工人運動的堅實的生活基礎上進行的創作。在爲數不多對其的解讀中，絕大多數仍將其看作是工人反抗資本家的作品，「所收 8 篇作品，生動地描繪了工農群眾在舊社會被壓迫被剝削的非人生活及其反抗精神。」〔註31〕但也有研究者試圖從新的角度展開分析，認爲「他的小說敘述顯得十分逼眞，不僅反映了 20 年代工人遭受工頭壓迫的生活處境，而且眞實地反映了罷工工人的心理狀況」。〔註32〕《失業以後》被魯迅看作是與當時流行的「革命文學」不同的作品加以稱贊，後來的文學史將其視爲「革命文學」的代表作加以肯定，其中長短頗耐人尋味。《失業以後》與「革命文學」究竟有什麼不同？作品裏的哪些元素打動了魯迅？它究竟在多大程度上反映了國民革命時期工人的心理感受和生存狀態？這對於我們認識那段歷史究竟有著什麼重要價值？這些問題頗值得探究。

劉一夢原名劉增溶，又號大覺，1905 年出生於山東省蒙陰縣垛莊鎮垛莊村聲名顯赫的劉氏大莊園「燕翼堂」。1921 年考入濟南商業專科學校，後又考入南京東南大學文學系。1923 年進入上海大學，和其叔父劉曉浦，「直接受陳望道、鄧中夏、瞿秋白等共產黨人的教誨和影響，積極參加社會活動。『五卅』慘案後，他們和上海大學的同學一起，受學校黨組織的派遣，深入到工廠、學校，發動工人和學生，聲討英、日帝國主義的侵略罪行，組織救濟受難同胞。」〔註33〕「四·一二」清黨後，上海大學停辦。1927 年冬，劉一夢加入太陽社，開始在《小說月報》、《莽原》半月刊、《太陽月刊》等雜誌發表小說，1929 年結集爲《失業以後》出版。

從寫作題材上看，《工人的兒子》、《車廠內》、《失業以後》三篇小說都以

〔註30〕 胡從經：《榛蕘集——中國現代文學管窺錄》，福州：海峽文藝出版社 1988 年版，第 406 頁。

〔註31〕 臨沂市人民政府主修、臨沂市地方史志編纂委員會編纂：《臨沂地區志》（下冊），北京：中華書局 2001 年版，第 1460 頁。

〔註32〕 楊春時主編：《中國現代文學思潮史》（上），南京：南京大學出版社 2011 年版，第 460 頁。

〔註33〕 山東省檔案局編：《會聚在黨旗下：檔案中的革命先烈故事》，濟南：山東人民出版社 2011 年版，第 52 頁。

罷工工人作爲描寫對象，這在革命文學中並沒有多麼特別。不同的是，革命
文學中到處充斥著對革命的鼓吹和煽動，但劉一夢的小說卻通篇不提革命，
甚至也不交代時代背景，只是選取生活中的一角，致力於刻畫生活在其間的
各種人物的悲歡離合，以人物鮮活的切身感受展現了那個時段的眞實現狀。
劉一夢雖然和蔣光慈等人都在上海大學接受了共產主義教育，但不同的是，
他的創作並不從接受的理念臆想描寫對象，很少有什麼空洞的概念，而是根
據自身的眞實體驗，用筆眞實地記下自己的所見所聞所感，努力將生活的原
生態呈現出來。這或許就是魯迅肯定其作品的原因。與當時流行的革命文學
相比，它更眞實地記錄了國民革命時期處於暴風驟雨的工人運動中的工人的
眞實心理狀態。他的作品由於描寫了殘酷壓抑的產業工人的生活狀況，與當
時整個激進化的社會格調不相契合，與歡喜閱讀「革命加戀愛」作品的知識
青年們的審美期待有悖，所以不會像蔣光慈那樣產生那麼大的社會反響。就
像魯迅所言，「青年的讀者迷於廣告式批評的符咒，以爲讀了『革命的』創作，
便有出路，自己和社會，都可以得救，於是隨手拈來，大口吞下」。〔註34〕但
這也恰表明作者敢於直視社會殘酷的眞實。《失業以後》不僅得到了魯迅的認
可，蔣光慈也大加稱贊。他 1930 年編選的「中國新興文學短篇創作」不僅收
錄劉一夢的《失業以後》，而且還將其作爲小說集的名字。劉一夢的小說對過
於浪漫化的蔣光慈小說是有益的校正，照亮了他作品中未能觸及的社會盲
點。劉一夢的《失業以後》以文學作品特有的豐富和細微爲當時的歷史留下
了可供後人參照的心靈史，爲重構那段歷史時期的眞相，再現那段時期活生
生的工人個體提供了鮮活例證。

　　在《工人的兒子》、《車廠內》、《失業以後》裏，劉一夢描寫了工人爲了
生計不願罷工和一旦罷工失敗後所面臨的生存艱難。《工人的兒子》是一個關
於仇殺的故事。阿寶殺死工頭華山不是因爲華山破壞了罷工，而是接受不了
母親與華山通姦給自己帶來的恥辱。這裏面，周圍的工人起了推波助瀾的作
用。他們不是設法幫助孤兒寡母，而是羨慕工頭的特權。在茶館的談笑中，
在以慰問之名行窺探之實中，在對阿寶的嘲弄中，發洩著自己的變態性心理。
某種程度上，他們是促使阿寶殺死華山的推手，也是將阿寶母親逼死的兇手。
小說結尾寫道：「總而言之，她的一生不幸的命運，便完全就鑄定在工廠裏！」
即使阿寶的父親因爲參與罷工被人打成重傷躺在床上需要有人守護，阿寶的

〔註34〕魯迅：《二心集・我們要批評家》，《魯迅全集》第 4 卷，第 245 頁。

母親依然要去工廠做工來養家糊口；即使丈夫因工廠而死，即使自己受了無法與人言說的屈辱，她依然要將兒子送到工廠做工。雖然背負了父親的血債，但阿寶並沒有像流行的革命文學那樣採取毀損機器和消極怠工的方式向工廠復仇，反而表現得非常勤奮。「他非常壯健，而又勤奮得可以，雖然年輕，但作工幾乎就比得上一個成年。」這是因為工廠就是工人的兒子成長的最大背景。「若說起來，他父母一生的事業，都幾乎消磨在工廠裏。當他五歲的時候，他母親進工廠作工就帶著他，他於是漸漸就在機器間長大起來，因此，他對於機器那種沉重的軋軋的震動，已經成為熟練而慣聽的聲調了。」當工廠的機器停歇時，「工廠裏的煙囪已滅絕了黑煙，冷寂荒涼的像一座頹廢的古廟。」這段描寫充滿了遺憾和戀戀不捨，彷彿轟鳴的機器才能給工人的生命以動力似的。這與阿寶在面對實現罷工時的興備心情形成了鮮明對比，「這時在阿寶的感覺上，彷彿自己已經變成了壯夫，有了神道，本領也高強了。當他回家的時候，自己走著就不禁跳躍起來，興高采烈的非常」。對工廠停歇場景的失落和對實現罷工時的興奮心情都是真實的情感表達。這反映出了工人對工廠的依賴留戀和努力爭取提高自身待遇的雙重合理性。這兩種感情看似矛盾，實際上卻是一體的。它們都是基於工廠是依賴的生存根本的前提下生發出來的。沒有工廠的存在，沒有工人的身份，這一切都將不復存在。就像阿寶爹在臨死前發出的哀呼：「並且，還有八個──和我一同，都開除了，這回算──完了！我們完全完了！」我們以往過於強調工人鬥爭的一面，而忽視了工人對工廠依賴的一面，這對於我們全面認識中國早期的工人形象是不利的。

正是因為罷工可能導致的被開除直接影響了工人的生計，所以他們在發動罷工時異常地謹慎和小心。阿寶的母親在得知阿寶參與罷工時便向他說：「阿寶，我告訴你，廠裏罷工你不要隨著鬧！爹那時不是……？」這樣的勸告是基於自我的切膚之痛得來的。阿寶爹因罷工導致的死亡直接給這個家庭帶來了無法承受的滅頂之災，孤兒寡母從此就只能任由他人淩辱欺壓，這屈辱又直接導致了後面的更大的死亡悲劇。

《車廠內》描寫了工人對罷工採取消極甚至抵制的態度，而罷工的組織者竟然要靠手槍的威脅才可以迫使大家就範的情景。當工人聽到準備罷工都感到非常訝異：

> 「罷工！」大家聽到了這兩個字後，彷彿受了一種意外的感覺，全個的面孔都顯得有些呆徵了。他們像聽到了一件突然的事情，心

內都不由得跳動了一下，各人互相覷視著別個的臉上，把頭項伸長，好像許多的鴨，被手捏住似的。

「我們爲什麼要罷工？……」有誰在低聲自語著說了，在這句話的裏邊，似乎含著不少的遲疑和躊躇。

這種場面絕不像是反映著多數人意願的集體行動。大家不僅沒有什麼積極熱烈的響應，甚至對這一行動的提出都絲毫沒有心理上的準備。不僅被召集來開會的工人對罷工沒有熱情，就連組織者張茂發對這件事也提不起精神來。「『我們等得很久了。』張茂發懶懶地說，帶黑麻的瘦臉一點精彩都沒有。」這說明這場罷工不是工人們由於對資本家的不滿而自我組織起來的，而是由那幾個「都穿著藍呢的制服大衣」的電車工人策劃發動的。這場由少數人提議發動的罷工不僅沒有得到多數工人的響應，反而是出現了一種冷漠甚至反對的情緒。

張茂發先是用「帶有煽動，鼓舞和激憤的表情」試圖感染周圍的人，然後用「只讓別人贊成不讓別人反對的神氣」逼迫大家表態。當有人提出異議時，他變得暴躁起來，終於拿出了手槍。「他已經憤怒得忘掉了自己，忘掉了在會的工友，他只知要實現罷工，彷彿這枝手槍也就成了實現罷工的利器。在他的感覺上，並不以爲自己是罷工的首領而有使著群眾非去罷工不可的責任，他只覺得若不罷工是最難堪而且危險的一件事，因爲這件事是有關繫於全廠工友的成敗」。從這段話中可以看出，即使是作爲組織者的張茂發對於罷工的目的和意義也不甚了然。他之所以發動罷工是源於那送給他手槍的外在政治勢力。他鼓動大家罷工的演講無疑也是送給他手槍的人物傳授的，因爲所講的內容與他自身的實際並不相關。「我們賣票的工友都是豬玀！你們想，全廠裏都下決心的要罷工，我們不罷工算是什麼東西？我們算是外國人的兒子了！我們爲什麼要當外國人的兒子？鬼東西！所以，現在我們中國人要打倒帝國主義，外國人，總得先打倒他這些兒子們！」對於他如此「拳頭揮舞著，嘴裏噴散出白沫來」的演講，工人的反應卻是：「『哼，哼……』由幾個人的鼻子裏發出了這樣的歎氣。」不僅是不認同，還有著不以爲然的輕蔑在裏面。這樣的尷尬場景是由張茂發等罷工組織者的出發動機與工人們的實際利益的衝突造成的。國民革命時期國共兩黨爲了北伐的順利展開，積極策動工人舉行罷工，並以保障提高工人的權益作爲號召，就像張茂發在開始號召大家罷工時所宣傳的那樣，「第一是要恢復我們工人的俱樂部」，「第二是我們

要要求加薪」。但當大家表示異議時，張茂發在暴怒之下即將罷工的真實目的坦露出來，是為反抗帝國主義。工人對於反抗或不反抗帝國主義這樣高遠的目標是不關心的，他們最關心的是自身的生存。依他們以往的經驗，「『照以前的幾次罷工的失敗看來，不是要比不罷工還吃苦麼？錢不但不加一個，落得我們自己——油都不能揩了！』這說話的人現得神氣很卑怯，深藏著有過去的委屈，在最後的一句似乎吞吐著難以出口，但終於就說出來了。」他的這番剖白不僅是個人的想法，一經說出口，立刻得到周圍人的附和。資本家對於工人是有壓迫，但工人也會以「揩油」的方式實行著報復。如果罷工導致被開除，他們就不僅是不能揩油這麼簡單了，而是會落入像《工人的兒子》中所描寫的那樣的悲慘境地。不僅自己生存堪憂，而且會影響到整個家庭的生存。罷工失敗的代價使他們望而卻步。苦一點的活下去總比無法生存好。另外，工人作為一個群體在各個行業間，甚至是同一行業的不同部門之間，工資待遇的不同也直接影響到他們對罷工的態度。那些技術工人，由於在工廠中不可或缺的作用，待遇和地位都高。他們是最積極也最有實力與資本家展開鬥爭的群體，而那些半技術和非技術工人，由於隨時可以從其他湧入城市的人群中獲得補充，他們在工人群體中處於弱勢地位。一旦失業，生計立即陷入困頓，不像技術工人那樣，即使罷工持續很長時間，他們也可以依靠自己較為優厚的薪金支持較長時間。《車廠內》的張茂發試圖發動的是賣票的工友，他們在電車公司裏隸屬於車務部，車務部由司機和賣票人員組成，人員占整個公司的 80%左右。與此相對的是機務部，多從事會計和管理工作。車務部工作繁重但待遇較低，機務部則多是技術工人，待遇較高。《車廠內》那個被外國人用繩捆了手腳用粗杖打的工人就「是銅匠間的」，「銅匠間」即機務部的俗稱。他們一般是技術工人，「技工們總是站在工會活動和政治性罷工的前沿。」〔註 35〕與此相對的是，由於售票員的待遇沒有保障，他們對於這樣的政治性罷工多持抵制態度。況且，即使這些待遇不如機務部的車務部的售票員，在與城市中同樣從事運輸業的人員眾多的人力車夫和碼頭工人相比，無論是工資待遇還是工作環境都明顯處於優勢地位，更何況還有大批因天災人禍湧入城市討生活的無業者。張茂發自己也感歎：「今晚開會時的確有幾個靠不住，賣票的工友究竟生活洽意些呵，他們那裏肯甘心罷工！」因此，在張茂發手槍威脅下，大家雖然表示同意罷工，「但在這話裏的確帶有著勉

〔註 35〕　〔美〕裴宜理：《上海罷工：中國工人政治研究》，第 255 頁。

強。」張茂發甚至覺得,「這次罷工若能夠成功,實不是自己的力量,而是手槍的力量了,他心裏有些感激它的助力。」小說中反覆寫到那支在關鍵時刻迫使工人順從罷工決定的手槍,「又把手槍很仔細的玩弄了一番,插進了衣袋裏,用手緊緊握著,似乎這枝手槍,在這罷工的時間成爲他一時也不能離開的東西。」在這裡,手槍成了能夠促成這場罷工的最終力量源泉。

《失業以後》以極爲細膩的筆觸展現了紗廠工人因罷工導致的失業給他們個人和家庭帶來的毀滅性打擊,描寫了中國城市的早期產業工人不能承受的生命之重。當趙元成被工廠開除後,他的妻子完全不能接受這樣的現實:

> 從哭聲裏斷續的迸出一種尖利的叫喊來:
>
> 「……你……你幹……幹得好呵!我……我已經……説……説過兩次了!……你,你那裏信一句?……可是,現……現在怎樣了?……我……我們就……就跟著你餓死麼?要是,你……你能夠,可憐我們,那你也不至於……你,你就自己想想看!……」

面對這樣的情境,朱阿順能做的也只能是從自己僅剩的四個銀元中拿出兩個來接濟他們,但這不僅救不了他們,他自己的生活也就因爲失業立刻陷入窘境。面對生病不能做工的妻子淑眞,「朱阿順睡在床上,被極大的寂靜包圍著,他覺得很不安,淑眞的酣聲在他的肩下低微的發出來,這酣聲,更加重了他那紛亂的心。他這時似乎希望著深夜永長的度過去,對於明天的到來,他慌窘了。」在這萬般無奈中,他想起了回到農村的家,這也是當時在城市工作的人的最後退路。但他由於和父親鬧翻已無法回去。他在深夜裏發出的無助的哭聲,在面對所愛的人發出的「我——不能愛你了」,撕碎了一切善良的人們的心。這就是當時歷史階段中城市工人生活的眞實寫照,工廠是他們生存的源泉,一旦失業,萬劫不復。當朱阿順以前因罷工被開除後,「他父親一見就生了氣,把他抓過來就毫不留情的打。開始他還忍受著,哀求著,他父親並不憐惜,以至於打得他遍體青傷。」這是因爲在他父親看來,能在工廠做工已經是很不錯的選擇了,他不應該鬧罷工以致失了業。像朱阿順這樣無法再回到農村去的工人在 20 世紀 20 年代的中國已經形成了一定的規模,「在進入 20 世紀以後,中國工人階級已經形成了一部分『不再到農村去』的經常工人,或者是『世襲的無產者』。」〔註36〕《工人的兒子》裏的阿寶在父親死後

〔註36〕劉明逵:《中國工人階級的歷史狀況》第 1 卷第 1 冊,北京:中共中央黨校出版社 1985 年版,第 7 頁。

的唯一出路只能是到工廠做工，他的母親用忍受了無法向人言說的屈辱也要為兒子爭取到進入工廠的入場券。

　　頗具意味的是，《車廠內》和《失業以後》對罷工場景的描寫與《工人的兒子》一樣，充滿了對工廠依賴留戀的複雜情愫。《車廠內》對罷工後車廠的描寫充滿了一種落寞的感覺。「車廠裏是冷冷清清，擁擠的擺著幾輛車箱，好大一個院子，連一個人的蹤跡也看不到。」「廠裏的空氣還是顯得冷淒而緊張」。作為工人存身之本的工廠，工人對其是有依戀的。這也包括那作為現代交通運輸工具的電車，這是他們平常工作的場所，比起那些靠兩條腿討生活的人力車夫，電車是他們取得城市身份地位驕傲的資本。即使是作為罷工組織者的張茂發，在看到有人開動電車上班時，「剎時，電車開駛的聲音由遠而近，終於就看到電車風一般的駛過來」。雖然對復工的工友非常氣憤，但在描寫行駛中的電車時，仍是用一種欣賞的眼光來寫的，那「風一般」的速度是現代城市文明的節奏。當他槍擊電車，「霎時，全車裏的人們的頭都隨著縮下去了，車於是在一種恐怖中靜默的停下。」這「靜默的停下」與「風一般的駛過來」形成了鮮明的對比，其情感傾向頗值得玩味。即使是在罷工組織者的眼裏，那行駛的電車比停下來時顯得更有魅力。

　　《失業以後》中在描寫罷工後的工廠時，其中的意味也耐人尋思。「S 紗廠裏的罷工，沉悶著直到現在一天快要過去了。在這一天裏，便永沒聽到廠裏的汽笛的叫聲，高聳像紀念塔一般直豎著的煙囪，濃密的黑煙也滅絕了，滿廠裏的機器都靜默的啞起來，顯得冷淒死沉，充滿著荒涼的空虛。」「太陽的光輝落在了工廠裏的屋頂上的紅瓦上，顯得這停工後的工廠有些冷淡的嚴肅。臨近的幾座工廠，裏面的機器還在急促的震動著，從幾個煙囪裏噴出的黑煙，洶湧的直冒，有時被風一吹，便布滿了天空，籠罩著下面工廠附近的泥塘和墓地」。在這裡，我們絲毫看不到作者對這些開動著的工廠的仇恨和不滿，而是以一種相當欣賞的筆調對開動著的機器進行禮贊，彷彿那噴出的黑煙裏蘊藏著無窮的活力。這與另一邊罷工了的紗廠的冷淒死寂形成了鮮明對比。在當時的歷史階段，那洶湧地直冒黑煙的工廠就是整個城市的心臟，是現代文明的發動機，是工人生存的物質基礎。就像小說中所寫到的，「煙囪裏那種撲撲地冒煙聲，急促不停，這些動作，都是支配著工廠區裏一切人們的生命！」

　　在二十年代的中國，工人為爭取自己的權益展開鬥爭有著天然的合理

性，但鬥爭的前提是工廠是他們賴以生存的基礎。鬥爭必須局限在不被開除的範圍內才可以給他們的生活帶來改善，一旦失業，他們將立即面臨著生存的威脅。工人在發起和參加罷工時，充滿了對罷工失敗後的擔憂。以往的歷史敘述和研究過於注重工人在國民革命時期工人運動中積極鬥爭的一面，重心不在於個體的真實感受和生活狀態，而只是將其作為宏大歷史目標的實踐者對待。忽略了個體的研究，必然無視他們在歷史進程中豐富複雜的面相，這也導致很多影響歷史進程的變量不被納入研究範圍，這樣的研究得出的結論自然也就不免偏頗。如果將工廠定義為現代都市文明的根基，是工人和資本家共同的存在依賴；將工人看作一種不同於傳統農業社會的現代都市生活方式；將罷工看作是那個歷史階段工人與資本家為了平衡利益而進行的溝通方式，那麼劉一夢筆下的罷工小說就可以獲得不同的解釋。劉一夢的小說不僅與當時概念化、口號化的革命文學形成了鮮明對比，也與後來建構起來的宏大敘述話語形成了有效的對話。小說中蘊含著的豐富細緻的對於人心的真實呈現，潛藏著歷史發展的多種可能性。劉一夢關於工人罷工的小說，為重新認識國民革命時期的工人運動提供了別樣面影。這對於重塑那段波詭雲譎的歷史中的工人形象具有重要的參考價值。

　　五卅運動的直接原因是南京路慘案，由於政治勢力的鼓動，遂釀成風潮。另外，當時物價上漲給工人帶來的生活壓力是另一重要原因。由於罷工給工人帶來了生存危機，所以注定持續不了多長時間。三個月過後，資本家做出一定妥協，工潮即趨於平靜。接下來的時間，資本家和政府都拿出相當時間精力為防止新的風潮作了調整。由於五卅給工人的教訓是罷工後日子反而陷入更加悲慘的境地，因此，很難再掀起像五卅那樣全國性的大規模工潮。由於現代經濟中資本家與工人利益的密切聯繫，現代城市各個部門機構的有機聯繫，都構成了牽制大規模工潮的因素。雖然共產黨在此後的工人運動中花了很大力氣，但收效並不大。在切實從事這項運動的組織者看來，工人是不願罷工的。《失業以後》這樣的小說就反映了這種情況。但這樣的工人形象，是與共產黨的政策和工作方針不相符合的。那些沒有親身參與工人運動，而對無產階級革命文學理論比較熟悉的青年知識分子創作的幻想中的工人運動作品，為革命失敗後的青年提供了精神的慰藉和虛妄的希望。但他們的筆下的工人，實際上是農民和青年知識分子的合體，理想目標和宣傳口號雖然是青年知識分子式的，但思維方式和行為活動都是農民式的。作品的主要內容

是革命加戀愛，是革命的理論口號和青年知識分子浪漫幻想的混合物。這也是國民革命中許多青年參加革命的兩個最有誘惑性的原動力。知識青年脫離了科舉制度，一定程度上接受了現代思想啟蒙。他們走出了鄉村，但城市又沒有給他們提供足夠的生存空間，制度上也沒有進身之階。轟轟烈烈的國民革命為這一苦悶情緒提供了出口，他們被「打倒帝國主義、打倒軍閥」的美好口號吸引，釋放著青春的力比多。但國民革命本身是蘇俄在中國的革命試驗，並不是從中國實際的國情生發出來的。這裡面內在衝突的爆發，最終導致了青年理想的失落。信奉的理論與現實的脫節，注定了理想的不能實現和主體的無處安放。革命文學，是這種失落情緒的反映，也是不接地氣理想的虛妄表達，它注定是粗糙和空疏的。雖充滿了各種巨大無比的口號，但滿紙的殺殺殺和打倒一切，與中國的現實並沒有多少的聯繫。

劉一夢的《失業以後》等小說，提出了一個和五四時魯迅提出的「娜拉走後怎樣」相類似的問題。新文化運動和國民革命都提出了宏大且美好的前景，但當作為個體的生命被裹挾進去後，立即就面臨著「那麼，今天該怎麼辦」的問題。魯迅引用阿爾志跋綏夫的話對那些到處兜售夢想的理想家質問：「你們將黃金世界預約給他們的子孫了，可是有什麼給他們自己呢？」〔註37〕沒有經濟的支撐，娜拉要麼墮落，要麼回來；同樣，沒有經濟的支撐，罷工失敗失業後的工人的命運只能變得更加悲慘。《失業以後》中朱阿順那聲對淑真的「我——不愛你了」和《傷逝》中涓生的「我已經不愛你了」〔註38〕何其相似。但不同的是，朱阿順將身上僅有的兩塊銀元留給淑真，涓生卻不能給子君什麼，反而是子君變賣手飾貼補家用，還在臨走前將僅有的幾十枚銅元放在桌上留給涓生，以使他可以維持較久的生活。這一反差似乎在表明作為可以通過做工領取工資的工人比起只能談理想的知識青年在現實生活中更有愛的能力。正是由於工人一旦停止做工，生計即無著落的現實，國共兩黨在組織工人罷工時通常採用的對工人最有效的辦法是發放救濟金。救濟金在數量上少於工人平時工作所得，並且不可持續。「罷工期間歇業工人所得維持費約相當於70%的正常工資」〔註39〕這些錢一方面來自懷有各種政治目的的政治力量，甚至有外來勢力的參與。另一方面在組織外國工廠的罷工時，民

〔註37〕魯迅：《墳・娜拉走後怎樣》，《魯迅全集》第1卷，第167頁。
〔註38〕魯迅：《彷徨・傷逝》，《魯迅全集》第2卷，第126～127頁。
〔註39〕羅志田等：《中華民國史》第5卷，第236頁。

族資本家爲打擊商業上的競爭對手，會出資幫助罷工工人。這種方式，實質上是各懷目的的政治經濟力量雇傭工人進行罷工，爲了鼓舞他們的熱情，對將來無後顧之憂，再許以美好的未來。但這美好的未來是空設的，工人罷工導致工廠停歇，進而帶來社會運轉失靈。從長期看，受損失的是工人。在這場雇傭罷工運動中的受益者，是那些出資的罷工組織者，他們藉此登上了歷史的舞臺。

《失業以後》等小說以對罷工給工人個人生活和家庭生活帶來的影響的細膩描寫，對在二十世紀的中國大行其道的鬥爭哲學提出了質疑。鬥爭哲學在經濟上的反映表現爲要求利益的重新分配，但其有效性又受到了經濟自身發展規律的制約。如果社會整體財富沒有增加，工人僅想通過切割資本家的利益來增加自己的利益，難度是很大的。罷工導致的工廠停工，使得整個社會的運行受到很大破壞，進一步加劇了工人的不利處境。如果再考慮到中國當時在整個世界格局中所處的地位，後發國家的處境使得當時的中國在很多問題上沒有太多選擇。這樣一種被動的局面，就使得當時初由農民轉變的工人在爭取自身的利益時相當艱難。不進行反抗，自身的基本生存即面臨嚴重威脅；進行鬥爭，反而陷入更加悲慘的境地，罷工導致的失業直接將原先還能夠活下去的這一最薄弱保障也徹底拔去。以往對工人形象的分析，多將其定位爲階級鬥爭的先鋒和歷史前進的動力，但它的內涵絕不至於如此的單調和狹隘，文學作品中的工人形象蘊含了更爲豐富的歷史細節和可闡釋空間。文學以她特有的豐富和細微，將活生生的個人最細膩的感受和最豐富的體驗潛藏在文本中。這是任何檔案文獻都無法替代的。歷史說到底是人的歷史，人的感受和體驗是歷史走向何處的終極推動力，也是影響歷史進程最永恆最強大也最不可測的變量。劉一夢的《失業以後》所呈現的國民革命時期工人運動的別樣面影，對於再現那一風雲變幻歷史時期的工人形象具有重要意義。它不僅是對二十世紀鬥爭哲學的反思，同時也是對二十世紀在世界格局中像中國這樣處於後發地位的國家的工人無可選擇的悲慘境遇的反映，也是對當下發達國家所倡導的眩人耳目美妙口號的消解。

第三節 言情型革命文學

國共分裂後，從實際革命工作中逸出的知識青年創作了大量的所謂的無

產階級革命文學，它們在文學史上往往又被稱為「革命加戀愛」文學。這兩種名稱的同一所指反映了理論與現實之間的分離。需要注意進行分別的是，以往籠統稱之為「革命加戀愛」的文學中間又存在著不同的兩種形態。一種是由於創作者偏於浪漫性的性格，對於現實的政治和國家的前途這樣宏大的問題並不作特別的思考，只是將當時社會興起的革命和戀愛思潮視作自己人生經歷中的一段，由於其給予了自己特別的體驗，所以才將其作為描寫對象，但重點是落在情感抒發，或者是基於情感而對社會和人生展開想像。熊權稱之為「想像革命的方法」，「是一場創作者與讀者共同參與的、關於『革命』的想像狂歡。」〔註40〕這種樣態的革命文學與傳統的文學思維相近，以情感作為體察感悟社會人生的主要方式，姑稱其為言情型革命文學。另一種為幻滅型革命文學，將在下一節詳述。

　　言情型革命文學並不是在國共分裂後，由於受到無產階級文學思潮的影響突然迸發出來的。在國共分裂前的報刊上已經發表了許多此類作品。不同的是，由於當時的知識青年還大多處於實際的革命工作中，並不像在國共分裂後，他們被擠出革命中心，有充足的時間和出於維持生計的現實需要將此前就已經積攢的現實體驗敷衍成文，所以，此時的作品篇幅往往較短。但基本具備了言情型革命文學的特徵，表達了知識青年面對劇烈革命時的困惑和茫然，一方面他們以擁有的文化知識為傲，認為自己應當是現實的指導者，但在現實面前，卻發現自己力量的渺小。這也是剛從科舉制度抽身而出的知識青年文化血脈裏所帶有的軟弱性。傳統士大夫以德性治國，並不是現實實際事務的擔當者。以前一直以讀書為主的知識青年在國民革命中自然也感到自身的毫無用處所帶來的失落和困惑。此時他們用以拯救自我的是傳統的詩性文學。他們試圖在唐詩宋詞的清風明月之中發洩自我的失落，以求心靈的安慰。與以往不同的是，由於五四時期倡導的個性解放和他們在國民革命廣闊的社會天地中所接觸到的異性的刺激，使得愛情成為寄予失落情懷的重要想像物，不過後者要到國共分裂後的具有較長篇幅的文學作品中才得以從容細緻地展開。論文以當時發表在武漢《中央副刊》中的作品為例進行分析。

　　由於大量女性走出家庭參加革命，她們成為男性爭相追逐的目標。茅盾在回憶錄中寫道：「大革命時代的武漢，除了熱烈緊張的革命工作，也還有很

〔註40〕熊權：《「革命加戀愛」現象與左翼文學思潮研究》，北京：人民出版社 2013年版，第149頁。

濃的浪漫氣氛。」﹝註41﹞知識青年以古典詩詞的筆法對女性展開盡情的想像，同時又將其與革命攪在一起，或者將其視作革命的引領者，或者將其視作自己從事革命工作的動力。1927 年 7 月 9 日第 105 號《中央副刊》刊載了法無的獨幕劇，劇中共有何心哲、女神和女僕陳四妹三人。在題爲《思想，孤獨，生活，革命……》的序言裏，作者介紹道：「何心哲是代表生活與思想的矛盾的人生，他想依賴個人的意志來戰勝此種矛盾，結果只有孤獨，只有悲哀，和空虛。」他藉以傾訴苦惱的對象是虛構出來的女神，除此之外，則是走向傳統士大夫念茲在茲的明月清風。「我可否帶你到高山之頂，在明月之下，看看主宰者的精神，和月映的眞意？或者在大草地上，或者在微雨之下，復活我破碎的心靈，沐浴在你的眞理池中！」有意思的是，當女僕陳四妹過來告知：「先生！先生！不得了！有很多的工人在街上暴動了，旁邊的房子正燒著！不得了！」獨幕劇在何心哲的夢被驚醒後戛然而止，因爲在面對這樣的現實時，他也是無可奈何的。

女性不僅被塑造成女神的形象成爲革命的引領者，也被想像爲革命者內心中美麗柔軟的依戀，但卻又是爲了革命可以犧牲割捨的所在。在《幾年不見的伊》中，作者首先將戀人描寫爲：「人兒倚傍在翠綠的林間，／舟兒飄蕩在橫流的江涘！／」但這卻被作者認爲是，「這都是過去的痕跡！」「爲著革命的熱烈，／我要把鮮紅的血，／去染紅過去的痕跡，／我心中絲毫也沒有痛惜！」﹝註42﹞1927 年 6 月 21 日第 87 號《中央副刊》刊載了一首《革命的女郎之就刑》，作者小鹿自稱創作這首詩的原因是，「很愛今天副刊上一首譯詩《巴黎婦女之就刑》，因爲『很愛』，讀後不覺的自己也拿起筆來學著謅了幾句」。詩中寫道：「玉顏黯淡，沒有啼痕，髮絲凌亂，沾著灰塵；狂風吹起破皺的衣裙，露出一條條血痕——你，兇暴的敵人呵，毀滅不了我的精神。」「那革命的火炬呵，永永我要戀著它！到而今縱然遭慘殺，但，只有熱血才能迸發成自由之花！」詩中對革命女郎身體的描寫，與古典詩詞的腔調頗爲一致，以一種審視欣賞的眼光進行打量。如果是眞的革命者，面對行將就戮的戰友，想必應該不會有如此的閒情和雅興。詩中的革命女郎以高昂的戰鬥激情高呼要以熱血來鑄就自由之花，可惜這也是詩人傲慢狂妄自以爲是地在

﹝註41﹞ 茅盾：《我走過的道路》（上），北京：人民文學出版社 1997 年版，第 362 頁。

﹝註42﹞ 笑子：《幾年不見的伊》，《中央副刊》1927 年 6 月 8 日第 75 號。

替女郎發聲。在小鹿的另一首獻給戰死的將士的名爲《祭辭》的詩裏寫道:「黃昏帶去了晚霞餘下夜的黑暗,／只有淒風悲嘯圍繞著戰後沙場;／眾星閃閃冷月穿重雲擁出東方,／照著遍地堆積的屍骸槍彈零亂。」〔註43〕將本是殘酷的戰場和可怕的死亡用古典的意象加以美化,是當時知識青年的通病。沒有實際的革命經驗,而只是躲在書齋中對革命展開想像,所賴以借助的文學資源仍然是傳統文學。

　　知識青年在劇烈的社會變動中除了將女性作爲想像的寄託外,故鄉是另一重要情感歸屬地。自從五卅慘案發生後,國共兩黨每到這一天都會在報刊上進行大肆紀念和宣傳。但符號卻在 1927 年 5 月 31 日寫作《故鄉》,詩歌第一節描繪了家鄉如畫的景色和令人溫暖的「八斤哥」和「七斤嫂」,並且使用了帶有故鄉記憶的方言。「故鄉的流水罷？這樣多情;／水裏的遊魚,是認識的舊好？」但在詩歌的後兩節,情緒急轉直下,這美麗的故鄉已是遙不可及,只能在夢中仰望。「北極的星光微明,／久別的故鄉,不值追尋:／暮色是一樣的蒼蒼,／黃昏是一樣的淒涼。」「我仰望著夢裏的故鄉——／日出高岡的東方。」〔註44〕由於學得的知識將故鄉認定爲落後的代表詞,科舉制度的廢除使得原先可以在故鄉獲得身份認同的士紳傳統也往日不再,自己成爲了不受鄉人待見的將靈魂賣給魔鬼的假洋鬼子,故鄉成爲脫離了具體所指的文化記憶。在國民革命中釋放了自我的知識青年,面對城市裏流動不居的生活,在與陌生人的匆匆交往中,青春的理想在殘酷的現實面前產生了難以擺脫的失落和惶惑。而那早已模糊了面目的故鄉就成爲了並不實有的靈魂暫時將息之地。

　　這些在緊張的革命工作中發表的隻言片語蘊含了以後言情型革命文學的基本思維模式。國共分裂後的知識青年從實際的工作中逸出,集中在大都市上海,一方面迫於生計需要,另一方面也敏感地捕捉到了社會讀者的需要,從而創作出了轟動一時的言情型革命文學。蔣光慈、胡也頻、洪靈菲、孟超、華漢、丁玲等是言情型革命文學的代表作家。

　　言情型革命文學缺乏反映社會現實的能力,主要遵循的是傳統的情感敘事。作品中普遍彌漫著感傷的情感基調,這是作者內心感受的外化。錢杏邨在談到革命加戀愛小說內容時說:「照例把四分之三的地位專寫戀愛,最後的

〔註43〕小鹿:《祭辭——獻給戰死的將士》,《中央副刊》1927 年 7 月 7 日第 103號。

〔註44〕符號:《故鄉》,《中央副刊》1927 年 6 月 6 日第 73 號。

四分之一把革命硬插進去。」〔註45〕也有研究者指出,「儘管『革命加戀愛』小說的敘事種類不同,在書寫革命與戀愛的關係時,或各有側重,但就整體而言,戀愛書寫還是勝於革命書寫,而且是他們體驗最深、描寫最生動感人的地方。」〔註46〕就從革命和戀愛在內容上占的比重而言,這是符合事實的。但這樣的劃分容易使人忽略革命和戀愛兩者之間的互動關係,以及在心理層面上支配兩者的情感邏輯。這裡的革命不是現實生活中的革命,是作者心目中浪漫化後的革命;戀愛是用空洞想像革命的方式來描寫的戀愛,是由於作者缺少現實革命經驗從而使得對於革命的描寫不免無力,因此就借助革命化了的戀愛來進行彌補。革命與戀愛在小說中是互為一體的。在文本中推動故事往下走的並不是西方小說裏的情節架構和人物性格邏輯的發展,而是小說中主人公的情緒。這種或愛或恨的情緒遇景則抒情,遇人則傾訴,就這樣浩浩蕩蕩地在時間的流逝中漫無目的的前行,情盡則篇終。郭沫若評價蔣光慈的著作時說:「嚴格地說時,光慈的筆調委實太散漫了一點。」〔註47〕錢杏邨指出,「從缺陷一方面說,就是他的創作裏的人物,個人的行動很浪漫,往往的不受指揮,《短褲黨》最犯這個毛病,《菊芬》次之,人物有的不健全。」〔註48〕錢將這些缺點歸結為小資產階級心理作祟,卻也無意間道出了其小說情感敘事的特點。小說裏的人物並不具備自己的性格和獨立人格,都只是作者內在情緒表達的木偶而已。這與傳統文學借景抒情的思路是一致的,不同的是,這裡的「人」取代了過去詩詞裏的「景」。它根源於國民革命給知識青年帶來的不同情緒反應。有的情緒是革命所號召的打破一切現有秩序後陷入的由暴力破壞欲引發的盲目衝動,有的是原先人倫道德形成的自我規約失效後性的本能衝動帶來的驚奇惶恐和失落緊張。對於從前壓迫自己的人,希望以革命之名將其消滅,但殺人的行為又帶來巨大的挑戰。《最後的微笑》中的王阿貴在準備殺人和殺人後引發的一系列惡夢,就是這種情緒的反映。在《衝出雲圍的月亮》裏,推動整個小說向前發展的是王曼英在情慾和革命的糾結中產生的迷

〔註45〕錢杏邨:《〈地泉〉序》,《陽翰笙選集》第4卷,成都:四川人民出版社1983
　　　　年版,第89頁。
〔註46〕謝昭新:《論蔣光慈小說創作與三十年代上海都市文化市場》,《文學評論》2011
　　　　年第3期。
〔註47〕郭沫若:《〈創造十年〉續編》,方銘編《蔣光慈研究資料》,北京:知識產權
　　　　出版社2009年版,第156頁。
〔註48〕錢杏邨:《蔣光慈與革命文學》,方銘編《蔣光慈研究資料》,第229頁。

茫情緒。她一方面心向革命，但對於革命的具體內涵和實現的手段並不清晰，並且在革命的隊伍中由於女性的角色還得不到認可。這也是促使她在男性同志猶豫不決究竟由誰來執行槍決敵人的時候，主動站出來殺人以證明自己。她接下來的一系列舉動都由這股失落的情緒促使，直到重新獲得自己所認可的真正的革命人李尚志的愛情，才使得這股情緒得以平息。王曼英走向墮落的第一步居然是由尚沒有到來的失貞引起的悲憤所致，這在邏輯上實在是倒果為因。但如果理解了推動文本發展的只是一股無可排解的情緒，那麼也就可以理解很多在邏輯上根本就講不通的情節設置。最具有象徵意義的是促使王曼英由尋死到恢復生命信心的，竟然不是以往所認為的李尚志的革命信仰。她因為自身的暗疾覺得在李尚志面前羞愧從而無法投入愛人的懷抱，而使她擺脫這一包袱的竟然是朝陽照耀下的田野。「新鮮的田野的空氣，刺激入了她的鼻腔，一直透澈了她的心脾；溫和的春風如雲拂一般，觸在她的面孔上，使她感覺到一種不言而喻的愉快的撫慰；朝陽射著溫和的光輝，向曼英展著歡迎的微笑」。正是在帶有天啓意味的物我合一中，「曼英忽然感覺到從自身的內裏，湧出來一股青春的源泉，這源泉將自己的心神沖洗得清晰了。」〔註49〕王曼英走上新生的道路是借助於傳統文學中的觸景生情獲得的。也正是由於蔣光慈的小說承繼傳統文學而來的情感敘事，暗合了當時讀者貌新實舊的思維習慣，所以在當時獲得了數量巨大的讀者。

　　言情型革命文學作者大都偏於浪漫的性格。蔣光慈雖然在蘇聯留過學，也一再宣稱要為無產階級奮鬥，但骨子裏卻並不是政治家，他是一個性格偏於浪漫的文人，對政治和現實都缺乏認識。郭沫若記述他在 1925 年的上海去蔣光慈租憑的房子時看到的景象：「桌上最惹人注意的是擺著有汪精衛和蔣介石的像，像是印在明信片上的，同嵌在玻璃裏。蔣的像我是第一次看見，是經過主人的說明才知道的。他說：『這兩位真了不起，簡直是中國的列寧和托洛次基。』」〔註50〕身為共產黨員的他對政治的不敏感可見一斑。他之所以在創作中大談革命，是因為「在現在的時代，有什麼東西能比革命還活潑些，光彩些？有什麼東西能比革命還有趣些，還羅曼諦克些？」〔註51〕這樣浪漫

〔註49〕蔣光慈：《衝出雲圍的月亮》，《蔣光慈文集》第 2 卷，上海：上海文藝出版社1983 年版，第 147～148 頁。
〔註50〕郭沫若：《〈創造十年〉續編》，方銘編《蔣光慈研究資料》，第 154～155 頁。
〔註51〕蔣光慈：《十月革命與俄羅斯文學》，《蔣光慈文集》第 4 卷，上海：上海文藝出版社 1988 年版，第 62 頁。

化的革命必然不能眞實反映當時革命的眞實狀況。魯迅和茅盾在給伊羅生的信中說：「蔣光慈的《短褲黨》寫得並不好，他是將當時的革命人物歪曲了的」。〔註52〕蔣光慈在《少年漂泊者》中借汪中之口表達了他對革命的理解。「在當時的幻想中，我似覺征服了一切，斬盡了所有的惡魔，恢復了人世間的光明。」雖然明知這不過是幻想，但仍癡迷此道，因爲「我很知道幻想對於失意人的趣味，一直到現在，我還未拋卻愛幻想的習慣。倘若在事實上我們戰不勝人，則我們在幻想中一定可以戰勝人」。〔註53〕靠想像來寫作而就的《短褲黨》，裏面對革命的描寫停留在開會喊口號，上街亂殺人等非常膚淺的層面。當面臨眞正的暴力危險時，這些所謂的革命文學作家們便暴露出自己的本色來。《野祭》裏的陳季俠在大屠殺來到時，就首先自白對於革命不過是葉公好龍，「我是一個流浪的文人，平素從未曾做過實際的革命的運動。照理講，我沒有畏避的必要。我不過是說幾句閒話，做幾篇小說和詩歌，難道這也犯法嗎？」〔註54〕說歸這樣說，他還是趕緊搬家以免被抓。

　　蔣光慈在《少年飄泊者》的序言裏自白道：「我愛美的心，或者也許比別人更甚一點；我也愛幻遊於美的國度裏。」〔註55〕他雖然說要寫出粗暴的聲音來，但由於缺少和社會的眞實接觸，和眞實的情況不免隔膜。蔣光慈對於當時共產黨組織的飛行集會等活動一律不感興趣，甚至當組織提出借用他的書房開會時，他竟然因爲怕干擾寫作而拒絕。有評論者指出，「他的作品是感情氣分多而理智氣分少，雖然表示對於革命發生渴需，但他終究不瞭解社會大眾之實況，所以他的作品終逃不出羅曼司的紀錄。」〔註56〕當汪中在墳前痛哭死去的父母時，蔣光慈寫道：「夕陽漸漸要入土了，它的光線照著新掩埋的墳土，更顯現出一種淒涼的紅黃色。幾處牧童唱著若斷若續的歸家牧歌，似覺是幫助這個可憐的小學生痛哭。」〔註57〕如此具有詩意的描寫，充分證明了作者將現實浪漫化的性格。這種性格傾向於對現實做不切實際的浪漫幻想，而當現實將迷夢粉碎時，巨大的挫敗所帶來的恥辱感構成了青年從事革命活動的動力。在蔣光慈的《尋愛》這篇小說裏，青年詩人劉逸生自視甚高，

〔註52〕魯迅：《340714致伊羅生》，《魯迅全集》第14卷，第309頁。

〔註53〕蔣光慈：《少年飄泊者》，《蔣光慈文集》第1卷，第16頁。

〔註54〕蔣光慈：《野祭》，《蔣光慈文集》第1卷，第364頁。

〔註55〕蔣光慈：《少年飄泊者》，《蔣光慈文集》第1卷，第3頁。

〔註56〕楊劍花：《關於蔣光慈》，方銘編《蔣光慈研究資料》，第88頁。

〔註57〕蔣光慈：《少年飄泊者》，《蔣光慈文集》第1卷，第8～9頁。

他在整日的寫詩生活裏，發現「戀愛的問題不解決，眞是於精神上，於生理上，都覺著有大大的缺陷！戀愛是青年的一個大要求」。〔註58〕他覺著憑藉自己的詩人身份足以引起年輕女性的憐愛。但現實卻是同校裏的女同學罵她是癩蛤蟆想吃天鵝肉，而「大世界」裏的女招待也因爲他給的錢少而對其非常輕視，這使得他感到受了很大的侮辱。「第二天他將自己所有的詩稿一概贈送火神，誓再不做詩了。從這日起我們的詩人就與文壇絕了緣。後來『五卅』運動發生，他看出工人運動可以寄託他的希望，可以在工人運動上掃除自己所經受的恥辱，可以更改現在的世界。」〔註59〕他們對革命的浪漫化理解，使得在現實的革命工作面前退縮。而只有文學這片可以自由幻想的領域可以成爲他們的靈魂慰藉之地。蔣光慈就以自身的經歷做了最好的例證。這也是魯迅所講的，「凡有革命以前的幻想或理想的革命詩人，很可有碰死在自己所謳歌希望的現實上的運命」。〔註60〕

在情感敘事的支配下，即使在篇幅占多數的戀愛描寫中，還是幻想的成分多，大多停留在製造傳奇的趣味上，並沒有深入到人物在戀愛關係中的眞實內心感受層面。這突出表現在對於戀愛的描寫方面深受傳統的才子佳人模式的影響。男主人公貧窮受壓迫的出身賦予了他們在道義上值得同情的正當性，他們對革命的信念成爲吸引女性的魅力來源，再借助於舞文弄墨的幾句詩詞這類在文學傳統中開啓女性芳心的催化劑，女性往往便義無反顧地投懷送抱。在傳統文學中，爲了映襯主人公由於無辜所產生的道德完美性，再設置一個有權有勢但道德有欠缺的競爭者，最後金榜題名抱得美人歸，從而完成了讀書人的勝利。在言情型革命文學中，科舉的廢除使得這一模式需要發生相應的改變。由於實在是無路可尋，最常用的手法就是設置了各種各樣的死亡。女性不肯接受現實的安排但又不願屈從只好以死來成就對於男主人公的忠貞，而男主人公則在賦詩悼念後繼續前行。這是以女性的死亡來完成男性在道義層面上的永恆勝利，但這勝利卻是在想像中以並不實有的方式獲得的。譬如《少年飄泊者》中的汪中在戀人玉梅死後就不斷吟唱哀歌：

> 天涯飄泊我是一孤子，
>
> 妝閣深沉你是一淑女；

〔註58〕蔣光慈：《尋愛》，《蔣光慈文集》第 1 卷，第 203 頁。
〔註59〕蔣光慈：《尋愛》，《蔣光慈文集》第 1 卷，第 210 頁。
〔註60〕魯迅：《三閒集·在鐘樓上》，《魯迅全集》第 4 卷，第 36 頁。

　　　　　只因柔意憐窮途，

　　　　　遂把溫情將我許。

　　　　　吁嗟乎！玉梅妹！

　　　　　你今死，

　　　　　為何死？

　　　　　自傷身世痛哭你！〔註61〕

與其說這是對戀人玉梅的懷念，不如說是藉此來表達自己天涯窮途的哀傷。
這不僅完全無視女性的主體地位，也充分表達了男主人公的自私冷漠。難道
女性的生命只是為了證明男性道義正確的材料或是撫平男性失落孤獨的慰
藉？其實這不過是千年來中國男人將妻子兒女都作為自己修煉道德人生境界
的磚石理論的文學再現而已。

　　在對女性的描寫方面，多用比喻的手法將其物化，她們或是傳統美德的
承擔者，或是當下男性欲望的外化。《鴨綠江上》裏李孟漢對雲姑這樣描寫：
「她那如玫瑰一般的小臉，秋水一般的有神的眼睛，朱砂一般的嫩唇，玉筍
一般的小手，黑雲一般的蓬鬆的髮辮，更加上她那令人感覺著溫柔美善的兩
個小笑渦，唉！我簡直形容不出來，簡直是一個從天上墜落下來的小天使
啊！」〔註62〕在《一封未寄的信》中，C 君對戀人的描述是，「我一想起來你
的笑容，你的說話的溫柔態度，以及你那朱紅的嘴唇，一彎新月的俊眉，玫
瑰色的面龐，細嫩滑膩的雙手，我真不相信你是已嫁過人的女子，更不相信
你是生過孩子的婦人。」〔註63〕這基本上是在將對方當作自己欲望釋放的對
象。《野祭》中的陳季俠在街上偶遇俞君，看到了他的女友，「這是一位異常
華麗豐豔的女子：高高的身材，豐腴白淨的面龐，硃紅似的嘴唇，一雙秋水
盈盈，秀麗逼人的眼睛——就是這一雙眼睛就可以令人一見消魂！」〔註64〕
如此富有肉欲氣息的對於友人女友的描寫，透露出作者內心的隱秘情結，「像
俞君這樣落拓的人，也居然得到了這麼樣的一個美人；而我……唉！我連俞
君都不如！」〔註65〕即使是在宣稱要解放一切窮苦人的革命中，女性也是男

〔註61〕蔣光慈：《少年漂泊者》，《蔣光慈文集》第 1 卷，第 54 頁。

〔註62〕蔣光慈：《鴨綠江上》，《蔣光慈文集》第 1 卷，第 95～96 頁。

〔註63〕蔣光慈：《一封未寄的信》，《蔣光慈文集》第 1 卷，第 156 頁。

〔註64〕蔣光慈：《野祭》，《蔣光慈文集》第 1 卷，第 328 頁。

〔註65〕蔣光慈：《野祭》，《蔣光慈文集》第 1 卷，第 329 頁。

性的欲望之物。

　　無論是革命還是戀愛，都無法眞正撫慰作者無可排遣的失落情感，而眞正可以給在外飽受流離飄泊之苦的遊子以溫暖的卻是被他們在精神層面拋棄了的故鄉。在言情型革命文學裏，作者一再表達了這種脫離了故鄉的流離飄泊之苦，他們急切渴望能夠尋覓到一個可以聽他們傾訴內心孤獨的聽眾。蔣光慈第一部中篇小說《少年飄泊者》幾乎可以看作那個時代知識青年命運的隱喻。這部小說一經出版即在青年讀者中引起強烈反響，七年重版十五次。小說在開頭時寫道：「一個人當萬感叢集的時候，總想找一個人訴一訴衷曲，訴了之後才覺舒服些。我並不敢有奢望求你安慰我；倘若你能始終聽我對於自己歷史的回述，那就是我最引以爲滿意的事了。」〔註66〕這種以第一人稱如泣如訴的懇求，在當時一定是打動了無數像汪中這樣飄泊無依的少男少女的心。在《野祭》的開頭，陳季俠在淑君的墳前哭訴：「我現在想懇切地在你的墓前痛哭一番，一則憑弔你的俠魂──你的魂眞可稱爲俠魂呵！一則吐泄我的悲憤。」〔註67〕

　　科舉制度的廢除使得傳統的讀書人從根子上失去了和家鄉在基本生存和精神歸屬方面的聯繫。五四新文化運動又在對於未來民族國家的想像層面徹底將故鄉剔除，將其定義爲拖住中國前行的罪惡的淵藪。故鄉已經溫情不再，在外的遊子已是無家可歸。在魯迅的《故鄉》裏，故鄉被描寫成：「蒼黃的天底下，遠近橫著幾個蕭索的荒村，沒有一點活氣。」〔註68〕原先終日坐著擦著白粉的豆腐西施楊二嫂如今已變成了尖酸刻薄的圓規，在海邊頸帶銀項圈的英雄少年閏土如今已是辛苦麻木的木偶人。但出走在外，參加了國民革命的知識青年，在面對劇烈變動的社會，各種外來的革命理論，各種自稱可以救國救民的武人，再加以他們處於青春期的生理衝動，既渴望在革命工作中建功立業，也希望在情感上獲得當時陽光摩登的時代女性的青睞，當這些都失落時，他們希望故鄉能夠成爲安慰他們的母親。但由於知識青年離經叛道的行爲，使得他們失去了故鄉對他們的接納。《弟兄夜話》裏的江霞，「有時因爲煩悶極了，常常想回到那已離別五六年間的故鄉去看一看。」「父母的慈祥的愛，弟兄們的情誼，兒時的遊玩地，兒時的伴侶，諸小侄輩們的天眞的歡笑……一切都時常縈回在江霞的腦際，引誘江霞發生回家的念頭」。但是江

〔註66〕蔣光慈：《少年飄泊者》，《蔣光慈文集》第1卷，第7頁。
〔註67〕蔣光慈：《野祭》，《蔣光慈文集》第1卷，第308頁。
〔註68〕魯迅：《吶喊・故鄉》，《魯迅全集》第1卷，第501頁。

霞知道家鄉已經不再歡迎他了，因爲他的革命行爲使得故鄉不再接受他了。
「江霞終沒有勇氣作回家的打算。家園雖好，但是江霞不能夠回去，江霞怕
回去，江霞又羞回去！」〔註 69〕在《咆哮了的土地》裏，李傑在與家庭絕裂
後再次回來時，「他感覺得自己是一個生疏的過客」，「回家去！那家已經不是
他的家了」。「現在他徘徊在山野間，打算著尋找歸宿的地方，偏偏不是那裏，
而是別家，也許他今晚要孤獨宿在露天地裏。」〔註 70〕理智上對故鄉的拒絕，
並不能掩飾住情感上的皈依。他在路上遇到的「牧童」和「樵夫」，這些詩意
的故人已無意識流露出對家鄉的情感。身在上海的麗莎，也無時不在思念著
自己的故鄉。「『這裡是這樣地孤寂！一切都是這樣地生疏！我不宜在這裡再
生活下去了！』」「我覺得目前展開的，不是昏黑的夜幕，而是我的不可突破
的鄉愁的羅網」。〔註 71〕有研究者指出，「蔣光慈並不同情作爲『白俄』的麗
莎，小說的主旨是寫出這一反動階級必然滅亡的歷史必然性，蔣光慈同情的
只是作爲『流亡者』的麗莎，也正是在對這種流離之苦的書寫中，他寫出了
自己艱辛的革命體驗。」〔註 72〕人在承受流離之苦的時候，對故鄉的思念無
疑是一種最好的撫慰。

　　對故鄉的思念，一方面跟他們在外的飄泊經歷相關，另一方面也跟他們身
在的城市相關。有學者認爲，「在左翼文學未形成 30 年代文學主流之前，左翼
作家對都市的認識基本上著眼於知識者面對畸形文化而無所皈依的角度。那
種無法認同於都市而又離不開都市的矛盾心理，常常見諸筆端。」〔註 73〕這
是文化人由於初來上海，經濟上的貧困和對於都市文明的陌生而導致的奇怪
心理。他們對筆下的城市往往呈現出既愛又恨的態度。一方面，他們以欣賞
的筆調對城市裏的高樓大廈、燈紅酒綠和時尚摩登的女郎進行了盡情的描
繪，另一方面又對城市裏的不平等進行了詛咒。在《麗莎的哀怨》裏，蔣光
慈借麗莎的眼睛表達了對上海的觀感：「上海是東方的巴黎！這裡巍立著高聳
的樓房，這裡充滿著富麗的、無物不備的商店，這裡響動著無數的電車、馬

〔註 69〕蔣光慈：《弟兄夜話》，《蔣光慈文集》第 1 卷，第 134 頁。
〔註 70〕蔣光慈：《咆哮了的土地》，《蔣光慈文集》第 2 卷，第 176～177 頁。
〔註 71〕蔣光慈：《麗莎的哀怨》，《蔣光慈文集》第 3 卷，上海：上海文藝出版社 1985
　　　　年版，第 37 頁。
〔註 72〕楊慧：《作爲革命的「哀怨」——重讀蔣光慈的〈麗莎的哀怨〉》，《中國現代
　　　　文學研究叢刊》2012 年第 8 期。
〔註 73〕張鴻聲：《都市文化與中國現代都市小說》，鄭州：河南大學出版社 1997 年版，
　　　　第 101 頁。

車和汽車。這裡有很寬敞的歐洲式的電影院，有異常講究的跳舞廳和咖啡館。」
〔註74〕在《野祭》裏，陳季霞與玉弦相約見面聊天的地方即設在旅館。「他們
以旅館爲娛樂場，爲交際所，爲軋姘頭的陽臺……因爲這裡有精緻的鋼絲床，
有柔軟的沙發，有漂亮的桌椅，有清潔的浴室，及招待周到的僕役。在一個
中產家庭所不能設備的，在這裡都應有盡有，可以說是無所不備，因之幾個
朋友開一間房間，而藉以爲談心聚會的地方，這種事情是近來很普通的現象
了。」〔註75〕這樣的描寫爲那些想進入這些地方消遣而不能的讀者以知識和
心理上的滿足。蔣光慈在日記中曾記載友人告訴的新聞：「最近中國某作家寫
作給他的東京友人說，『你若要出名，則必須描寫戀愛加革命的線索。如此則
銷路廣，銷路廣則出名矣。」〔註76〕他雖然對這樣的做法表示了反對，但他
的作品未嘗不也在潛意識中有此傾向。在剛開始進行創作時，由於並不知道
市場讀者的喜好，表達自我的成份頗多。《少年飄泊者》、《鴨綠江上》、《野祭》
和《菊芬》等小說裏，作者傾向於用第一人稱敘事，對感情的幻想部分占篇
幅很多，基本上情多於性，對肉欲的描寫較爲節制。但到了《最後的微笑》
和《衝出雲圍的月亮》裏，不僅對肉欲進行了大幅度的誇張描寫，而且對人
的變態心理也進行了大肆渲染。還有就是作者在這些小說裏加入了更多的情
節設置，使得小說看起來更有傳奇色彩。這些不得不說是作者在顧及了市場
讀者的反映後，有意在作品中做出的調整。

　　有很多批評者批評革命文學是概念化寫作。它對當時流行革命概念的文
學演繹，實際上與傳統載道文學的內在思維非常一致。不同的是，傳統文學
的道是儒家倫理，五四文學的道是個人價值，革命文學的道則是革命。由於
新「道」時間短暫和水土不服，給初信奉她的個人帶來了巨大的心靈迷茫和
靈魂歸屬的失落。爲了彌補這一缺陷，革命文學在大力宣揚革命大道的旗幟
下，在整個的文本敘述中都呈現出向傳統文學的回歸。「革命」這個概念在具
體的文本呈現裏是極度寬泛模糊而又充滿個人的情緒化理解。情慾的張揚一
方面給人一種自由感，但另一方面失去了傳統道德庇護的身體和靈魂又缺少
了一種束縛所帶來的安全感。王曼英初入革命隊伍時，對當時的戀愛現象頗
爲輕視，對追求她的人也不放在心上。她認爲革命工作要勝於戀愛需要。但

〔註74〕蔣光慈：《麗莎的哀怨》，《蔣光慈文集》第3卷，第33頁。
〔註75〕蔣光慈：《野祭》，《蔣光慈文集》第1卷，第333頁。
〔註76〕蔣光慈：《蔣光慈文集》第2卷，第456頁。

實際上，在這裡，革命取代了傳統道德對其自身的保護角色，而追尋象徵著革命化身的李尚志也就成爲可以爲自身情慾獲得合法性釋放的最佳選擇。由於心向革命的人在戀愛方面的遲鈍和保守，注定了這種願望在現實中實現的困難。這種糾結借助於偶然的因素，被壓抑的情慾終於在歧路中獲得了解放，並且一發而不可收，朝向放縱的方向快速奔去。放縱使得生命無處安放，最終還是要回歸到原先對情慾走向的設置中去。王曼英最終還是在革命者李尚志的懷裏獲得了戀愛與革命的平衡。這實際上也是才子佳人模式的現代版演繹。在《西廂記》裏鶯鶯與張生的偷情違反了傳統道德，但最終在金榜題名的賜婚中爲之前的放縱進行了正名。在這兩者裏，人的欲望本身都不值得肯定，都要在儒家倫理和革命大道那裏獲得合法性。

言情型革命文學反映出了國民革命時代知識青年的歷史局限。剛從千年科舉養成的士大夫傳統中逸出的知識青年，在第一次眞正參與到社會劇烈變動時，還缺少認識社會和認識自我的能力。他們的知識儲備仍是以傳統的儒家經典爲基石，所謂的無產階級革命理論大多不過是點綴而已，並不能成爲主流。有研究者專門指出革命文學作家與五四一代作家在知識儲備上的差別，他們不像後者多在國外留學多年，「他們的青少年時代所受的還是地地道道的中國教育」，「主要還是借鑒了中國傳統文學的經驗」。〔註77〕由此養成的思維方式，仍是傳統的道德哲學塑造的以善惡好壞進行觀照評價外在世界的合理性。當理想碰壁後，他們所能尋到的安慰仍是中國文人精心打造了千年的清風明月，不過由於個性解放帶來的身體欲望的釋放，他們已不可能再像古人那樣可以獲得內心的平靜。超邁理想的牽引和內心欲望的翻滾，注定了他們是躁動和迷狂的一代。這也成爲了言情型革命文學的特徵。

言情型革命文學是革命文學的主流，也是在社會上最受歡迎的文學類型。它充分展現了知識青年在國民革命改天換地的大時代中心靈世界的變化。複雜的社會現象被他們局囿於自我的狹小天地裏，在展開的天馬行空的想像中，泛活的卻是古老陳舊的才子佳人思維模式。在當時如火如荼關於「戀愛與革命問題」的社會討論時，周作人對舊禮教、舊道德在革命耀眼光環下借屍還魂的問題表示了擔憂。〔註78〕只發生情緒上的激動和對於個人小天地

〔註77〕史元明：《論「革命+戀愛」小說的原型轉換》，《中國現代文學研究叢刊》2009年第6期。
〔註78〕參見熊權：《「革命加戀愛」現象與左翼文學思潮研究》，北京：人民出版社2013

的沉迷，對於社會和個人處境的改變都於事無補。面對外來壓迫者，反抗的第一步便是正視現實。魯迅說：「希望於點火的青年的，是對於群眾，在引起他們的公憤之餘，還須設法注入深沉的勇氣，當鼓舞他們的感情的時候，還須竭力啓發明白的理性」。〔註79〕這同時也是對於知識青年的希望，但我們在這些革命文學作品裏，看到的卻恰是他們在幻想中編織勝利以求心靈的慰安，這也是魯迅批評他們的原因所在。「現在所號稱革命文學家者，是鬥爭和所謂超時代。超時代其實就是逃避，倘自己沒有正視現實的勇氣，又要掛革命的招牌，便自覺地或不自覺地必然地要走入那一條路的。」〔註80〕言情型革命文學可以算得上現代文學繼五四文學這一青春型文學之後的另一種青春文學。它比五四文學加入了更爲廣闊的社會內容，但卻缺少五四文學在啓蒙環境下造就的對於自我的謹慎表達，沒有了對自我進行反思和質疑能力的文學猶如脫僵野馬，千年傳統的鬼魂便會乘虛而入。因此，言情型革命文學對於那個時代缺少眞實的描寫和深沉的思考，只留下了知識青年在那個大時代面前完全潰敗的一曲哀歌。他們想不到的是，這哀歌不僅是爲時代而鳴，也是爲他們自身而鳴。個人由於缺少正視現實的勇氣和思考社會的能力，終於被時代裏挾而去，或者是就直接死在那個時代裏。這就印證了魯迅所說的：「中國現在是一個進向大時代的時代。但這所謂大，並不一定指可以由此得生，而也可以由此得死。」〔註81〕

第四節　幻滅型革命文學

幻滅型革命文學將革命作爲拯救國家和自我的重要手段，對所處時代有較爲理性的思考。它承續著「五四」開啓的問題文學傳統，以對國家社會不息的熱情和歷史責任感，採取現實主義創作態度，以巨大的勇氣眞實地表現出了知識青年在革命理想幻滅後所陷入的無可著依的虛無。國民黨清共後，由於革命理想的破產，知識青年陷入了深重的幻滅。戀愛是他們表現幻滅感的重要題材。與言情型革命文學不同的是，他們雖然表現幻滅，但由於理性思考的加入，在對社會現實和知識青年內心的表現上都達到一定的深度，並

年版，第 67～87 頁。
〔註79〕魯迅：《墳·雜憶》，《魯迅全集》第 1 卷，第 238 頁。
〔註80〕魯迅：《三閒集·文藝與革命》，《魯迅全集》第 4 卷，第 84 頁。
〔註81〕魯迅：《而已集·〈塵影〉題辭》，《魯迅全集》第 3 卷，第 571 頁。

在頹廢中孕育著生命的重新啓航。「幻滅以後，也許消極，也許更積極，然而動搖是沒有的。幻滅的人對於當前的騙人的事物是看清了的，他把它一腳踢開；踢開以後怎樣呢？或者從此不管這些事；或者是另尋一條路來幹。」〔註 82〕因此，革命也好，戀愛也罷，只是幻滅型革命文學表現時代和自我的題材，不像言情型革命文學將其視爲存在本身。有學者在論及創作「革命加戀愛」小說的白薇時認爲：「把握到這種絕望和虛無，才是白薇革命書寫能獨樹一幟的關鍵。」〔註 83〕

　　國民黨的清黨運動，不僅屠殺了大量共產黨員，而且，「對國民黨而言，清黨運動實際上是一場黨內人才逆淘汰運動。一批對革命有信仰、有理想和有熱情的黨員受清洗，有的因致力於農工運動而被當作共產黨慘遭殺害。」〔註 84〕「北伐時期青年學生爭相加入國民黨的情景不復再現，表明執政以後的國民黨對那些富有革命激情的青年學生已失去了吸引力。」〔註 85〕在血淋淋的屠刀面前，不僅通過革命改變國家命運的理想幻滅了，而且以往在國民革命中由於革命理想的支撐而悄然壓抑下的種種疑慮動搖的思緒也開始活泛起來，個人在革命漩渦裏的眞實感受通過文學的形式得以表達。茅盾回憶到：

　　　　在以前，一般人對於革命多少存點幻想，但在那時卻幻滅了：革命未到的時候，是多少渴望，將到的時候是如何的興奮，彷彿明天就是黃金世界，可是明天來了，並且過去了，後天也過去了，大後天也過去了，一切理想中的幸福都成了廢粟，而新的痛苦卻一點一點加上來了，那時候每個人都不禁歎一口氣：「哦，原來是這麼一回事！」〔註 86〕

白薇的名作《打出幽靈塔》，在武漢國民政府政治部寫成時的原標題是《死，去死》，表現出了她在國民革命中的切身感受。有學者認爲：「從劇本的邏輯發展而言，《打出幽靈塔》鋪陳了一系列的愛恨情仇之後恰恰宣佈了革命的無效：當女性被『幽靈塔』沉重地鎮壓，革命難以眞正拯救、解放她們。」〔註 87〕

〔註 82〕茅盾：《從牯嶺到東京》，《茅盾全集》第 19 卷，北京：人民文學出版社 1991年版，第 183 頁。
〔註 83〕熊權：《「革命加戀愛」現象與左翼文學思潮研究》，第 180 頁。
〔註 84〕曾業英等：《中華民國史》第 7 卷，北京：中華書局 2011 年版，第 61 頁。
〔註 85〕曾業英等：《中華民國史》第 7 卷，第 72 頁。
〔註 86〕茅盾：《從牯嶺到東京》，《茅盾全集》第 19 卷，第 182～183 頁。
〔註 87〕熊權：《「革命加戀愛」現象與左翼文學思潮研究》，第 176 頁。

幻滅型革命文學正是在這種社會背景下產生的。與言情型革命文學不同的是，它沒有選擇逃避到傳統文學中尋找慰藉，而是勇敢地表達了真實的幻滅感。

幻滅型革命文學有著不同於言情型革命文學的特點。首先，不像言情型革命文學作家與實際的革命工作相脫離，幻滅型革命文學作家是全身心地投入到當時的實際革命工作中的。他們的幻滅感受是真真切切從當時的革命中心體察到的。在國民革命中，茅盾曾擔任國民黨中央宣傳部的秘書，後來又在武漢主編《漢口民國日報》。白薇在武漢國民政府總政治部做日文翻譯。擁有這些實際的革命經驗和生活感受，使得他們可以避免像言情型革命作家那樣墮入傳統的文學思維裏，並且在創作中開創出別具一格的新路。茅盾在介紹自己創作《蝕》三部曲時說：「我嚴格地按照生活的真實來寫，我相信，只要真實地反映了現實，就能打動讀者的心，使讀者認清真與僞，善與惡，美與醜。對於我還不熟悉的生活，還沒有把握的材料，還認識不清的問題，我都不寫。我是經驗了人生才來做小說的，而不是爲說明什麼才來做小說的。」〔註88〕由於這樣的創作態度，所以茅盾並不承認自己創作的是革命小說，而認爲「《幻滅》等三篇只是時代的描寫，是自己能夠如何忠實便如何忠實的時代描寫」。〔註89〕正是由於茅盾真實地描寫了那個時代中的青年苦悶幻滅的情感，才引來錢杏邨等人攻擊他徘徊在小資產階級思想裏，沒有在創作思想上獲得無產階級意識，並認爲他的作品沒有寫出歷史的本質。茅盾認爲不能忠實於自己的出路是沒有價值的，「我就不懂爲什麼像蒼蠅那樣向窗玻片盲撞便算是不落伍？」「我就不能自信做了留聲機吆喝著：『這是出路，往這邊來』是有什麼價值並且良心上自安的。」「我實在是自始就不贊成一年來許多人所呼號吶喊的『出路』。這出路之差不多成爲『絕路』，現在不是已經證明得很明白？」〔註90〕在《追求》裏，茅盾借曼青之口表達了首先承認幻滅的現實，然後再尋找新的道路的追求。「假使你的憧憬只是一個虛幻的泡影的時候，你是寧願忍受幻滅的痛苦而直前抉破了這泡影呢，還是願意自己欺騙自己，盡在那裏做好夢？我是寧願接受幻滅的悲哀的。」〔註91〕這兩種創作思想的不同，也成了劃分言情型革命文學和幻滅型革命文學的重要依據。前者強調用無產階級意識對社會現實進行統合，結果卻由於脫離現實落入傳統文學的老

〔註88〕茅盾：《我走過的道路》（中），北京：人民文學出版社1984年版，第3頁。
〔註89〕茅盾：《從牯嶺到東京》，《茅盾全集》第19卷，第181頁。
〔註90〕茅盾：《從牯嶺到東京》，《茅盾全集》第19卷，第181頁。
〔註91〕茅盾：《追求》，《小說月報》第19卷第6期。

路；後者反而是在正視自我和現實中為時代留下了寶貴的文學文本。針對這種差別，有研究者指出，「茅盾筆下的『現實』與蔣光慈、華漢等人的『現實』有著本質的不同。前者是個體對經驗到的『現實』的客觀呈現，包含著豐富的歷史內容；後者則試圖拋棄經驗『現實』帶來的不良情緒，毅然投身『歷史的必然性』觀念所營造的光明前景中。」〔註92〕

　　與言情型革命文學作家浪漫化的性格不同的是，幻滅型革命文學作家大多偏於理性，他們投身文學往往帶有認識社會解剖社會的功利目的。茅盾說：「我對於文學並不是那樣的忠心不貳。那時候，我的職業使我接近文學，而我的內心的趣味和別的許多朋友——祝福這些朋友的靈魂——則引我接近社會活動。」〔註93〕白薇自述道：「我需要一樣武器，像解剖刀和顯微鏡一樣，而是解剖驗明人類社會的武器！我要那武器刻出我一切的痛苦，刻出人類的痛苦，尤其是要刻出被壓迫者的痛苦！」〔註94〕正是基於這樣的創作目的，他們作品想像的成分少，並在忠於現實的寫作中傳達著對於時代的獨特思考。白薇由於受到父權夫權的多重壓迫，構成了她參加革命的內在動因。「雖我全身每一個細胞，都充滿了憤怒與烈火，烈火像會熊熊地燒起來，燒毀這黑暗的獸檻，讓我逃出去稱心做一番事業，摧倒一切壓迫的勢力」。〔註95〕

　　在文學創作上針對現實所採取的截然不同的兩種態度，跟作家自我設定的解決中國存在問題的路徑直接相關。在整個中國現代歷史上，肇始於「五四」的「問題與主義」之爭，開啟了以後中國將走向何方的兩種思維方式。前者強調針對社會中存在的具體問題提供具體的解決方案，從而逐步實現社會的進步；後者認為只有在獲得了一個對社會整體的理想設計藍圖後，才可以一籃子解決所有的問題。幻滅型革命文學和言情型革命文學可以認為是這種思維方式在文學上的反映。前者將文學創作的目的首先定位在認清當時革命失敗的具體原因上。「中國革命的道路該怎樣走？在以前我自以為清楚了，然而，在一九二七年的夏季，我發現自己並沒有弄清楚！」〔註96〕作者陷於

〔註92〕李躍力：《革命文學的現實主義與崇高美學——由〈蝕〉三部曲所引發的論戰談起》，《文史哲》2013 年第 4 期。
〔註93〕茅盾：《從牯嶺到東京》，《茅盾全集》第 19 卷，第 177 頁。
〔註94〕白薇：《我投到文學圈裏的初衷》，丁波編：《白薇作品選》，長沙：湖南人民出版社 1985 年版，第 5 頁。
〔註95〕白薇：《炸彈與征鳥》，丁波編：《白薇作品選》，第 28 頁。
〔註96〕茅盾：《我走過的道路》（中），第 1 頁。

這樣的困擾，總是努力尋找答案。「想要以我的生命力的餘燼從別方面在這迷亂灰色的人生內發一星微光，於是我就開始創作了。」〔註97〕在這樣的創作初衷下，幻滅型革命文學所表現的內容就擁有了和言情型革命文學全然不同的現實主義品質。

　　幻滅型革命文學對革命造成的社會慌亂甚至恐怖的氛圍進行了真實的描寫。共產共妻流言的廣爲傳播，攪得整個社會如一鍋沸騰的粥。縣長、黨部、店員協會、婦女協會，以及鄉下的農民協會，各種勢力你來我往，使社會陷於無序狀態。更糟的是，像胡國光這樣的劣紳，以革命的名義混進革命隊伍，攫取權力，霸佔婦女。胡炳這樣的地痞流氓在心懷叵測勢力的支持下沉滓泛起，做出各種暴行。宣揚將會帶來理想生活的革命，落到具體的現實生活中居然是如此不堪，這是當時那些崇奉革命的知識青年沒有想到的。這也促使他們對原先信仰的革命產生懷疑和反思。方羅蘭在面對流氓姦殺婦女時，心裏想的是：「你們剝奪了別人的生存，掀動了人間的仇恨，現在正是自食其報呀！你們逼得人家走投無路，不得不下死勁來反抗你們。你忘記了困獸猶鬥麼？你們把土豪劣紳四個字造成了無數的敵人；你們趕走了舊式的土豪，卻代以新式的插革命旗的地痞；你們要自由，結果仍得了專制。」〔註98〕

　　幻滅型革命文學對知識青年在面對革命和戀愛時產生的苦悶躁動的心理進行了直面描寫。言情型革命文學通過文學創作試圖在幻想的戀愛和革命中拯救自己在現實中的苦悶情緒，而幻滅型革命文學則選擇了在革命與戀愛的描寫中表現出在現實中真實的幻滅感。這突出表現在兩者對男性的塑造上。言情型革命文學中的男性擁有絕對的話語權，在整個文本中處於強勢地位，他們觀察並評判著女性。而幻滅型革命文學的男性則更多地在文本中處於劣勢，被女性的耀眼光芒所掩蓋，表現出軟弱迷惘的特點。這是以一種隱喻的方式對當時男性世界所主張的革命宏大話語的解構，對以前堅信的革命理想表達了質疑和困惑。在《幻滅》中，強連長向靜解釋參加革命的原因時說：「我因爲厭倦周圍的平凡，才做了革命黨，才進了軍隊。」「別人冠冕堂皇說是爲什麼爲什麼而戰，我老老實實對你說，我喜歡打仗，不爲別的，單爲了自己要求強烈的刺激！打勝打敗，於我倒不相干！」〔註99〕這應當是當時絕大多數知識

〔註97〕茅盾：《從牯嶺到東京》，《茅盾全集》第19卷，第177頁。
〔註98〕茅盾：《動搖》，《小說月報》第19卷第3期。
〔註99〕茅盾：《幻滅》，《小說月報》第18卷第10期。

青年參加革命的根本動因，因爲後來宏大敘事中的那些革命話語實際上與眞實的個人生活狀態是存在著相當大的距離的。就當時歷史條件來說，整個社會的閉塞狀態和文化教育的不發達，大多數人對於少數政黨精英分子宣傳的革命道理是無法理解的。基於這樣的原因來參加革命，也就注定了他們在面臨複雜革命生活時的茫然無措。在個人情感方面，青春期的躁動在遇到從沒有如此近距離接觸過的時代女性時，由於五四以來強調的戀愛自由風潮的影響，他們不可避免地陷入到情慾的放縱之中。靜女士在革命的中心觀察到，「各方面的活動都是機械的，幾乎使你疑惑是虛應故事，而聲嘶力竭之態，又隨在暴露，這不是疲倦麼？『要戀愛』成了流行病，人們瘋狂地尋覓肉的享樂，新奇的性欲的刺激」。〔註100〕在複雜的革命鬥爭形勢面前，社會上的新老各種勢力都打著革命的名義以逐私欲，由於缺乏理論信仰和實際鬥爭經驗，知識青年表現出在大時代面前虛弱動搖的一面。面對日益激烈的店員風潮，方羅蘭和他的同事們倍感無力，「我不知道應該怎樣做，才算是對的。這世界變得太快，太複雜，太古怪，太矛盾，我眞眞的迷失在那裏頭了！」〔註101〕

　　對於各種主義的宣傳和群眾革命的熱情，白薇以她女性特有的對生活的直覺直抵歷史的眞相。「目下幾頭偉人，都在胡吹什麼主義，以號召民眾，其實他們就什麼都不懂，全是一班似是而非的詐徒。」「無識的老百姓，都跟著喊，像一群瞎子趕熱鬧一般。」〔註102〕茅盾在《蝕》中塑造了孫舞陽、章秋柳等充滿時代特徵的女性作爲革命的點綴，她們的青春活力反映了浪漫而又混亂的時代氛圍，同時也反向印證著男性的困惑與迷茫。白薇在《炸彈與征鳥》中回答了《蝕》規避掉了的問題，這些時代女性選擇如此放縱的戀愛方式的內在心理是什麼。彬對還執迷革命理想的玥說：「你還相信現在的革命是革命麼？……革命的本身，早就被妖怪吞滅了。現在所謂革命的人，個個是沒有靈魂的妖怪。所以我就趁著這些無用的光陰，多玩些羅漫史。」〔註103〕彬選擇與多個男人進行及時行樂的戀愛遊戲是對由男人主導的革命行動的失望造成的。她首先感到的是自己青春理想的被辜負，在那群原先被寄予希望的男性身上看到的卻是卑下骯髒的靈魂，因此，她也就搖身一變以對他們的

〔註100〕茅盾：《幻滅》，《小說月報》第18卷第10期。
〔註101〕茅盾：《動搖》，《小說月報》第19卷第2期。
〔註102〕白薇：《炸彈與征鳥》，丁波編：《白薇作品選》，第123頁。
〔註103〕白薇：《炸彈與征鳥》，丁波編：《白薇作品選》，第176頁。

玩弄來進行著同等的報復。這與言情型革命文學中蔣光慈等人的作品，女性
最終選擇了那個有著堅強的革命信仰的男性作爲伴侶的邏輯是一樣的。不同
的是，前者眞實地寫出了女性在革命中的生存狀態，而後者則在意淫中彌補
著男性在現實女性面前的挫敗。

　　幻滅型革命文學對風景和女性的描寫有著自己獨特之處。風景描寫在這
裡更多地是作爲個人心理的隱喻出現，是從屬人物的，而言情型革命文學的
人則是融化於風景之中。抱素和慧女士一起吃過法國菜坐在小池邊的木椅上
歇息，「榆樹的巨臂伸出在他們頭頂，月光星光全都給遮住了。稍遠濛濛的夜
氣中，透露一閃一閃的光亮，那是被密重重的樹葉遮隔的園內的路燈。那邊
白茫茫的，是旺開的晚香玉。」〔註104〕這裡的風景與人物之間形成了一種相
互寫照的關係。風景脫離了傳統文學爲其固定化了的抒情功能，傳遞出自然
的生命氣息。這也是抱素和慧女士內在心理的寫照。對風景的重新發現象徵
著人對自我生命的重新發現。《炸彈與征鳥》中的玥在受到丈夫和婆婆的虐待
後，夢到自己死後的景色，「緊急的朔風驟告收束，山山掃開了奔布的瘴氣，
江渚轉換著晴瀾的景色，將黎明的微光，有若報告回春的氣象。」〔註105〕這
裡的景色是玥的精神在飽受摧殘後近乎發狂的恐怖心理的外化。當人對自我
的認識突破了以往的陳規，在新的生命覺醒鑽入骨髓的痛感中，人對風景也
有了不同於文學傳統的新的發現。例如玥便將希望比作「血海中長出了希望
的青秧」〔註106〕。強調溫柔敦厚的傳統文學是絕對不允許這樣的風景描寫出
現的，因爲它打破了深植在民族集體無意識中的對風景的教化。

　　女性在幻滅型革命文學中獲得了相當的主體地位。茅盾說：「慧女士，孫
舞陽，和章秋柳，也不是革命，然而也不是淺薄的浪漫的女子。如果讀者並
不覺得她們可愛可同情，那便是作者描寫的失敗。」〔註107〕作者在創作中以
欣賞仰視的角度對這些革命女性進行描寫，她們洋溢著青春激情的身體構成
了小說的亮點。不同於言情型革命文學對女性身體充滿或德性或欲望化的敘
述，女性的身體在這裡有著一定的獨立性。在《幻滅》中，抱素眼中的慧女
士充滿著性的誘惑。「慧穿了紫色綢的單旗袍，這軟綢緊裹著她的身體，十二

〔註104〕茅盾：《幻滅》，《小説月報》第18卷第9期。
〔註105〕白薇：《炸彈與征鳥》，丁波編：《白薇作品選》，第53頁。
〔註106〕白薇：《炸彈與征鳥》，丁波編：《白薇作品選》，第55頁。
〔註107〕茅盾：《從牯嶺到東京》，《茅盾全集》第19卷，第179頁。

分合式，把全身的圓凸部分都暴露得淋漓盡致」。〔註 108〕這種對女性性徵的正視既是對傳統文學只將女性作爲男權世界德容言功符號的反叛，也是對言情型革命文學將女性僅作爲革命陪襯的超越。在這兩者中，女性除了成爲正統衛道的犧牲品，作爲反向的補充，她們又被男性想像爲紅顏禍水的蕩婦淫娃，以滿足被仁義道德纏裹得呆板乾枯的肉體無可擺脫的性欲本能。當然，擾亂他們不能做聖人或堅定的革命者的責任，自然應該由女性來承擔。有學者指出，「對這些時代女性而言，身體是所有生命感受的起點，不存在超越身體形式而存在的靈魂，這些時代女性大膽的身體語言顛覆了五四以來身體對精神的強烈依賴，而表現出一種對感官主義的追求身體自足快樂的認同。」〔註 109〕慧女士在與抱素一番調情後，「慧覺得自己被握的手上加重了壓力，覺得自己的僅裹著一層薄綢的髀股之間感受了男性的肉的烘熱，這熱立刻傳佈於全身，她心裏搖搖的有點不能自持了。」〔註 110〕在商討針對店員運動的提案時，張舞陽鎭靜地提出自己的看法，表現得比周圍的男性更有決斷。「她的一對略大的眼睛，在濃而長的睫毛下很活潑地溜轉，照舊含著媚、怨、狠，三樣不同的攝人的魔力。她的彎彎的細眉，有時微皺，便有無限的幽怨動人憐憫，但此時眉尖稍稍挑起，卻又是俊爽英勇的氣概。」〔註 111〕這裡注重了對張舞陽神態和氣質的描寫，塑造了一個具有革命時代色彩的女性形象。她身上散發出來的精明幹練，給當時的男性以別樣的刺激和誘惑，既試圖用話語將其規約進傳統的女性角色裏，但在被革命釋放出來的女性特徵面前又透露出由難以掌控而產生的眩暈和迷戀等複雜心態。

茅盾以男性視角來表現女性在革命時代的表現，雖然也表達了她們在革命中的苦悶，但在很多時候仍然是以居高臨下的視角來打量她們的身體和行爲，並沒有足夠深入到她們的內心去挖掘她們在時代中的眞實感受，尤其是在以男性爲主導的革命行動中所受到的壓迫和歧視。茅盾眞實地寫出了男性在女性身體面前的眩暈，其中自然不乏男性對女性的欲望投射，但畢竟不同於言情型革命文學將女性純粹地作爲男性敘事的奴僕。男性作者在文字中以忠實於自我的態度對女性進行了描寫，她們是被描寫的對象，但在這個過程

〔註 108〕茅盾：《幻滅》，《小說月報》第 18 卷第 9 期。

〔註 109〕李蓉：《在身體中尋找「眞實」——重讀茅盾小說〈蝕〉》，《浙江學刊》2007年第 4 期。

〔註 110〕茅盾：《幻滅》，《小說月報》第 18 卷第 9 期。

〔註 111〕茅盾：《動搖》，《小說月報》第 19 卷第 2 期。

中也展示了男性的話語邏輯，並進而暴露出當時女性追求自由的怪圈：「女性的獨立自由，在於完全融入革命；而革命，是以男性權力的方式存在的。只不過，這裡的男性，不是父權家長的男性，而是正義與真理之化身的革命的男性。」〔註112〕靜女士對於身邊的革命同事的行為看不慣，「鬧戀愛尤其是他們辦事以外唯一的要件。常常看見男同事和女職員糾纏，甚至嚷著要親嘴。單身的女子若不和人戀愛，幾乎罪同反革命——至少也是封建思想的餘孽。」〔註113〕白薇以女性的切身感受表達了在革命中的真實處境。《炸彈與征鳥》中的彬感到自己的靈性被革命打滅了，「她懷疑革命是如此的不進步嗎？革命時婦女底工作領域，是如此狹小而卑下嗎？革命時婦女在社會的地位，如此不自由，如此盡做男子的傀儡嗎？」〔註114〕這些女子並不是只將戀愛作為主業，而是和當時的男性一樣有著對革命的追求，希望在實際的工作中實現價值，使生命活得有意義。

　　在國共分裂之後，魯迅又一次經歷了由青年人的血寫就的幻滅。他甚至認為：「我就是做這醉蝦的幫手，弄清了老實而不幸的青年的腦子和弄敏了他的感覺，使他萬一遭災時來嘗加倍的苦痛，同時給憎惡他的人們賞玩這較靈的苦痛，得到格外的享樂」，「我自己也幫助著排筵宴」。〔註115〕這是魯迅在五四時期與錢玄同討論鐵屋子的繼續，並且在國民革命的親眼所見中，證實了自己鼓動青年人向舊社會攻擊搗亂的無效，只能是白白犧牲掉許多寶貴的生命。經歷了這番夢幻破滅的魯迅，「立意要不講演，不教書，不發議論，使我的名字從社會上死去，算是我的贖罪」。〔註116〕一貫強調韌的戰鬥的魯迅尚且陷入如此的虛無中，那些年齡和修為都比他差很多的知識青年在面對理想的幻滅時自然是陷入了更為嚴重的頹唐中。不同的是，魯迅永遠站在中國的現實出發，直面殘酷的現實，即使是在面對他比較有好感的無產階級革命文學時，他依然堅持著自己的判斷，並在文字中真實地表達著幻滅。茅盾從自身豐富的社會實踐出發，在革命漩渦中心的所見所聞中感受到了革命理想的幻滅。白薇則從自身的女性立場出發，發現女性借革命救出自己的夢想終究是

〔註112〕楊聯芬：《女性與革命——以 1927 年國民革命及其文學為背景》，《貴州社會科學》2007 年第 10 期。

〔註113〕茅盾：《幻滅》，《小說月報》第 18 卷第 10 期。

〔註114〕白薇：《炸彈與征鳥》，丁波編：《白薇作品選》，第 38 頁。

〔註115〕魯迅：《而已集·答有恆先生》，《魯迅全集》第 3 卷，第 474 頁。

〔註116〕魯迅：《三閒集·通信（並 Y 來信）》，《魯迅全集》第 4 卷，第 100 頁。

不可能的。即使標榜進步的革命，女性依然活在多重壓迫的幽靈塔之中。他
們對幻滅表達的本身即意味著覺醒和反抗，放下原本就不存在的幻想，預示
著新的可能的開始。他們對當時社會現狀和個人心理感受的眞實表達，爲後
人瞭解那段歷史提供了重要的文學文本。至於未來的路在哪裏，他們都做著
各自不同的思考。本來對國民革命抱有希望的魯迅，對於中國的知識青年更
加不信任。他更自覺地居於文壇的邊緣位置，與當時被壓迫的左翼青年一起
進行反抗。茅盾對於之前所信仰的主義產生懷疑，在《追求》中，他借章秋
柳之口說：「一個人懸了理想的標準去追求，或者會只得了似是而非的目的；
因爲他的眼睛被自己的理想所迷，永遠不能冷靜地觀察。我不先立標準，我
不是生活在至善至美的理想世界的野心者，我不是那樣的空想家；我只追求
著在我理性上看來是美妙的東西。」〔註 117〕白薇在經歷了革命的幻滅後，以
自身堅強的毅力不僅治癒了身體上的疾病，而且在精神層面也獲得了新生，
使自己在平凡的人間頑強地生活下來。總之，幻滅型革命文學由於正視普通
人難以面對的殘酷的現實，他們通過在文學中的傳達，不僅留下了珍貴的時
代記錄，也使自己的生命獲得了新生。

〔註 117〕茅盾：《追求》，《小說月報》第 19 卷第 9 期。

結　語

　　國民革命和辛亥革命相似的是政權最終都落入上層精英手裏。他們有著更豐富的政治經驗，但卻無法有效凝聚整合社會上的各種力量。那些在鬥爭中落敗的一方與更廣大的底層力量結合，以多數人利益的代表為號召，醞釀著對現政權強大的顛覆力量。獲得政權的精英們往往倒向傳統文化，中下層知識分子則借助西方現代文明的最新成果，再發掘契合中國當時歷史情境的傳統文化中的因素，既符合了底層大眾的利益訴求，又預設了西方強國的美好圖景，將多方力量彙聚到自己隊伍的旗下，最終形成了大多數知識分子和絕大多數民眾的匯合體。統治階層在管理過渡時期的國家方面進退維谷，在社會成員的集體想像與國家現實發展道路之間左右為難。傳統權力結構的崩潰，使得政權無法為被科舉制度放逐出來的青年們提供安身立命的棲息地。西方文明又喚醒了眾多人的個體覺醒，在個人權利被喚醒的同時，內心中的負面欲求獲得了道德正名。精靈覺醒的同時也伴隨著惡魔的覺醒。由於現代政體的不成熟，在學統、道統、政統都還沒有建立起來的時候，對於社會的治理缺乏有效性。社會呈現出政治、經濟和文化等各個層面的全面對抗。在這些對抗中，既孕育著走向光明未來的福音，也滋養著陷入沉沉黑夜的不祥之兆。至於中國的未來走向，都不是單獨由哪種力量能夠決定的。這與國際格局的演變關係密切，後發國家的命運有很多時候籠罩在世界強國的影響之下。

　　發生在 1924 年至 1930 年的革命文學，是蘇俄革命模式在中國試驗的文學反映，也是中國社會更深入地與西方工業經濟發生碰撞的記錄。國民革命時期大規模的工人運動，是古老中國第一次在工業經濟層面與西方人展開全

面衝突。巧妙的是，革命文學的發生地上海正是西方工業經濟在中國的灘頭
陣地。魯迅在 1926 年時認爲像俄國勃洛克這樣的現代都會詩人，「用空想，
即詩底幻想的眼，照見都會中的日常生活，將那朦朧的印象，加以象徵化」，
「中國沒有這樣的都會詩人。我們有館閣詩人，山林詩人，花月詩人……；
沒有都會詩人。」〔註1〕這緣於國人對現代都市文明的陌生。張鴻聲認爲，「現
代都市文學是成熟的都市文化形態與成熟的現代文學相加的產物，兩者合糅
的結果，乃是文學作品中的現代都市意識以及與都市生態相適應的文體特
徵。」〔註2〕現代都市文明的基礎是大規模的工業生產，由於中國現代工業落
後，限制了國人對都市文明理解的程度。工人這一承擔了最早向工業文明轉
化的群體，他們在具體歷史時期的身份特徵、生活方式和審美趣味等因素往
往被宏大的歷史敘述話語遮蔽，他們在很多時候被以傳統的鄉村思維來審
視，或者借用無產階級的剝削理論進行闡釋。如果將這些中國最早一批由農
民或手工業者進入到現代工業生產體系中的群體放到最切實的歷史語境中，
他們應當是最早接觸到都市文明真諦的職業群體。可惜的是，二十世紀的中
國，在很多時候，文化從業者的思想意識與發生在這片土地上的最真實的現
實變化是脫節的。救亡、啓蒙、階級鬥爭等現實任務借助國人超常發達的群
體意識長期盤居在道德高地，至於那些正在悄然發生變化的活生生的新領域
中的新現象則被視而不見。上層精英人士借助從歐美、日本、俄國等外來榜
樣試圖依靠頂層設計全面解決中國的各種危機，而中國的基層卻也在各種外
來勢力的影響下發生著新變。上層精英多依據各種價值理論，而基層則遵從
最現實的生存利益邏輯。上層精英秉持的那些借用而來的價值理論實際上是
原發地中的人群現實生存利益邏輯長期發展的自然結果，而他們由於著急和
眼羨他人的華衣麗服，捨棄了對他人長期歷史發展邏輯的考察，而只想借用
他人現有的上層架構來實現自我拯救，這無異於緣木求魚。歷史已經證明此
類買櫝還珠式的倣仿所需付出的慘重代價。工人在國民革命中的真實歷史處
境與文學作品中對他們的描繪所呈現出來的差異，對於認識當時社會精英對
於社會的認識和想像與基層由現實生存邏輯支配而衍生的真實生存狀況的不
同具有重要價值。

　　有學者認爲，「施蟄存等人的創作道路，其實就是對都市化與都市生活的

〔註1〕魯迅：《集外集拾遺·〈十二個〉後記》，《魯迅全集》第7卷，第311頁。
〔註2〕張鴻聲：《都市文化與中國現代都市小說》，第38頁。

理解過程，它表現爲道德感性與歷史理性不斷交織糾結而最終趨於統一的心理過程。」〔註3〕像施蟄存、杜衡等海派作家，在生活上已經相當現代，城市已經成爲他們生活最重要的舞臺，但由於與鄉土中國的血脈聯繫，使得他們在進入城市生活時，總要經歷一個由牴觸到迷戀的過程。他們在理性認識上是承認城市文明的，但在情感上又總要不斷地回到鄉間去尋求慰藉。處於社會底層的農民和手工業者在進入城市做工時，經歷的心路歷程又與此不同。因爲越是社會的底層人，處於文化生產鏈的底端，反而越是這種文化方式最忠實最堅固的守衛者。工廠中較好的待遇，都市生活的便利，各種新奇人生體驗的敞開，都只是在群體意識的表層展開，而他們內心深處的思想觀念和審美意識則固執地停留在那片鄉土大地上。他們以古老農業文明的思維來思考現代都市的現象。但另一方面，底層勞動者不尙玄虛注重實利的特點，又成爲他們湧入現代工業生產方式的根本驅動力。這就造成了現實行爲與思想觀念的悖離。他們一方面爭相湧進工廠，但另一方面卻視其爲怪物和異己者；一方面享受著現代工業帶來的實利，另一方面卻對其投以敵視的目光。這樣的裂隙，源於中國現代文明是被文明的結果。中國大地上發生的諸多變化，都不是依據自己內在的發展邏輯而來的。我們有了工業生產，卻無科技理性的支撐；有了市場經濟，卻無自由平等的契約意識。工人們多以義和團式的思維看待工廠管理者。他們是城市文明的創造者，卻又自外於城市。這也是他們在國民革命中被各種政黨力量鼓惑煽動起來進行傷害自身利益的各種運動的內因。從工人階層可以看出，中國當時的工業力量不僅是薄弱的，而且更爲重要的是，即使這些最先進入工業體系的人，他們的思維方式依然是非工業的。

　　以往文學史基本認定革命文學是不成功的，原因是過於從概念出發，脫離生活實際，沒有創作出富有典型個性的人物形象。如果單從文學性的角度進行考量的話，這些作品確實價值不高。但如果從文學的社會文獻價值來進行審視的話，革命文學有著很高的研究價值。對其價值進行開掘的第一步，就是要擺脫以往僵化意識形態的限制。一部文學作品不一定就非得以是否成功塑造了無產階級形象作爲評判的標準，雖然革命文學作者自稱這是他們創作的目標。革命文學作者都是剛從科舉制度下逸出的知識青年，也即我們通常稱之爲的小資產階級，一方面他們懷有強烈的家國情懷和眞誠的救世熱

〔註3〕張鴻聲：《都市文化與中國現代都市小說》，第136頁。

情，另一方面卻喪失了像傳統士大夫那樣的安身立命之所。在國民革命社會
發生劇烈變動的大時代，他們希望通過投身其中實現自己的理想，以此獲得
社會的承認，但殘酷的軍事政治鬥爭往往又將其作爲祭旗的犧牲。革命文學
就是他們在被寄予巨大希望的革命拋棄後寄情於文學的結晶。它充分表現了
知識青年在由科舉士大夫走向現代知識分子轉換的重要節點中的困惑和迷
失。在被傳統的社會結構拋棄了的同時，他們努力尋找新的文化資源來爲自
己的價值正名。五四時期，由於國家處於西方民主試驗階段，他們努力鼓吹
以個人爲本位的現代觀念。而到了國民革命時期，革命話語成爲強勢話語，
他們也積極轉向，試圖將自己塑造爲無產階級一分子。但他們畢竟不是工人，
雖然以工人之名創作了大量作品，但描寫的卻仍然是自己。如果把革命文學
視作知識青年自身在國民革命時期的心靈圖譜，以他們與當時整個革命時代
的互動關係作爲研究的重點，將會開闢出一片新的研究領域。

　　無論是反帝革命文學和工業革命文學，還是言情型革命文學和幻滅型革
命文學，工人運動都與之有著密切的關係。在反帝階段，工人運動是配合革
命的重要力量。工人通過罷工使得帝國主義國家在華工廠損失巨大，工人運
動的高漲使得整個社會掀起了反對帝國主義的熱潮。反帝革命文學以工人作
爲主要表現對象，並且將工人作爲主要預設讀者。聲稱消滅了帝國主義就可
以爲工人帶來幸福生活的工人運動，是檢驗當時革命話語的試金石。工人參
加罷工並沒有給他們帶來預期的生活改善，反而是陷入了更加衣食無著的凄
慘境地，這本身即證明著反帝革命理論在中國的破產。反帝革命文學在鋪天
蓋地的反帝宣傳中，生活細節的描寫透露著工廠對於他們生活的重要性，即
使這工廠是帝國主義國家開辦的。劉一夢這樣的有親身工人運動經歷的知識
青年，不受外來理論的束縛，以如椽之筆眞實記錄下了工人在反帝運動中的
悲慘生活境遇。倡導階級鬥爭的無產階級革命文學應當以工人作爲表現主
體，但由於中國在當時實質上並不具備產生工人文學的條件，自身並不是工
人，對工人也缺乏認識的知識青年雖然號稱要爲無產階級革命鼓與呼，而實
際上創作出來的文學只是自身在那個時代的反映。國共破裂後，無產階級革
命文學以產業工人的缺席，證明了知識青年對於工業文明的陌生。

　　國民革命時代是一個煽動仇恨，倡導推翻、打倒乃至從肉體上消滅敵人
的時代。先是國共兩黨聯合，以帝國主義和國內軍閥作爲革命的對象。在共
產黨領導的工人運動和農民運動中，又以工廠廠主、店主和地主作爲革命的

對象。國共分裂後，國共兩黨互相指斥對方爲反革命，展開武裝對抗。魯迅
對此總結道：「中國革命的歷史，自古以來，只不過是向外族學習他們的殘酷
性。這次的革命運動，也只是在三民主義——國民革命等言詞的掩護下，肆
無忌憚地實行超過軍閥的殘酷行爲而告終。——僅限於在這一點上學習了工
農俄羅斯。」﹝註4﹞涉世未深而又滿懷理想的知識青年注定是這場革命運動的
犧牲者，革命文學記錄下了他們在那個時代激情洋溢和躁動虛浮的青春。同
時，在他們頻繁使用「無產階級」的革命文學中又以中國當時工人群體實質
意義上的缺席，證明了所謂的無產階級革命文學不過是借用了外國名詞爲幌
子，而他們自身在那個時代的生命體驗和生存感受才是革命文學的眞正內涵。

　　在反帝革命文學時代，知識青年外借列寧帝國主義理論，內得國共兩黨
現實力量的支持，用傳統民間的文學形式，在宣傳革命文學方面可以說是志
得意滿。「從指揮刀下罵出去，從裁判席上罵下去，從官營的報上罵開去，眞
是偉哉一世之雄」。﹝註5﹞但到了國共分裂後，國民黨依據現實的政權力量對
革命文學採取壓制政策，知識青年在尊崇的革命文學面前就不免猶豫彷徨。
一方面他們有著救國救民的情懷，另一方面又擔心自己現實的生存處境。這
其實也是傳統士大夫依附皇權力量傳統人格的再現。他們在革命文學中既表
達著理想情懷，也展現著自己的軟弱動搖，因此，他們所創作的文學便不免
朦朧。魯迅對此分析道：

　　　　這朦朧的發祥地，由我看來，——雖然是馮乃超的所謂「醉眼
　　陶然」——也還在那有人愛，也有人憎的官僚和軍閥。和他們已有
　　瓜葛的，筆下便往往笑迷迷，向大家表示和氣，然而有遠見，夢中
　　又害怕鐵錘和鐮刀，因此也不敢分明恭維現在的主子，於是在這裡
　　留著一點朦朧。﹝註6﹞

這充分顯示出了那一代知識青年骨子裏的依附性。在風雲變幻的大時代面
前，無所依靠的他們雖懷有高遠理想，但也不得不爲自己的生存考慮，這使
得他們顯示出了多層次的複雜面相，也使得革命文學呈現出斑駁陸離的多種
形態。

─────────────

﹝註4﹞〔日〕山上正義：《談魯迅》，魯迅博物館、魯迅研究室、《魯迅研究月刊》選
　　　編：《魯迅回憶錄：散篇》（下冊），北京：北京出版社1999年版，第1553～
　　　1554頁。
﹝註5﹞魯迅：《而已集·革命文學》，《魯迅全集》第3卷，第567頁。
﹝註6﹞魯迅：《三閒集·「醉眼」中朦朧》，《魯迅全集》第4卷，第62頁。

　　新政權的建立和經濟社會秩序的恢復，都使得一切幻想落實到最厚重的大地上。從日本回來接受了一大堆無產階級革命文學理論的青年們，在國民革命中失意的青年們，他們創作出來的革命文學受到了現實的批判。共產黨的領導層也意識到他們的脫離現實，指示他們進行轉向，組織左聯。共產黨的革命理念，開始結合中國國情，實現從城市向鄉村的轉變，同時，這種轉變也體現在文學創作方面。左聯的成立，即是克服革命浪漫蒂克幼稚病的成功嘗試，文學要安置于堅實的大地和人生中間。左翼文學將文學創作的指導原則從天空落實到了大地，無產階級理論成爲他們觀察世界的視角，但他們更將現實中發生的人和事作爲根本著重點，這使得他們的創作突破了狹隘的理論預設，變得豐厚和堅實。

參考文獻

報刊類

1. 《漢口民國日報》（1926）
2. 《廣州民國日報》（1927）
3. 《中央副刊》（1927）
4. 《申報》（1924～1930）
5. 長沙《大公報》（1925～1927）
6. 天津《大公報》（1925～1927）
7. 《工人之路》（1925～1926）
8. 《每週評論》
9. 《星期評論》
10. 《嚮導》
11. 《勞動界》（1920）
12. 《中國工人》（1924）
13. 《中國工人》（1928）

著作類

1. 陳公博：《國民革命的危機和我們的錯誤》，出版社不詳，1928 年版。
2. 洪瑞釗：《革命與戀愛》，上海：民智書局 1928 年版。
3. 李何林編《中國文藝論戰》，上海：中國書店 1930 年版。
4. 李何林：《近二十年中國文藝思潮論》，上海：生活書店 1938 年版。
5. 朱其華：《一九二七年底回憶》，上海：新新書局 1933 年版。
6. 胡林閣、朱邦興、徐聲合編《上海產業與上海職工》，香港：遠東出版社

1938 年版。

7. 馬超俊：《中國勞工運動史》，上海：商務印書館 1942 年版。

8. 臺灣中央研究院近代史研究所編《馬超俊先生訪問紀錄》，中央研究院近代史研究所發行室 1992 年版。

9. 鄧中夏：《中國職工運動簡史》，北京：中國人民大學出版社 1952 年版。

10. 上海工人運動史料委員會編印《上海工人運動歷史資料》，內部資料，1953 年。

11. 中國現代史資料叢刊編《第一次國內革命戰爭時期的工人運動》，北京：人民出版社 1954 年版。

12. 楊紹英編著《中國工人的罷工鬥爭》，南京：江蘇人民出版社 1957 年版。

13. 臺北中國勞工運動史編纂委員會：《中國勞工運動史》，中國文化大學勞工研究所理事會 1958 年版。

14. 歷史系中國工人運動史考研室編《中國工人運動史參考資料》，北京：中國人民大學出版社 1980 年版。

15. 金風編寫《中國第一次罷工高潮》，北京：新華出版社 1980 年版。

16. 張國燾：《我的回憶》，北京：現代史料編刊社 1980 年版。

17. 茅盾：《我所走過的道路》，北京：人民文學出版社 1981 年版。

18. 上海社會科學院歷史研究所編《五卅運動史料》，上海：上海人民出版社 1981 年版。

19. 上海市檔案館編《上海工人三次武裝起義》，上海：上海人民出版社 1983 年版。

20. 上海社會科學院經濟研究所編《英美煙公司在華企業資料彙編》，北京：中華書局 1983 年版。

21. 黃葦、夏林根：《近代上海地區方志經濟史料選輯》，上海：上海人民出版社 1984 年版。

22. 孫中山：《孫中山全集》，北京：中華書局 1986 年版。

23. 中央檔案館編《中共中央文件選集》，北京：中共中央黨校出版社 1989 年版。

24. 常凱主編《中國工運史辭典》，北京：勞動人事出版社 1990 年版。

25. 毛澤東：《毛澤東選集》，北京：人民出版社 1991 年版。

26. 茅盾：《茅盾全集》，北京：人民文學出版社 1991 年版。

27. 陳幼石：《茅盾〈蝕〉三部曲的歷史分析》，北京：社會科學文獻出版社 1993 年版。

28. 許豪炯：《五卅時期文學史論》，上海：上海社會科學院出版社 1997 年版。

29. 張鴻聲：《都市文化與中國現代都市小說》，鄭州：河南大學出版社 1997 年版。

30. 曠新年：《1928：革命文學》，濟南：山東教育出版社 1998 年版。

31. 劉明逵、唐玉良主編《中國工人運動史》（六卷本），廣州：廣東人民出版社 1998 年版。

32. 陳建華：《「革命」的現代性——中國革命話語考論》，上海：上海古籍出版社 2000 年版。

33. 李歐梵：《上海摩登——一種新都市文化在中國》，北京：北京大學出版社 2001 年版。

34. 鄭超麟：《鄭超麟回憶錄》，北京：東方出版社 2003 年版。

35. 陳公博：《苦笑錄》，北京：東方出版社 2003 年版。

36. 王德威：《中國小說十講》，上海：復旦大學出版社 2003 年版。

37. 盧漢超：《霓虹燈外：20 世紀初日常生活中的上海》，段煉、吳敏、子羽譯，上海：上海古籍出版社 2004 年版。

38. 羅蘇文：《上海傳奇：文明嬗變的側影（1553～1949）》，上海：上海人民出版社 2004 年版。

39. 魯迅：《魯迅全集》，北京：人民文學出版社 2005 年版。

40. 王奇生：《國共合作與國民革命：1924～1927》，南京：江蘇人民出版社 2005 年版。

41. 汪朝光：《民國的初建：1912～1923》，南京：江蘇人民出版社 2005 年版。

42. 王燁：《二十年代革命小說的敘事形式》，昆明：雲南人民出版社 2005 年版。

43. 鄭堅：《弔詭的新人——新文學的小資產階級形象研究》，南昌：百花洲文藝出版社 2005 年版。

44. 艾曉明：《中國左翼文學思潮探源》，北京：北京大學出版社 2007 年版。

45. 曹清華：《中國左翼文學史稿》，北京：中國社會科學出版社 2008 年版。

46. 王訓昭等編《郭沫若研究資料》，北京：知識產權出版社 2009 年版。

47. 方銘編《蔣光慈研究資料》，北京：知識產權出版社 2009 年版。

48. 中國社會科學院文學研究所現代文學研究室編《「革命文學」論爭資料選編》，北京：知識產權出版 2010 年版。

49. 饒鴻競等編《創造社資料》，北京：知識產權出版社 2010 年版。

50. 陳紅旗：《中國左翼文學的發生（1923～1933）》，廣州：暨南大學出版社 2010 年版。

51. 王奇生：《革命與反革命：社會文化視野下的民國政治》，北京：社會科學文獻出版社 2010 年版。

52. 宋鑽友、張秀莉、張生：《上海工人生活研究：1843～1949》，上海：上海辭書出版社 2011 年版。

53. 羅志田等：《中華民國史》第五卷，北京：中華書局 2011 年版。

54. 楊天石等：《中華民國史》第六卷，北京：中華書局 2011 年版。

55. 曾業英等：《中華民國史》第七卷，北京：中華書局 2011 年版。

56. 中共中央黨史研究室：《中國共產黨歷史》，北京：中共黨史出版社 2011 年版。

57. 李玉貞：《國民黨與共產國際（1919～1927）》，北京：人民出版社 2012 年版。

58. 熊權：《「革命加戀愛」現象與左翼文學思潮研究》，北京：人民出版社 2013 年版。

59. 張大明：《中國左翼文學編年史》，北京：社會科學文獻出版社 2013 年版。

60. 李躍力：《革命與文學的深層互動：中國現代文學中的「革命話語」研究》，北京：中國社會科學出版社 2013 年版。

61. 程凱：《革命的張力：「大革命」前後新文學知識分子的歷史處境與思想探求：1924～1930》，北京：北京大學出版社 2014 年版。

62. 〔日〕中村三登志：《中國工人運動史》，王玉平譯，北京：工人出版社 1989 年版。

63. 〔美〕費正清編《劍橋中華民國史》（上卷），楊品泉等譯，北京：中國社會科學出版社 1994 年版。

64. 〔美〕安敏成：《現實主義的限制：革命時代的中國小說》，姜濤譯，南京：江蘇人民出版社 2001 年版。

65. 〔美〕費約翰：《喚醒中國：國民革命中的政治、文化與階級》，北京：三聯書店 2004 年版。

66. 〔美〕劉劍梅：《革命與情愛》，郭冰茹譯，上海：上海三聯書店 2008 年版。

67. 〔美〕艾米莉・洪尼格：《姐妹們與陌生人：上海棉紗廠女工：1919～1949》，韓慈譯，南京：江蘇人民出版社 2011 年版。

68. 〔美〕裴宜理：《上海罷工：中國工人政治研究》，劉平譯，南京：江蘇人民出版社 2011 年版。

69. 〔英〕E.P.湯普森：《英國工人階級的形成》，錢乘旦等譯，南京：譯林出版社 2013 年版。

論文類

1. 王培元：《關於中國現代反帝愛國文學的思考——從中西方文化衝突出發》，《文學評論》1987 年第 5 期。

2. 王奇生：《「革命」與「反革命」：一九二零年代中國三大政黨的黨際互動》，《歷史研究》2004 年第 5 期。

3. 程凱：《「革命文學」歷史譜系的構造與爭奪》，《中國現代文學研究叢刊》2005 年第 1 期。

4. 尹鈦：《「帝國主義」在中國的建構——以 20 世紀 20 年代的國民革命爲例》，《國際關係學院學報》2007 年第 3 期。

5. 李蓉：《用身體想像革命——論早期革命文學中的身體書寫》，《文藝爭鳴》2008 年第 7 期。

6. 史元明：《論「革命+戀愛」小說的原型置換》，《中國現代文學研究叢刊》2009 年第 6 期。

7. 王智慧：《突破集體主義的理論藩籬——論「革命文學」實踐對理論的悖離》，《中國現代文學研究叢刊》2010 年第 4 期。

8. 謝昭新：《論蔣光慈小說創作與三十年代上海都市文化市場》，《文學評論》2011 年第 3 期。

9. 張廣海：《茅盾與革命文學派的「現實」觀之爭》，《中國現代文學研究叢刊》2012 年第 1 期。

10. 矗國心：《構建「革命文學」的三種想像》，《齊魯學刊》2012 年第 3 期。

11. 張劍：《革命文學、左翼文學概念的意義生成與辯析》，《齊魯學刊》2012 年第 3 期。

12. 王建偉：《中共早期的「反帝」口號及其所引發的爭論（1921～1925）》，《近代史學刊》第 8 輯。

13. 蘇啓明：《北伐期間工運之研究》，臺灣國立政治大學歷史研究所 1984 年碩士論文。

14. 張紅衛：《武漢國民政府時期工人失業問題研究》，武漢理工大學 2010 年法學碩士學位論文。

15. 呂錦繡：《二十世紀三十年代左翼小說中的工人形象研究》，浙江大學 2012 年文學碩士學位論文。

16. 金富軍：《中共早期反帝理論與策略研究（1921～1925）》，清華大學 2005 年歷史學博士學位論文。

附錄：國民革命時期沉浸於「死亡的大歡喜」的《鑄劍》

　　摘要：國民革命的時代風潮對潛隱在魯迅內心的復仇情結進行著激活，直接影響著《鑄劍》的寫作，而他在那個特殊歷史階段的心態變化和精神歷程也凝聚在小說之中。魯迅將內在的生命觀隱含於一個古老的復仇故事之下，以明白曉暢的形式，表達了內心最爲眞實的對於社會和自我的思索。在寫作過程中，於國民革命有貢獻的創作目的漸漸隱退，自己的血肉越來越多地裸現出來。特別是到廣州以後產生的失望，促發著小說從向仇人復仇轉變到向庸眾復仇，向自我復仇，酣暢淋漓地表達了對社會和自我的雙重厭棄，在生命毀滅的大歡喜中尋求存在感，並對未來寄予並不確切的希望。《鑄劍》徹底回到個人本身，通過對個人內心最眞實感受的內省和展露，對作者歷經的自辛亥革命以來的各種宏大建構進行著反觀和檢視。

　　關鍵詞：魯迅；《鑄劍》；《野草》；死亡；國民革命

　　國民革命時期是中國現代史上風雲變幻的大時代。它給了當時國人新的希望，正如胡適所言：「民十五六年之間，全國多數人心的傾向中國國民黨，眞是六七十年來所沒有的新氣象。」〔註1〕魯迅在與許廣平的通信裏也頻繁地談及當時正在轟轟烈烈進行的北伐戰爭，並寄予很高期許。但另一方面，魯

〔註1〕胡適：《慘痛的回憶與反省》，《胡適全集》第 4 卷，合肥：安徽教育出版社 2003 年版，第 494 頁。

迅意識到這所謂的大時代也隱含著危機,並不一定就導向一個光明的未來,「可以由此得生,而也可以由此得死」〔註2〕。於時代而言,這是一個涉及眾多人命運改變的大時代;就魯迅而論,則是人生道路發生改變的轉折點。他要改變過去農奴式的生活,奔向新的未來。正是在這裡,時代風潮和個人命運交匯在了一起。《鑄劍》則是電光火石迸發時刻的石破天驚之作。它蘊含著魯迅內心最深處的生命詩學,表現著對新生和死亡,個人和時代關係的獨特思考。這也是他在《答有恆先生》裏所說的:「好幾個滿肚子惡意的所謂批評家,竭力搜索,都尋不出我的眞症候。所以我這回自己說一點,當然不過一部分,有許多還是隱藏著的。」〔註3〕這隱藏的所在,一爲低沉壓抑的《野草》,一是張揚恣肆的《鑄劍》。

寫作於國民革命背景下的《鑄劍》,凝結著那個特殊歷史階段的時代氣息,也間接反映著魯迅在那段時間的心態變化。將《鑄劍》放在國民革命的時代背景下進行考察,具體分析魯迅在這個時段的心路歷程,以及怎樣具體影響到《鑄劍》的寫作,再將這篇作品放到魯迅的整個創作生涯中進行比較,可以較爲清晰地看出其特殊的思想內涵。

一、《鑄劍》創作的時間和地點

對《鑄劍》解讀的前提是確定其寫作的時間和地點。學界對此持有爭議,這緣於魯迅在收入《故事新編》集子中所署的「一九二六年十月」和在 1927 年 4 月 3 日的日記裏寫下的「作《眉間赤》訖」〔註4〕之間的衝突。傾向於認爲創作於 1926 年廈門的學者,舉出魯迅在《故事新編》裏補記的時間,《故事新編》的序言和《〈自選集〉自序》,以及俞荻、陳夢韶等當事人的回憶作爲證據;〔註5〕傾向於認爲創作於 1927 年 4 月 3 日的學者,舉出魯迅的日記和許壽裳的回憶作爲證據;〔註6〕傾向於認爲一二節創作於廈門,三四節創作

〔註2〕 魯迅:《而已集·〈塵影〉題辭》,《魯迅全集》第 3 卷,北京:人民文學出版社 2005 年版,第 571 頁。

〔註3〕 《而已集·答有恆先生》,《魯迅全集》第 3 卷,第 477 頁。

〔註4〕 《日記十六〔一九二七年〕四月》,《魯迅全集》第 16 卷,第 16 頁。

〔註5〕 參見陳夢韶:《魯迅在廈門》,北京:作家出版社 1954 年版;陳夢韶:《魯迅創作〈鑄劍〉時間考辨》,《破與立》1979 年第 10 期;嚴家炎:《就〈鑄劍〉與金庸小說再答袁良駿先生》,《粵海風》2002 年第 3 期;李允經:《〈鑄劍〉究竟寫於何年?》,《魯迅研究月刊》2009 年第 10 期。

〔註6〕 參見朱正:《〈鑄劍〉不是在廈門寫成的》,《魯迅回憶錄正誤(增訂本)》,北

於廣州的學者，舉出《鑄劍》手稿在一二節的末尾所寫的「未完」字樣，以及前後文本的風格差異作為證據。〔註7〕筆者傾向於後一種說法。所謂孤證不立，前兩種說法都舉出了多種較有說服力的證據，並且都不能以一種說法徹底否定另一種說法，這說明雙方都有一定的合理性。後一種說法不僅有效地解釋了前兩種說法的矛盾，而且也更加契合魯迅當時的內在精神狀態。

　　《鑄劍》手稿雖然同是寫在印有「未名稿紙」字樣的稿紙，但在第二節的結尾有「未完」兩字，不僅如此，而且寫到了稿紙的邊框之外。如果魯迅繼續進行下面的寫作，這樣的突破不合常理。這表明寫到這裡，是告一段落，或許是過於疲憊，精神不能支持下面的寫作，或是對於下面的寫作內容有猶豫，或是現實的刺激使他不得不中斷寫作，總之，他是暫時停下了。在第三節開頭，魯迅重又寫下題目「眉間尺」，並且再次署上自己的名字「魯迅」。這就清晰地表示，這是開始於另一時間的寫作。如果整篇完成於同一時間，這樣做是沒有必要的。魯迅發表這篇小說時的設計，也證實了這一點。他在給臺靜農的信中明確指出：「可分兩期登」。〔註8〕《鑄劍》的第一二節發表在1927年4月25日《莽原》第2卷第8期，第三四節發表在5月10日《莽原》第2卷第9期。縱觀魯迅創作的33篇小說，除《阿Q正傳》分章發表於北京的《晨報副刊》，《肥皂》分期發表於1924年3月27、28日的《晨報副刊》，《長明燈》連載於1925年3月5日至8日的北京《民國日報副刊》外，其餘都沒有分期發表。魯迅將《鑄劍》分期發表可能出於刊物容量的考慮，但也有可能有另外的打算。他一再表明，創作是不能停止的，「倘有什麼分心的事情來一打岔，放下許久之後再來寫，性格也許就變了樣，情景也會和先前所豫想的不同起來。」〔註9〕《鑄劍》前兩節是一個相對單純的復仇故事，裏面充滿了朝氣和希望；後兩節風格發生了變化，諧謔調侃的消解意味突顯出來。為了表明這變化，魯迅故意將創作於兩個不同時期的部分分期發表，也是合乎情理的。

　　　京：人民文學出版社 2006 年版；袁良駿：《為〈鑄劍〉一哭——答嚴家炎先
　　　生〈為〈鑄劍〉一辯〉》，《粵海風》2001 年第 5 期。

〔註 7〕孫昌熙、韓日新：《〈鑄劍〉完篇的時間、地點及其意義》，《吉林師大學報》
　　　1980 年第 3 期；龍永幹：《〈鑄劍〉創作時間考釋及其他》，《魯迅研究月刊》
　　　2012 年第 7 期。

〔註 8〕《270409 致臺靜農》，《魯迅全集》第 12 卷，第 28 頁。

〔註 9〕《南腔北調集·我怎麼做起小說來》，《魯迅全集》第 4 卷，第 527 頁。

　　魯迅在《鑄劍》末尾所注的「一九二六年十月」應當指的是一二節的創作時間。丸尾常喜認爲：「與其說反映了編輯《故事新編》時記憶的模糊，毋寧說在魯迅的記憶裏存在著某種對《鑄劍》的構思起過重要作用的東西這種可能性。」〔註10〕這種說法應當是符合實際的。初到廈門的魯迅，「一個人住在廈門的石屋裏，對著大海，翻著古書，四近無生人氣，心裏空空洞洞。」〔註11〕9 月，他只寫作了《從百草園到三味書屋》和《廈門通信》，其餘的時間則忙於和許廣平通信，收拾房子，安排課程，接待師生。10 月初，經過一個多月的忙碌和適應，魯迅的生活逐漸穩定下來。他於 9 月 25 日從國學院搬至集美樓，這樣不僅可以不必再爬 96 級的臺階，而且「比先前的靜多了，房子頗大，是在樓上」，「心就安靜得多了」。〔註12〕這使得他可以整理自己的時間和心情，從而進入寫作狀態。10 月 7 日，魯迅寫作《父親的病》；8 日，作《瑣記》；12日，作《藤野先生》；14 日，作《〈記談話〉附記》、《〈華蓋集續編〉小引》、《〈華蓋集續編〉校訖記》；15 日，編定《華蓋集續編》。可以看出，魯迅從 10 月 7日開始進入寫作狀態。在這個過程中，他不可能寫作《鑄劍》。因爲他沒有理由將尚未創作完成的稿子擱下而去開始其他並不是立即需要寫作的東西。因此，可以大致將《鑄劍》寫作時間的上限定爲 1926 年的 10 月 15 日。

　　是什麼使得魯迅停下了已經開始了的《鑄劍》寫作呢？魯迅曾言及自己創作《奔月》和《鑄劍》是緣於「北京的未名社，卻不絕的來信，催促雜誌的文章。」〔註13〕《鑄劍》手稿印有「未名稿紙」的字樣也可以證明這篇稿子本是爲《莽原》而作。沿此線索，通過魯迅這一時期的書信可以發現，高長虹等人的投稿風波應是導致魯迅中斷《鑄劍》寫作的原因。魯迅在 10 月23 日給許廣平的信中寫道：「長虹和韋素園又鬧起來了，在上海出版的《狂飆》上大罵，又登了一封給我的信，要我說幾句話。他們真是吃得閒空，然而我卻不願意陪著玩了，先前也陪得夠苦了，所以擬置之不理。（鬧的原因是因爲《莽原》上不登培良的一篇劇本。）我的生命，實在爲少爺們耗去了好幾年，現在躲在島上了，他們還不放。」〔註14〕這段話是接著 21 日沒有

〔註10〕　〔日〕丸尾常喜：《「人」與「鬼」糾葛：魯迅小説論析》，秦弓譯，北京：人
　　　　　民文學出版社 2006 年版，第 316 頁。
〔註11〕　《故事新編・序言》，《魯迅全集》第 2 卷，第 354 頁。
〔註12〕　《260926 致許廣平》，《魯迅全集》第 11 卷，第 554 頁。
〔註13〕　《故事新編・序言》，《魯迅全集》第 2 卷，第 354 頁。
〔註14〕　《261023 致許廣平》，《魯迅全集》第 11 卷，第 588 頁。

寄出的信繼續寫的。這說明魯迅是在 23 日這天看到了高長虹 10 月 17 日發在《狂飆》週刊第 2 期的《通訊》二則。高長虹在《給魯迅先生》中寫道：「新生的《狂飆》週刊已由書局直接寄你」。〔註 15〕魯迅在給韋素園的信中寫道：「《狂飆》已經看到四期」。〔註 16〕這說明魯迅是收到了刊物並且閱讀了的。查閱魯迅日記，依當時身在上海的周建人寄給魯迅書信所用的時間來看，長則 11 日，短則 3 日，7 日居多。17 日《狂飆》出版，23 日魯迅收到，是合乎常理的。這則通訊給魯迅以極大的憤慨，他在給許廣平的信中寫道：「我其實還敢於站在前線上，但發見稱爲『同道』的暗中將我作傀儡或背後槍擊我，卻比被敵人所傷更其悲哀」。〔註 17〕對研究系的仇恨可以使他提筆創作，但對自己以血飼養的青年人的失望，則可以使他黯然停筆。在接下來呆在廈門近三個月的時間裏，魯迅除了爲一些集子做些題跋外，幾乎沒有創作。僅在 11 月 18 日作《范愛農》，20 日作《所謂「思想先驅者」魯迅啓事》，12 月 22 日作《〈走到出版界〉的「戰略」》，24 日作《新的世故》，30 日作《奔月》。後四篇均爲反擊高長虹而作。由此一方面可以看出高長虹的攻擊對魯迅帶來的傷害之大，另一方面也可以得出結論，23 日高長虹事件以後的魯迅是沒有心情進行《鑄劍》寫作的。

　　23 日魯迅給許廣平的信，前半部分與以往的信件相比，沒有什麼新的內容，也沒有什麼事能引起他的情緒波動，而最後訴說的高長虹事件則深深刺傷了魯迅。他急於將此事向自己的愛人傾訴。魯迅在 23 日看到的《通訊》兩則，應該是直接導致《鑄劍》終止創作的原因。他在 23 日給章廷謙的信中寫道：「喝了一瓶啤酒，遂不免說酒話，幸祈恕之」。〔註 18〕而就在本月 15 日給許廣平的信中，魯迅還寫道：「酒是自己不想喝，我在北京，太高興和太憤懑時就喝酒，這裡雖仍不免有小刺戟，然而不至於『太』，所以可以無須喝了，況且我本來沒有癮。」〔註 19〕這時的他恐怕不會有太高興的事，就只剩「太憤懑」這一條了。這「太憤懑」應是來自高長虹的攻擊。魯迅在接下來 28 日給許廣平的信中大發憤慨：「我這幾年來，常想給別人出一點力，所以在北京時，拚命地做，不吃飯，不睡覺，吃了藥校對，作文。誰料結出來的，都是

〔註 15〕 高長虹：《給魯迅先生》，《狂飆》週刊第 2 期。
〔註 16〕 《261109 致韋素園》，《魯迅全集》第 11 卷，第 610 頁。
〔註 17〕 《261109 致許廣平》，《魯迅全集》第 11 卷，第 609 頁。
〔註 18〕 《261023 致章廷謙》，《魯迅全集》第 11 卷，第 584 頁。
〔註 19〕 《261015 致許廣平》，《魯迅全集》第 11 卷，第 573 頁。

苦果子。一群人將我做廣告自利，不必說了；便是小小的《莽原》，我一走也就鬧架。長虹因爲他們壓下（壓下而已）了投稿，和我理論，而他們則時時來信，說沒有稿子，催我作文。我才知道犧牲一部分給人，是不夠的，總非將你磨消完結，才肯放手。我實在有些憤怒了」，魯迅決定「至二十四期止，便將《莽原》停刊，沒有了刊物，看他們再爭奪什麼。」〔註20〕既然存了將《莽原》停刊的念頭，那麼給其寫的稿子自然也就不那麼急於完成了，當然更重要的是無心再寫了。由此可將 10 月 23 日定爲魯迅寫作《鑄劍》的下限。這樣就可以將《鑄劍》的寫作時間鎖定在 10 月 15 日至 23 日之間。魯迅在廈大的課並不多，在 9 月 30 日的信中說：「我的功課現在有五小時了，只有兩小時須編講義，然而頗費事，因爲文學史的範圍太大了」。〔註21〕再加上「所謂別的『相當職務』，卻太繁，有本校季刊的作文，有本院季刊的作文，有指導研究員的事（將來還有審查），合計起來，很夠做做了。」〔註22〕在這些工作中，比較不容遷延且繁重的一項是編文學史講義，「大約每星期四五千字」〔註23〕。由於沒有找到當時的課程表，因此只能通過相關材料對其每周課程安排作相應推斷。魯迅在書信裏提及：「重九日這裡放一天假，我本無功課」。〔註24〕重九這天是 10 月 15 日星期五，由此可知週五沒課。統計魯迅從 9 月 20 日開學至 12 月 31 日辭去廈門大學一切職務的所有創作，共有《廈門通信》、《父親的病》、《瑣記》、《藤野先生》、《〈記談話〉附記》、《〈華蓋集續編〉小引》、《〈華蓋集續編〉校訖記》、《〈墳〉的題記》、《廈門通信（二）》、《寫在〈墳〉後面》、《〈爭自由的波浪〉小引》、《范愛農》、《所謂「思想界先驅者」魯迅啓事》、《〈阿Q正傳〉的成因》、《〈走到出版界〉的「戰略」》、《新的世故》、《奔月》、《廈門通信（三）》共 18 篇。其中週一創作 0 篇，週二 1 篇，週三 1 篇，週四 8 篇，週五 4 篇，週六 2 篇，週日 2 篇。那門須編講義的文學史課應當是安排在週三，因爲魯迅曾在 9 月 28 日週二給許廣平的信中寫道：「從昨天起，已開手編中國文學史講義，今天編好了第一章」。〔註25〕週五沒課，這編好的第一章應當是爲週三或週四準備，但週四不僅集中了魯迅在這一時期最

〔註20〕 《261028 致許廣平》，《魯迅全集》第 11 卷，第 590 頁。
〔註21〕 《260930 致許廣平》，《魯迅全集》第 11 卷，第 560 頁。
〔註22〕 《260920 致許廣平》，《魯迅全集》第 11 卷，第 549 頁。
〔註23〕 《260922 致許廣平》，《魯迅全集》第 11 卷，第 552 頁。
〔註24〕 《261020 致許廣平》，《魯迅全集》第 11 卷，第 582 頁。
〔註25〕 《260930 致許廣平》，《魯迅全集》第 11 卷，第 557 頁。

多的創作，而且在 10 月 14 日週四的一天，魯迅上午去廈大週會演講，然後又作有《〈記談話〉附記》、《〈華蓋集續編〉小引》、《〈華蓋集續編〉校訖集》，如此大的工作量，文學史課應當不在週四這天。週六週日雖然沒有課，但其他的老師、學生也沒有課，魯迅不免要拿出相當精力來應付他們。他在信中寫道：「學生對我尤好，只恐怕我在此住不慣，有幾個本地人，甚至於星期六不回家，預備星期日我要往市上去玩，他們好同去作翻譯」。〔註 26〕「我在這裡又有一事不自由，學生個個認得我了，記者之類亦有來訪」。〔註 27〕週四週五則不同，魯迅沒課，其他的老師學生有課，這樣也便成了最適宜寫作的時間。

魯迅 10 月 15 日在給韋素園的信中寫道：「這幾天做了兩篇，今寄上，可以用到十一月了，續稿緩幾時再寄。這裡雖然不欠薪，然而如在深山中，竟沒有什麼作文之意。」〔註 28〕這說明他此時心中尚無創作之意。魯迅在 16 日週六晚給許廣平寫了一封長達 1500 餘字的信；18 日週一晚和同人六人在南普陀寺為沈兼士餞行；19 日週二給李小峰寄信和《卷葹》及《華蓋集續編》的稿子；20 日週三給許廣平寫了封長達 2500 餘字的信。在週六至週三的時間裏，魯迅一方面手頭有事要做，另一方面在此之前已有多篇作品，從創作規律來說，這段時間也需要休息。10 月 21 日週四，22 日週五是魯迅廈門時期的最佳寫作時間。巧合的是，孫伏園 10 月 20 日動身去廣州。魯迅在 23 日給章廷謙的信中寫道：「我現在寄居在圖書館的樓上，本有三人，一個搬走了，伏園又去旅行，所以很大的洋樓上，只剩了我一個了」。〔註 29〕這樣的環境正適合寫作。21 日週四本為魯迅一週中的最佳寫作時間，但這天的日記記載：「上午寄廣平信並書一包。寄小峰信。收日本文求堂所贈抽印《古本三國志演義》十二葉，淑卿轉寄。下午寄春臺信。晚南普陀寺及閩南佛學院公宴太虛和尚，亦以柬來邀，赴之，坐眾三十餘人。」〔註 30〕魯迅晚宴回來後又將此事寫信告訴許廣平。察看這一天的行程，他應當沒有餘力進行創作。22 日的日記寫道：「午後得謝旦信。下午得欽文信，十六日發。」〔註 31〕這天他沒有寫信，也沒有應酬，《鑄劍》的一二節應當創作於這天。

〔註 26〕 《261010 致許廣平》，《魯迅全集》第 11 卷，第 570 頁。
〔註 27〕 《261016 致許廣平》，《魯迅全集》第 11 卷，第 576 頁。
〔註 28〕 《261015 致韋素園》，《魯迅全集》第 11 卷，第 571 頁。
〔註 29〕 《261023 致章廷謙》，《魯迅全集》第 11 卷，第 584 頁。
〔註 30〕 《日記十五〔一九二六年〕十月》，《魯迅全集》第 15 卷，第 641 頁。
〔註 31〕 《日記十五〔一九二六年〕十月》，《魯迅全集》第 15 卷，第 641～642 頁。

　　高長虹事件的干擾，大為憤懣且獨自飲酒的魯迅，在廈門沒有心情繼續三四節的寫作。到廣州後，與許廣平的相見，自是對前一階段的煩惱有所緩解。據許廣平回憶：「一到廣州，先生就說：『我們應該同創造社的人聯合，對文化有所貢獻。』所以到不幾天，懷著大量的高興，就到創造社去訪問」。〔註 32〕他在 1 月 25 日中山大學學生會歡迎會上鼓動青年們：「有聲音的，應該喊出來了。因為現在已再不是退讓的時代，因為說話總比睡覺好。有新思想的喊出來，有舊思想的也喊出來，可以表示他自己（舊思想）之快將滅亡。」〔註 33〕魯迅來到廣州，精神很是活躍。特別是 2 月 20 日許壽裳來到大鐘樓和他同住後，見到最為信任和相知的朋友，魯迅極為高興。「從此，每日吃館子，看電影，星期日則遠足旅行，如是者十餘日，豪興才稍疲。」〔註 34〕由於魯迅擔任中山大學文學系主任兼教務主任，主持學校的各種事務，再加上學生來訪，「從早十點至夜十點，都有人來找」。〔註 35〕他發出感慨：「我這一個多月，竟如活在漩渦中，忙亂不堪」。〔註 36〕從另一方面看，身在漩渦的各種刺激，也使他獲得寫作的動力。許壽裳回憶，他們所住的大鐘樓，「夜裏有十幾匹頭大如貓的老鼠賽跑，清早有懶不做事的工友們在門外高唱」，「客散以後，魯迅才開始寫作，有時至於徹夜通宵，我已經起床了，見他還在燈下伏案揮毫，《鑄劍》等篇便是這樣寫成的。」〔註 37〕這段文字是可信的。人們對於地點較時間更容易記住，況且還有令人印象深刻的生活細節。合居在樓房對角線兩端的魯迅和許壽裳，依他們之間的熟悉程度，應當對彼此在做什麼事情相當熟悉。如此便可將《鑄劍》三四節的寫作時間定在 1927 年 2 月 20 日許壽裳搬至大鐘樓到 3 月 29 日移居白雲樓之間。至於魯迅在 4 月 3 日的日記裏寫下的「作《眉間赤》訖」，應當是在為次日寄出發表做最後的文字修改。就像他在 5 月 26 日的日記寫下的：「下午整理《小約翰》本文訖」，〔註 38〕只表

〔註 32〕許廣平：《關於魯迅的生活》，魯迅博物館・魯迅研究室・《魯迅研究月刊》選編：《魯迅回憶錄：專著》（中冊），北京：北京出版社 1999 年版，第 693 頁。
〔註 33〕堅如：《歡迎了魯迅以後》，中國社會科學院文學研究所魯迅研究室編《1913～1983 魯迅研究學術論著資料彙編》第 1 卷，北京：中國文聯出版公司 1985 年版，第 242 頁。
〔註 34〕許壽裳：《亡友魯迅印象記》，《魯迅回憶錄：專著》（上冊），第 270 頁。
〔註 35〕《270317 致李霽野》，《魯迅全集》第 12 卷，第 24 頁。
〔註 36〕《270315 致韋叢蕪》，《魯迅全集》第 12 卷，第 23 頁。
〔註 37〕許壽裳：《亡友魯迅印象記》，《魯迅回憶錄：專著》（上冊），第 271 頁。
〔註 38〕《日記十六〔一九二七年〕五月》，《魯迅全集》第 16 卷，第 23 頁。

明於本日整理完畢，並不代表所有的整理都在這一天完成，因爲他在 5 月 2 日的日記裏寫有：「開始整理《小約翰》譯稿」。〔註39〕

二、《鑄劍》的創作契機和深層動因

以往對《鑄劍》創作動機的分析，多從魯迅的思想歷程和生活狀態著手，缺少對當時國民革命時代背景的關注。國民革命是中國現代歷史上的重要時期，它結束了北洋軍閥的混亂統治，完成了國家形式上的統一，開啓了一個新的時代的到來。那個時期的國人對這次革命抱有很大希望，眾多知識分子紛紛南下，「到黃埔去」成爲知識青年的口號。時代風潮的風雲激蕩對潛隱在魯迅內心的復仇情結進行著激活，直接影響著《鑄劍》的寫作，而魯迅在那個特殊階段的心態變化和精神歷程也凝聚在小說之中。

魯迅雖然對《故事新編》不滿意，卻對《鑄劍》青睞有加。「《故事新編》真是『塞責』的東西，除《鑄劍》外，都不免油滑」。〔註40〕「《故事新編》中的《鑄劍》，確是寫得較爲認真。」〔註41〕魯迅對《鑄劍》的首肯，可能源於其中沒有他所不滿的「油滑」。爲什麼《鑄劍》有此幸運呢？難道在創作《鑄劍》時魯迅就能忘卻現實嗎？這當然是不可能的。只要生命存在，魯迅對現實的關注就是存在的。可能的解釋是，他當時的心境與《鑄劍》的創作主題高度契合，二者的同向運動，確保了小說的文氣貫通。魯迅對現實的感受，有機地融合在了小說的創作之中，從而既傳達了現實感受，又寫出了古人身上的精魂。因此，對這篇小說的理解，需要從魯迅當時所處的大的時代背景和小的生活環境中尋找答案。

雖然段祺瑞政府在 4 月份奉軍和直魯聯軍入京後即倒臺，魯迅被其通緝的危險已不存在，但被新成立的以直奉兩大勢力爲背景的北京政府獵殺的危險卻依然存在。他們在鎮壓青年學生和知識分子方面比段祺瑞政府更加直接和兇殘。「4 月 24 日，京師警察廳奉直魯聯軍首領之命令，封閉《京報》館，逮捕社長邵飄萍。邵於 26 日晨 4 時被綁赴天橋槍殺，罪名爲『勾結赤俄，宣傳赤化』」。〔註42〕「5 月 2 日，北京衛戍總司令王懷慶發佈維持市面辦法 10

〔註39〕 《日記十六〔一九二七年〕五月》，《魯迅全集》第 16 卷，第 21 頁。

〔註40〕 《360201 致黎烈文》，《魯迅全集》第 14 卷，第 17 頁。

〔註41〕 《360328 致增田涉》，《魯迅全集》第 14 卷，第 385～386 頁。

〔註42〕 韓信夫、姜剋夫主編《中華民國大事記》第 4 卷，北京：中華書局 2011 年版，第 2440 頁。

條、保衛治安辦法 17 條，聲言『宣傳赤化、主張共產者，不分首從，一律處死刑。』」〔註43〕「5 月 4 日，北京軍警奉命『嚴拿宣傳赤化及主張赤化者』，是日起搜查中國大學、中俄大學、北京大學、北師大、女師大等校。」〔註44〕「6 月 22 日，北京民國大學校長雷殷及教授一名被奉軍以『有與國民軍及共產黨有關係』之罪名，拘捕送往天津。」〔註45〕「8 月 5 日，京畿衛戍司令部以『宣傳共產主義』之罪名逮捕北大學生明仲祺，是日宣佈判刑四年。並令各校將凡列『北大學生總會』名冊之學生一律開除。」〔註46〕「8 月 6 日，北京《社會日報》社長林萬里（白水）因撰文抨擊張宗昌、潘復，是日淩晨 2 時被京畿憲兵司令王琦以『通敵』罪逮捕，4 時許即綁赴天橋槍斃。」〔註47〕就在魯迅剛到廈門後的 9 月 4 日，新上任的教育總長任可澄便率軍警強行合併女師大，比起當時的章士釗有過之而無不及。如果魯迅和許廣平在北京，他們的處境又應當如何呢？據王志之回憶，直到魯迅離開的前一天，他才從臺靜農那得到消息：

> 這時，我們才知道，老頭子已經決定明天晚車離平，臺靜農已經替他把車位定好了，他把時間和車上改的名字告訴我，笑著問。
>
> 「這該像一個商人的名字？」
>
> 臺靜農又很慎重地囑咐我：
>
> 「這是誰都不知道的，請你不要告訴任何人！」〔註48〕

從這段回憶可以看出，魯迅和他身邊的朋友對於他的離開持謹慎態度，以至於坐車時連名字也改掉。這裡面自然有不希望過多的人知道他和許廣平一起離京南下的意味，但恐怕更多是出於安全的考慮。許廣平是國民黨黨員，她要奔赴的地方是當時的革命中心廣州，擔任的職務是國民黨在學校裏負責學生思想工作的訓育主任。據增田涉回憶，魯迅和許廣平南下途中曾遭遇危險：

> 在南京的旅館裏，遭到孫傳芳手下軍人的檢查，行李中放著許女士的國民黨員證，運氣很壞，那件放著黨員證的行李被打開了。

〔註43〕韓信夫、姜剋夫主編《中華民國大事記》第 4 卷，第 2446 頁。
〔註44〕韓信夫、姜剋夫主編《中華民國大事記》第 4 卷，第 2448 頁。
〔註45〕韓信夫、姜剋夫主編《中華民國大事記》第 4 卷，第 2474 頁。
〔註46〕韓信夫、姜剋夫主編《中華民國大事記》第 4 卷，第 2495 頁。
〔註47〕韓信夫、姜剋夫主編《中華民國大事記》第 4 卷，第 2495 頁。
〔註48〕王志之：《魯迅印象記》，《魯迅回憶錄：專著》（上冊），第 29 頁。

　　「那時候，已經感覺到糟了！」魯迅說：「但是因爲軍人們只翻行
　李的底層，卻沒有注意到在最上面的黨證。」「如果發見了會被
　殺死吧？」「大概是要被殺掉的，因爲那時的國民黨員，如果被發
　見了，馬上就要被殺的。」〔註49〕

國民黨員落入孫傳芳之手會被殺，落入張作霖和吳佩孚之手，同樣會被殺。
據許廣平回憶：「在北京時，人們對奉直等軍閥不滿意，那時在南方革命勢力
影響下的馮玉祥先生，在西北也頗有整頓，頗有朝氣，先生即與之合作，幫
忙主編《國民新報》副刊。」〔註50〕這定爲當時正與馮玉祥的國民軍激戰的
直奉勢力所不容。再加上許廣平國民黨黨員的身份，即使不考慮與魯迅的母
親魯瑞、妻子朱安的關係，他們在北京也是無法存身的。

　　一方面由於北京的政治環境惡劣，另一方面陷於和許廣平愛情的魯迅對
新的生活方式的尋求，都促使他們離京南下。在許廣平勇敢書信的啓迪下，
魯迅放棄了原先對人生的設定：「陪著做一世犧牲，完結了四千年的舊帳」。
〔註51〕他發出「我可以愛」〔註52〕的呼聲。廈門時期的魯迅在轉變，但轉變
絕非到了廈門才開始，只不過是在這個地方，魯迅以前潛隱在內心的想法活
躍起來，並最終衝破自我限定，轉化爲實際行動。轉變至少是在許廣平的第
一封來信時就已開始。愛情使魯迅的生命重新煥發活力。他開始從以前近乎
避世隱居的生活中走出來，參與實際的社會活動。魯迅向來不主張與殘忍而
又不擇手段的敵人短兵相接，那樣只會白白損失力量。對於所批判的社會，
他說道：「我先前的攻擊社會，其實也是無聊的。社會沒有知道我在攻擊，倘
一知道，我早已死無葬身之所了」。〔註53〕以前雖也參加了新文化運動，與各
式人等論爭，但都限於文字，他並沒有直接走進人群。在女師大風潮中，魯
迅不僅親身參與，而且甚至鬧到與教育總長章士釗對簿公堂。以他對人世的
洞悉，絕對可以察覺到其中所潛藏的危險。危險果然隨之而至，首先是被開
除了賴以存身的公職，再就是連生命安全也受到了威脅。他不得不躲起來避
難。魯迅明白如果和許廣平的戀情被外界偵知，那麼就是給了敵手和社會攻

〔註49〕　〔日〕增田涉：《魯迅的印象》，鍾敬文譯，《魯迅回憶錄：專著》（下冊），第
　　　　　1390頁。
〔註50〕　許廣平：《關於魯迅的生活》，《魯迅回憶錄：專著》（中冊），第693頁。
〔註51〕　《熱風·四十》，《魯迅全集》第1卷，第338頁。
〔註52〕　《270111致許廣平》，《魯迅全集》第12卷，第11頁。
〔註53〕　《而已集·答有恆先生》，《魯迅全集》第3卷，第477頁。

擊自己最有殺傷力也最得意的武器。他以往在社會中積累起來的各種財富將統統不復存在，甚至連存活下來也成為問題。死對他來說，本不是一個問題。但現在這份給了他自認為已朽腐的身體以活力的戀情是他無法割捨的。他要保存這份愛情，走向這份愛情，於是只得離開。離開本身就蘊含著新生。

　　魯迅和許廣平在 1926 年 8 月 26 日離京南下，在這之前，什麼時間走，去什麼地方，他們一定是經過了長時間的討論。據許廣平回憶：「政治的壓迫，個人生活的出發，驅使著他。尤其是沒有半年可以支持的生活費，一旦遇到打擊，那是很危險的。」〔註 54〕「當北洋軍閥逼到我們走投無路的時候，以為南方革命空氣比較濃厚，總會聊勝一籌的。」〔註 55〕當時轟轟烈烈的國民革命，被時人認為是「第二辛亥革命」〔註 56〕，是把當初被袁世凱竊取的革命果實再奪回來的舉動，國人對此寄予厚望。魯迅對孫中山作為一個永遠的革命者大加稱讚。據荊有麟回憶：「因為魯迅先生記住了中山先生的功勳。所以對於中山先生及其所領導的中國國民黨，便寄予最深厚的同情和希望。」「他曾說過：他如果能練好十萬黨軍，三年內，他絕對統一中國。——則後來之『洪憲元年』，『張勳復辟』，以及十多年的軍閥混戰，恐怕都不會出現罷？」〔註 57〕許廣平曾就加入國民黨一事商之魯迅，他的回答是：「這種團體，一定有範圍，尚服從公決的。所以只要自己決定，如要思想自由，特立獨行，便不相宜。如能犧牲若干自己的意見，就可以。」〔註 58〕由此可見，許廣平加入國民黨，魯迅是同意的，至少是不反對的。北伐開始後，加入國民黨的許廣平在廣州獲得工作機會，在廣州女子師範學校擔任訓育主任的職務，專門宣傳國民黨教義。許廣平這位年青國民黨員身上的朝氣不僅給魯迅以愛情，喚醒了朽腐的身體，而且其所追求的事業也為魯迅的生命注入了活力。面對當時轟轟烈烈的國民革命，北伐軍勢如破竹的大好形勢，魯迅在給許廣平的書信中多次表達對此的關注和喜悅之情。他在廈門給許廣平的信中寫道：「此地人民的思想，我看其實是『國民黨的』的，並不老舊」。〔註 59〕這樣一種可能給中國帶來新生的力量，讓魯迅煥發了有保留的希望，火種再次在他的心

〔註 54〕 許廣平：《欣慰的紀念》，《魯迅回憶錄：專著》（上冊），第 350 頁。
〔註 55〕 許廣平：《魯迅回憶錄》，《魯迅回憶錄：專著》（下冊），第 1145 頁。
〔註 56〕 天馬：《不離其宗》，《大公報》1926 年 9 月 9 日。
〔註 57〕 荊有麟：《魯迅回憶斷片》，《魯迅回憶錄：專著》（上冊），第 172～173 頁。
〔註 58〕 《250530 致許廣平》，《魯迅全集》第 11 卷，第 492 頁。
〔註 59〕 《261010 致許廣平》，《魯迅全集》第 11 卷，第 571 頁。

中燃起。《鑄劍》的寫作即是這希望之火再次點燃的結果。就像魯迅所言：「創作總根於愛。楊朱無書」。〔註60〕只有當他心中有了新的希望，創作才可能產生。魯迅開始創作《眉間尺》，副題題為「新編的故事之一」，有足成八則《故事新編》的打算。這裡面一個關鍵的字是「新」。《吶喊》、《彷徨》、《野草》、《朝花夕拾》這些作品集子的題目都準確反映了魯迅創作時的心理狀態，那麼「新」字又作何解呢？在他的生命歷程中，共出現過三次「新」，即《新生》、《新青年》、《新編的故事之一》。這都是魯迅內心燃起希望的時刻，雖然這希望一次次幻滅，並且一次比一次來得讓人絕望。魯迅把絕望看作是和希望同一性質的東西，「絕望之為虛妄，正與希望相同」。〔註61〕「然而說到希望，卻是不能抹殺的，因為希望是在於將來，決不能以我之必無的證明，來折服了他之所謂可有」。〔註62〕這樣的認識顯示出了一種可貴的對個人在歷史發展進程中所發揮作用的準確定位，一種在外界不可測、不可控強大力量面前的謙遜品質，一種知其不可為而為之的實幹精神。就像他自己所說的那樣，「但願不如所料，以為未必竟如所料的事，卻每每恰如所料的起來」。〔註63〕五四落潮了，當初的戰友，「有的高升，有的退隱，有的前進」，〔註64〕風流雲散，佈不成陣了。魯迅的心情是頹唐了，但他仍要走下去，「不克厥敵，戰則不止」，〔註65〕雖然彷徨，但仍是拿著武器的。這沒有丟掉的武器，在國民革命風潮的鼓動下又開始重新舞動起來，那結果就是精絕奇詭的《鑄劍》。魯迅在《革命時代的文學》裏曾對革命與文學的關係進行闡述：「怒吼的文學一出現，反抗就快到了；他們已經很憤怒，所以與革命爆發時代接近的文學每每帶有憤怒之音；他要反抗，他要復仇。蘇俄革命將起時，即有些這類的文學。但也有例外，如波蘭，雖然早有復仇的文學，然而他的恢復，是靠著歐洲大戰的。」〔註66〕魯迅的《鑄劍》就是這樣靠近革命充滿怒吼之音的文學。那被歷史塵封的復仇傳統，那潛隱於魯迅內心的復仇情結，借助國民革命的風潮得以恢復，得以展現。因此，國民革命的大背景為魯迅的《鑄劍》創作提供著激活

〔註60〕 《而已集·小雜感》，《魯迅全集》第3卷，第556頁。
〔註61〕 《野草·希望》，《魯迅全集》第2卷，第182頁。
〔註62〕 《吶喊·自序》，《魯迅全集》第1卷，第441頁。
〔註63〕 《彷徨·祝福》，《魯迅全集》第2卷，第8頁。
〔註64〕 《南腔北調集·〈自選集〉自序》，《魯迅全集》第4卷，第469頁。
〔註65〕 《墳·摩羅詩力說》，《魯迅全集》第1卷，第84頁。
〔註66〕 《而已集·革命時代的文學》，《魯迅全集》第3卷，第438頁。

其希望的巨大能量。

僅有大的時代背景尚不足以成就寫作，畢竟最終還是魯迅自身的社會經驗和人生思考構成了《鑄劍》文本的精魂。越地的復仇傳統，魯迅一向引以爲豪，「『會稽乃報仇雪恥之鄉』，身爲越人，未忘斯義」。〔註 67〕那「糾纏如毒蛇，執著如怨鬼，二六時中，沒有已時」〔註 68〕的女弔，魯迅癡迷一生，在他最虛弱的時候給他以力量。他認爲「被壓迫者即使沒有報復的毒心，也決無被報復的恐懼，只有明明暗暗，吸血吃肉的兇手或其幫閒們，這才贈人以『犯而勿校』或『勿念舊惡』的格言」。〔註69〕「有時也覺得寬恕是美德，但立刻也疑心這話是怯漢所發明，因爲他沒有報復的勇氣；或者倒是卑怯的壞人所創造，因爲他賊害於人而怕人來報復，便騙以寬恕的美名。」〔註 70〕魯迅信奉「以眼還眼以牙還牙」的鬥爭哲學，主張痛打落水狗。他在爲三一八慘案被殘忍殺害的青年學生創作的《無花的薔薇之二》裏寫道：「血債必須用同物償還。拖欠得愈久，就要付更大的利息！」〔註 71〕

魯迅和許廣平在女師大風潮中並肩作戰，與章士釗、楊蔭榆等進行針鋒相對的鬥爭，結果女師大師生成功復校。但這樣的勝利是短暫的，新上任的教育總長任可澄在魯迅離京南下後，立刻將女師大和女大合併爲北京女子學院，並在 9 月 4 日親率警察廳保安隊和軍督察處兵士 40 餘人實行武裝接收。魯迅在 9 月 14 日給許廣平的信中寫道：「女師大已被合併爲女子學院，師範部的主任是林素園（小研究系），而且於四日武裝接收了，眞令人氣憤」。〔註 72〕許廣平 10 月 14 日給魯迅的信中寫道：「研究系之流，專是假道學，外面似書呆子。這回女師大，簡直就是研究系和國民黨報仇。」〔註73〕魯迅對研究系一向深惡痛絕，並且當時他極爲討厭的顧頡剛就在廈大。魯迅認定顧頡剛就是陳源所說的他抄襲鹽谷溫文學史的源頭。〔註 74〕多年以後，他對此事仍耿耿於懷。魯迅在 1935 年底寫道：「現在鹽谷教授的書早有中譯，我的也有了日譯，兩國的讀者，

〔註 67〕 《360210 致黃蘋蓀》，《魯迅全集》第 14 卷，第 24 頁。

〔註 68〕 《華蓋集・雜感》，《魯迅全集》第 3 卷，第 52 頁。

〔註 69〕 《且介亭雜文末編・女弔》，《魯迅全集》第 6 卷，第 642 頁。

〔註 70〕 《墳・雜憶》，《魯迅全集》第 1 卷，第 236 頁。

〔註 71〕 《華蓋集續編・無花的薔薇之二》，《魯迅全集》第 3 卷，第 279 頁。

〔註 72〕 《260914 致許廣平》，《魯迅全集》第 11 卷，第 545 頁。

〔註 73〕 魯迅、許廣平：《魯迅景宋通信集——〈兩地書〉的原信》，長沙：湖南人民出版社 1984 年版，第 161 頁。

〔註 74〕 參見邱煥星：《魯迅與顧頡剛關係重探》，《文學評論》2012 年第 3 期。

有目共見，有誰指出我的『剽竊』來呢？」「是經十年之久，我竟報復了我個人的私仇。」〔註75〕由於判定「這人是陳源」，〔註76〕「顧之反對民黨，早已顯然」，〔註77〕這樣的仇恨情緒在當時應是極為強烈的。魯迅在 10 月 20 日給許廣平的信中寫道：「研究系比狐狸還壞，而國民黨則太老實，你看將來實力一大，他們轉過來來拉攏，民國便會覺得他們也並不壞」，「國民黨有力時，對於異黨寬容大量，而他們一有力，則對於民黨之壓迫陷害，無所不至，但民黨復起時，卻又忘卻了，這時他們自然也將故態隱藏起來。」〔註78〕這是魯迅從自身觀察到的血淋淋的事實得出的教訓。他的姑祖父章介倩的族人章介眉，曾在浙江巡撫張增敭門下做刑名師爺，力主處決秋瑾，後又慫恿平毀秋瑾墓。辛亥革命後，王金發進駐紹興，逮捕了章介眉卻將其釋放，旋被其所害。「這就因為先烈的好心，對於鬼蜮的慈悲，使它們繁殖起來，而此後的明白青年，為反抗黑暗計，也就要花費更多更多的氣力和生命。」〔註79〕在對當時的國民革命抱以巨大希望的時刻，魯迅自然不希望這血的教訓再次上演。他在信中表示：「上午和兼士談天，他也很以為然，希望我以此提醒眾人，但我現在沒有機會，待與什麼言論機關有關係時再說罷。」〔註80〕魯迅在言論機關上提醒眾人的表達方式不一定就是小說，但小說應是表現的形式之一。

私敵公仇合二為一，復仇的烈焰也燃燒得更為猛烈。再加上一個恰切的時機，就可能轉化為創作。魯迅因為編中國文學史的講義，需要翻閱材料，他在信中感歎：「可惜此地藏書不多，編起來很不便」。〔註81〕他在給李小峰的信中曾述及來廈門的打算：「的確想在這裡住兩年，除教書之外，還希望將先前所集成的《漢畫像考》和《古小說鉤沈》印出。」〔註82〕既然如此，他手頭的《古小說鉤沈》自然是參考書之一。魯迅在 20 日給許廣平的信中還提及此書，「將我所輯的《古小說鉤沈》獻出，則學校可以覺得錢不白化，而我也可以來去自由了。」〔註83〕他在 10 月 4 日的信中談及「現已有兩章付印了」。

〔註75〕《且介亭雜文二集·後記》，《魯迅全集》第 6 卷，第 465 頁。
〔註76〕《260930 致許廣平》，《魯迅全集》第 11 卷，第 559 頁。
〔註77〕《261108 致許廣平》，《魯迅全集》第 11 卷，第 605 頁。
〔註78〕《261020 致許廣平》，《魯迅全集》第 11 卷，第 581 頁。
〔註79〕《墳·論「費厄潑賴」應該緩行》，《魯迅全集》第 1 卷，第 289 頁。
〔註80〕《261020 致許廣平》，《魯迅全集》第 11 卷，第 581 頁。
〔註81〕《261004 致許廣平》，《魯迅全集》第 11 卷，第 565 頁。
〔註82〕《華蓋集續編·廈門通信（三）》，《魯迅全集》第 3 卷，第 413 頁。
〔註83〕《261020 致許廣平》，《魯迅全集》第 11 卷，第 579 頁。

〔註 84〕這兩章指的是後來結集爲《漢文學史綱要》的第一篇：自文字至文章和第二篇：《書》與《詩》。他在 10 月 12 日的信中說：「從明天起，又要編講義了。」〔註 85〕那麼下邊要編的應是第三篇：老莊。依此類推，20 日前後，魯迅要編的應當是第四篇：屈原及宋玉。這兩篇講的都是春秋戰國時代的文學，《古小說鉤沉》裏發生在同一時期裏的《列異傳》關於眉間尺復仇的故事應當是魯迅查閱的材料之一。文獻有「赤鼻」〔註 86〕二字，這一定會刺激極爲敏感的魯迅聯想到有著「赤鼻」的眼前仇人。他在小說中對此大加渲染，被眉間尺按到水底的老鼠，「眼睛也淹在水裏面，單露出一點尖尖的通紅的小鼻子，咻咻地急促地喘氣」，「他近來很有點不大喜歡紅鼻子的人」。魯迅在 1927 年 4 月 3 日的日記裏寫下「作《眉間赤》訖」，將「尺」誤寫作「赤」，這可能不是筆誤，而是對引發其小說創作關鍵字眼的別樣呈現。

在國民革命時代風潮的感召下，魯迅內心的復仇情結得以點燃。來自越地的復仇傳統，身歷的血的教訓所凝結的鬥爭哲學，對自己的仇人顧頡剛及其所代表的敵對勢力研究系的痛恨，最終在寂靜的夜晚與古老的復仇故事相遇，成就了《鑄劍》的寫作。

三、《鑄劍》的文本內涵

「在一個最大的社會改變的時代，文學家不能做旁觀者」。〔註 87〕在國民革命風潮的鼓動下，魯迅開始創作《鑄劍》。但在寫作的過程中，於國民革命有貢獻的創作目的卻漸漸隱退，自己的血肉越來越多地裸現出來。特別是到廣州以後產生的失望，催發著他將自己內心最隱秘的生命詩學盡情地在小說中展現出來。魯迅可以大無畏地將對社會現實的思考在小說和雜文中表達出來，但對自己的人生觀卻不輕易表露。他自認爲：「我的思想太黑暗，但是究竟是否眞確，不得而知，所以只能在自身試驗，不能邀請別人。」〔註 88〕「我自然不想太欺騙人，但也未嘗將心裏的話照樣說盡，大約只要看得可以交卷就算完。我的確時時解剖別人，然而更多的是更無情地解剖我自己，發表一點，酷愛溫暖的人物已經覺得冷酷了，如果全露出我的血肉來，末路正不知

〔註 84〕《261004 致許廣平》，《魯迅全集》第 11 卷，第 565 頁。
〔註 85〕《261015 致許廣平》，《魯迅全集》第 11 卷，第 573 頁。
〔註 86〕魯迅校錄《古小說鉤沉》，濟南：齊魯書社 1997 年版，第 82 頁。
〔註 87〕《三閒集・在鐘樓上》，《魯迅全集》第 4 卷，第 36 頁。
〔註 88〕《250530 致許廣平》，《魯迅全集》第 11 卷，第 493 頁。

要到怎樣。」〔註89〕眞實隱秘的想法曾在《野草》裏有所表露，但非常隱晦。魯迅在編《魯迅自選集》時將《墓碣文》、《頹敗線的顫動》、《復仇》、《復仇（其二）》這些最能坦露心聲的篇章全部不予收錄，「將給讀者一種『重壓之感』的作品，卻特地竭力抽掉了。」〔註90〕但他卻將《鑄劍》收錄進來。對比壓抑低沉的《野草》，《鑄劍》激揚酣暢，魯迅將內在的生命觀隱含於一個古老的復仇故事之下，以明白曉暢的形式，表達了最爲眞實的對於社會和自我的思索。

魯迅在給許廣平的信中寫道：「我的意見原也不容易了然，因爲其中本有著許多矛盾，教我自己說，或者是『人道主義』與『個人的無治主義』的兩種思想的消長起伏罷。所以我忽而愛人，忽而憎人；做事的時候，有時確爲別人，有時卻爲自己玩玩，有時則竟因爲希望將生命從速消磨，所以故意拚命的做。」〔註91〕《鑄劍》集中展現了這兩種思想的起伏消長。一二節寫於懷揣夢想的廈門，更多地包含了魯迅對於新生的期許，風格高昂激揚，是「爲人」的創作，人道主義的影響占上風。三四節寫於夢想破滅後的廣州，小說從向仇人復仇轉變到向庸眾復仇，向自我復仇，酣暢淋漓地表達了對毀滅和死亡的迷戀。「我的漸漸傾向個人主義」〔註92〕使得個人的無治主義在小說的後半部分影響甚大。

廈門時期的魯迅心懷夢想，《鑄劍》的一二節寫出了宏偉壯麗的氣象，文氣裏帶有一股震撼人心的氣勢，格調昂揚向上。試看長劍出爐時的描寫：

當最末次開爐的那一日，是怎樣地駭人的景象呵！嘩拉拉地騰上一道白氣的時候，地面也覺得動搖。那白氣到天半便變成白雲，罩住了這處所，漸漸現出緋紅顏色，映得一切都如桃花。

奇妙的是，眉間尺的父親接下來說：「你只要看這幾天的景象，就明白無論是誰，都知道劍已煉就的了。」這哪裏是在描寫長劍出爐的景象，分明是在描寫國民革命給當時的中國帶來的氣象。再看寶劍被挖出來的場景：

窗外的星月和屋裏的松明似乎都驟然失了光輝，惟有青光充塞宇內。那劍便溶在這青光中，看去好像一無所有。

這兩處描寫無不透露一種攝人心魄的宏大氣象。很難想像，這樣的場景能從

〔註89〕 《墳·寫在〈墳〉後面》，《魯迅全集》第 1 卷，第 299～300 頁。
〔註90〕 《南腔北調集·〈自選集〉自序》，《魯迅全集》第 4 卷，第 470 頁。
〔註91〕 《250530 致許廣平》，《魯迅全集》第 11 卷，第 493 頁。
〔註92〕 《261216 致許廣平》，《魯迅全集》第 11 卷，第 657 頁。

悲觀絕望、情緒低沉的作者筆下流出。能寫出這樣的文字，作者的內心一定是充滿活動跳躍的烈焰。

國民革命的風起雲湧激活了魯迅早年在《破惡聲論》、《摩羅詩力說》、《文化偏至論》等論文裏所設想的立人理想。首先要有「不和眾囂，獨具我見」的啓蒙戰士，然後還需「厥心純白」的「向上之民」，〔註 93〕二者的結合方可以造就人國。〔註 94〕在《鑄劍》裏，黑衣人便是特立獨行的先覺者，眉間尺則是善良勇敢的青年，兩者合一，化爲向國王復仇的利劍。這樣的設計和魯迅前一階段的經歷密切相關。在女師大風潮和三一八慘案中，魯迅與許廣平等年輕人一起並肩戰鬥。他在《記念劉和珍君》裏寫道：「我目睹中國女子的辦事，是始於去年的，雖然是少數，但看那幹練堅決，百折不回的氣概，曾經屢次爲之感歎。至於這一回在彈雨中互相救助，雖殞身不恤的事實，則更足爲中國女子的勇毅，雖遭陰謀秘計，壓抑至數千年，而終於沒有消亡的明證了。」〔註 95〕這樣的稱贊自然也可以用到劉和珍的同學許廣平身上。魯迅在給許廣平的信中稱：「我覺得現在 HM 比我有決斷得多」。〔註 96〕這是魯迅在新的青年中發現的力量，也是期許的中國的希望所在。但另一方面，面對殘忍的統治者，青年人畢竟缺少必要的手段和智謀。魯迅在給許廣平的信中寫道：「本校學生民黨不過三十左右，其中不少是新加入者，昨夜開會，我覺得他們都不經訓練，不深沉，甚至於連暗暗取得學生會以供我用的事情都不知道，眞是奈何奈何。開一回會，徒令當局者注意，那夜反民黨的職員卻在門外竊聽」。〔註 97〕眉間尺的勇氣和犧牲精神固然是復仇的必要條件，但面對狡猾強大的敵人，如果沒有老辣精悍的黑衣人施以援手，則達不到復仇的目的。由此可見，魯迅在廈門開始的《鑄劍》一二節的寫作，不僅是對內心復仇情結的激活，也是對早期立人理想的恢復。

《鑄劍》三四節的風格由一二節的昂揚向上轉爲諧謔調侃，宏大風格消解於無形。魯迅「抱著和愛而一類的夢，到了廣州」〔註 98〕，但得到的卻是

〔註 93〕 《集外集拾遺補編·破惡聲論》，《魯迅全集》第 8 卷，第 27～32 頁。

〔註 94〕 參見張全之：《從施締納到阿爾志跋綏夫——論無政府主義對魯迅思想與創作的影響》，《魯迅研究月刊》2007 年第 11 期。

〔註 95〕 《華蓋集續編·記念劉和珍君》，《魯迅全集》第 3 卷，第 293～294 頁。

〔註 96〕 《261128 致許廣平》，《魯迅全集》第 11 卷，第 635 頁。

〔註 97〕 《261126 致許廣平》，《魯迅全集》第 11 卷，第 632 頁。

〔註 98〕 《三閒集·在鐘樓上》，《魯迅全集》第 4 卷，第 31 頁。

失望。「在他處，聽得人說如何如何，追來一看，還是舊的，不過有許多工會而已，並不怎樣特別。」〔註99〕「廣東比起舊的社會，沒有什麼特別的情形，並不見得有兩樣。我只感覺著廣東是舊的」。〔註100〕不僅人們的思想沒有變化，而且魯迅還以所見產生著對本抱有希望的青年的幻滅。據徐彬如回憶，「有一次我們開會，『左派青年團』來挑釁搗亂，雙方爭了起來，他們竟把禮堂周圍的小樹都拔出來打我們。魯迅看見非常氣憤。」〔註101〕雖然廣州四一五清黨事件還沒有發生，他還沒有看到後來的「同是青年，而分成兩大陣營，或則投書告密，或則助官捕人」，〔註102〕但眼前的場景一定是他所不樂意見到的。就像魯迅本來打算寫作的長篇小說《楊貴妃》一樣，到了西安，「不但甚麼印象也沒有得到，反而把我原有的一點印象也打破了！」〔註103〕經歷了「抱著夢幻而來，一遇實際，便被從夢境放逐了，不過剩下些索漠」，〔註104〕魯迅的心態變得頹唐起來，《鑄劍》高昂激揚的風格自然無法繼續。對國王的復仇已經沒有意義，他要向社會復仇，向自我復仇，用造化造就而社會毫不珍惜的生命在沸騰的金鼎裏且做一場最神奇的團圓舞，在那「堂哉皇哉兮嚱嚱唷」的「猥褻小調」〔註105〕裏對生命調侃戲謔一番。

　　魯迅在《復仇》裏曾將生命的大歡喜分為「生命的沉酣的大歡喜」和「生命的飛揚的極致的大歡喜」。前者是「各以這溫熱互相蠱惑，煽動，牽引，拚命地希求偎倚，接吻，擁抱」。這樣人與人之間的溫暖相愛，自是與當時的中國無緣。倘如此的「大歡喜」不可得，則只能尋求後者。這是一種「死亡的大歡喜」，是一種「毀滅的大歡喜」。「但倘若用一柄尖銳的利刃，只一擊，穿透這桃紅色的，菲薄的皮膚，將見那鮮紅的熱血激箭似的以所有溫熱直接灌溉殺戮者；其次，則給以冰冷的呼吸，示以淡白的嘴唇，使之人性茫然，得到生命的飛揚的極致的大歡喜；而其自身，則永遠沉浸於生命的飛揚的極致的大歡喜中」。那「裸著全身，捏著利刃，對立於廣漠的曠野之上」的「他們

〔註99〕《270126致韋素園》，《魯迅全集》第12卷，第16頁。

〔註100〕林霖記《魯迅先生的演說——在中山大學學生會歡迎會席上》，《1913～1983 魯迅研究學術論著資料彙編》第1卷，第266頁。

〔註101〕徐彬如：《回憶魯迅一九二七年在廣州的情況》，《魯迅回憶錄：散篇》（上冊），第507～508頁。

〔註102〕《三閒集·序言》，《魯迅全集》第4卷，第5頁。

〔註103〕孫伏園：《魯迅先生二三事》，《魯迅回憶錄：專著》（上冊），第91頁。

〔註104〕《三閒集·在酒樓上》，《魯迅全集》第4卷，第33頁。

〔註105〕《360328致增田涉》，《魯迅全集》第14卷，第386頁。

倆」以自己的「然而也不擁抱，也不殺戮，而且也不見有擁抱或殺戮之意」
完成著對於「要賞鑒這擁抱或殺戮」的路人的復仇，使他們「終至於面面相
覷，慢慢走散；甚而至於居然覺得乾枯到失了生趣」。〔註106〕然而這既不擁抱，
也不殺戮的狀態，魯迅自己也認爲，「但此亦不過憤激之談，該二人或相愛，
或相殺，還是照所欲而行的爲是。」〔註107〕於是他又作了《復仇（其二）》。
人之子被眾人釘殺，他拒絕喝用沒藥調和的酒來減輕痛苦。「他在手足的痛楚
中，玩味著可憫的人們的釘殺神之子的悲哀和可咒詛的人們要釘殺神之子，
而神之子就要被釘殺了的歡喜。突然間，碎骨的大痛楚透到心髓了，他即沉
酣於大歡喜和大悲憫中。」〔註108〕《鑄劍》即沿著《復仇（其二）》中的復仇
路數繼續前進，並從向庸眾復仇推進到向自我復仇的更深層次。

　　《鑄劍》三四節表達了對於「死亡的大歡喜」。它承繼《野草》而來，展
現了對於死亡的獨特體悟。「過去的生命已經死亡。我對於這死亡有大歡喜，
因爲我藉此知道它曾經存活。死亡的生命已經朽腐。我對於這朽腐有大歡喜，
因爲我藉此知道它還非空虛。」這種在死亡中感受生命存在的方式，是對國
人善於以「瞞和騙」造出各種奇妙出路的反動，是對以忘卻作爲前導的苟活
的生存狀態的反叛。魯迅對於這樣能夠給他帶來切實生命存在感的死亡熱烈
擁抱，「但我坦然，欣然。我將大笑，我將歌唱。」〔註109〕魯迅在 1926 年 4
月 8 日段祺瑞政府槍擊徒手民眾後作《淡淡的血痕中》。他在文中譴責造物主
是一個怯弱者，專爲人類中和他一樣怯弱的人設想，「用廢墟荒墳來襯托華
屋，用時光來沖淡苦痛和血痕；日日斟出一杯微甘的苦酒，不太少，不太多，
以能微醉爲度，遞給人間，使飲者可以哭，可以歌，也如醒，也如醉，若有
知，若無知，也欲死，也欲生。他必須使一切也欲生；他還沒有滅盡人類的
勇氣。」這種半死不活的生存狀態，就是魯迅描寫的細腰蜂所造的供它慢慢
品味的小青蟲的生存狀態，就是《鑄劍》裏那些奴才、大臣、王妃的生存狀
態。庸眾們「咀嚼著人我的渺茫的悲苦的辯解，而且悚息著靜待新的悲苦的
到來。新的，這就使他們恐懼，而又渴欲相遇。」〔註110〕試看《鑄劍》裏眾
人觀看眉間尺與國王在鼎底嘶咬的場面，當眉間尺被國王咬定不放並且連連

〔註106〕《野草·復仇》，《魯迅全集》第 2 卷，第 176～177 頁。
〔註107〕《340516 致鄭振鐸》，《魯迅全集》第 13 卷，第 105 頁。
〔註108〕《野草·復仇（其二）》，《魯迅全集》第 2 卷，第 179 頁。
〔註109〕《野草·題辭》，《魯迅全集》第 2 卷，第 163 頁。
〔註110〕《野草·淡淡的血痕中》，《魯迅全集》第 2 卷，第 226 頁。

蠶食進去,「連鼎外面也彷彿聽到孩子的失聲叫痛的聲音」,「上自王后,下至弄臣,駭得凝結著的神色也應聲活動起來,似乎感到暗無天日的悲哀,皮膚上都一粒一粒地起粟;然而又夾著秘密的歡喜,瞪了眼,像是等候著什麼似的。」造物者需要這樣的良民來為自己無聊的內心增添調味品,就像《鑄劍》裏的國王需要用各種把戲來為自己解悶一樣。如果仍覺得毫無意味,「他常常要發怒;一發怒,便按著青劍,總想尋點小錯處,殺掉幾個人。」魯迅痛恨這樣的生存狀態,他要尋求別樣的生活。他要「為我自己,為友與仇,人與獸,愛者與不愛者,我希望這野草的死亡與朽腐,火速到來。要不然,我先就未曾生存,這實在比死亡與朽腐更其不幸。」〔註111〕他期待「叛逆的猛士出於人間;他屹立著,洞見一切已改和現有的廢墟和荒墳,記得一切深廣和久遠的苦痛,正視一切重疊淤積的凝血,深知一切已死,方生,將生和未生。他看透了造化的把戲;他將要起來使人類蘇生,或者使人類滅盡,這些造物主的良民們。」〔註112〕中國人一向忌諱毀滅,而魯迅偏要讓一切毀滅,當然在這毀滅裏蘊含著新生的希望,就像那墓碣上僅存的有限的文句:「於浩歌狂熱之際中寒;於天上看見深淵。於一切眼中看見無所有;於無所希望中得救。」〔註113〕

　　魯迅在「死亡的大歡喜」裏表現了對社會和自我的雙重厭棄。到了廈門,他對以前翻譯的《工人綏惠略夫》重新校改,打算另印一回。魯迅在回憶自己當初翻譯這篇小說的動機時說:「覺得民國以前,以後,我們也有許多改革者,境遇和綏惠略夫很相像,所以借借他人的酒杯罷。然而昨晚上一看,豈但那時,譬如其中的改革者的被迫,代表的吃苦,便是現在,——便是將來,便是幾十年以後,我想,還要有許多改革者的境遇和他相像的。」〔註114〕魯迅當時的境遇和綏惠略夫頗相似。「我先前何嘗不出於自願,在生活的路上,將血一滴一滴地滴過去,以飼別人,雖自覺漸漸瘦弱,也以為快活。而現在呢,人們笑我瘦了,除掉那一個人之外。連飲過我的血的人,也都在嘲笑我的瘦了,這實在使我憤怒。」〔註115〕黑衣人原先也是像眉間尺一樣「厥心純白」的少年,但「人我所加的傷」使他在社會中無法存身,變成流浪於天地間的行者。他所樂於的復仇與綏惠略夫式的復仇有相似之處,並不要什麼目

〔註111〕《野草·題辭》,《魯迅全集》第2卷,第164頁。
〔註112〕《野草·淡淡的血痕中》,《魯迅全集》第2卷,第226～227頁。
〔註113〕《野草·墓碣文》,《魯迅全集》第2卷,第207頁。
〔註114〕《華蓋集續編·記談話》,《魯迅全集》第3卷,第375～376頁。
〔註115〕《261216致許廣平》,《魯迅全集》第11卷,第657頁。

的，只爲復仇而復仇，甚至是爲了遊戲而復仇。在血腥殘酷的烹煮中，在庸眾的觀看中，得到「痛入骨髓的大歡喜」。那荒原上的大狼，「第一口撕盡了眉間尺的青衣，第二口便身體全都不見了，血痕也頃刻舔盡，只微微聽得咀嚼骨頭的聲音。」在如此淋漓盡致的毀滅中，魯迅的靈魂一定是得到了極大的快意。他曾寫道：「假使我的血肉該喂動物，我情願喂獅虎鷹隼」，「養肥了獅虎鷹隼，它們在天空，岩角，大漠，叢莽裏是偉美的壯觀，捕來放在動物園裏，打死製成標本，也令人看了神旺，消去鄙吝的心。」〔註 116〕他討厭充滿媚態的貓和充滿奴性的狗，討厭半死不活的紳士君子。這還只是對於社會方面，即使對於親情、愛情、婚姻、家庭，魯迅也有著自己的獨特思考。對於母親，他一方面是孝的典範，另一方面則深知其苦。他多次寫道：「失母則強」，〔註 117〕「我有時很想冒險，破壞，幾乎忍不住，而我有一個母親，還有些愛我，願我平安，我因爲感激他的愛，只能不照自己所願意做的做，而在北京尋一點糊口的小生計，度灰色的生涯。」〔註 118〕「中國的家族制度，眞是麻煩，就是一個人關係太多，許多時間都不是自己的。」〔註 119〕對於愛情，魯迅是嚮往的。但在與許廣平最熱烈的戀愛期間，他卻寫下了充滿對愛情置疑的《傷逝》和《奔月》。「我也漸漸清醒地讀遍了她的身體，她的靈魂，不過三星期，我似乎於她已經更加瞭解，揭去許多先前以爲瞭解而現在看來卻是隔膜，即所謂眞的隔膜了。」〔註 120〕「你去問問去，誰家是一年到頭只吃烏鴉肉的炸醬麵的？我眞不知道是走了什麼運，竟嫁到這裡來，整年的就吃烏鴉的炸醬麵！」「看看嫦娥，兀自攤開了四肢沉睡著。」〔註 121〕這些句子一下子便將慣常人們對愛情的信仰消解於無形，將男女兩性之間的千年神話打出原形，其實不過是走得很近的陌生人。魯迅在給好友李秉中的信中曾談及婚姻：「結婚之後，也有大苦，有大累，怨天尤人，往往不免」。〔註 122〕許廣平言及和魯迅吵架時，他總是一聲不吭，有時躺到陽臺上去。許廣平願意魯迅打她、罵她，因爲這是將她當作對手。但這無言卻是勝於打罵的酷刑，因

〔註 116〕 《且介亭雜文末編・半夏小集》，《魯迅全集》第 6 卷，第 619 頁。
〔註 117〕 《180820 致許壽裳》，《魯迅全集》第 11 卷，第 365 頁。
〔註 118〕 《250411 致趙其文》，《魯迅全集》第 11 卷，第 477 頁。
〔註 119〕 《350319 致蕭軍》，《魯迅全集》第 13 卷，第 415 頁。
〔註 120〕 《彷徨・傷逝》，《魯迅全集》第 2 卷，第 117～118 頁。
〔註 121〕 《故事新編・奔月》，《魯迅全集》第 2 卷，第 371～373 頁。
〔註 122〕 《280409 致李秉中》，《魯迅全集》第 12 卷，第 113 頁。

爲並不將其作爲對手。當他獨自一人躺在冰涼的陽臺上，內心在想些什麼呢？與信奉多子多孫多富貴的國人不同，魯迅和許廣平在人生計劃裏不要孩子，孩子是意外的產物。當許廣平難產時，他對醫生的叮囑是保大人。這也是與母以子貴的傳統迥異的。至於家庭，他在年輕時，也曾將其看作溫暖的港灣，費盡心力買下八道灣給一家人住，並將全部收入交給全家使用，但最終卻被趕了出來。拋棄這一切外在的累，拒絕接受小女孩的布施，因爲不願靈魂加上這善意的重擔。「倘使我得到了誰的布施，我就要像兀鷹看見死屍一樣，在四近徘徊，祝願她的滅亡，給我親自看見；或者咒詛她以外的一切全都滅亡，連我自己，因爲我就應該得到咒詛」。〔註123〕因爲這些貌似溫暖的東西，會讓他失去繼續行走的力量。

魯迅有著深深的自毀意識。他將自己定位爲歷史中間物，認爲自己來自舊營壘，自己的白話不是眞正的白話，裏面加了很多的文言。他希望自己的文字甚至包括自己從速滅亡，以此證明時代的進步。魯迅以「貓頭鷹」、「梟」等自比，發出惡聲，預見了眞實。這是他所不願見到的，如果能迎來新的生活和新的人，他樂於眼見自己的滅亡。不僅如此，魯迅發現自己「苦於背了這些古老的鬼魂，擺脫不開，時常感到一種使人氣悶的沉重。就是思想上，也何嘗不中些莊周韓非的毒，時而很隨便，時而很峻急」。〔註124〕「我也常常想到自殺」，「我自己總覺得我的靈魂裏有毒氣和鬼氣，我極憎惡他，想除去他，而不能。我雖然竭力遮蔽著，總還恐怕傳染給別人」。〔註125〕《鑄劍》裏那自割其頭在沸騰的金鼎裏與仇敵嘶咬的場景，有著對厭棄的自我毀滅的意味。眉間尺爲了取仇人的頭割下了自己的頭，黑衣人割下了自己的頭幫助眉間尺完成鼎底裏的嘶咬，除了幫助眉間尺，黑衣人自割其頭進入沸湯也是拒絕和周圍的王妃、大臣、奴才同爲看客的角色。國王最愛看的是以年輕人的生命爲代價編織的最神奇的團圓舞，並且是以架起爐火煮沸金鼎的酷虐方式進行。就像魯迅所說：「無論討赤軍，討革軍，倘捕到敵黨的有智識的如學生之類，一定特別加刑，甚於對工人或其他無智識者。爲什麼呢，因爲他可以看見更銳敏微細的痛苦的表情，得到特別的愉快」。〔註126〕黑衣人不僅拒絕做

〔註123〕《野草・過客》，《魯迅全集》第 2 卷，第 197 頁。
〔註124〕《墳・寫在〈墳〉後面》，《魯迅全集》第 1 集，第 301 頁。
〔註125〕《240924 致李秉中》，《魯迅全集》11 卷，第 453 頁。
〔註126〕《而已集・答有恆先生》，《魯迅全集》第 3 卷，第 474 頁。

看客，而且還要在這種烹煮中欲食其味。魯迅在《墓碣文》裏寫道：「抉心自食，欲知本味。創痛酷烈，本味何能知？」〔註 127〕那裏的「抉心自食」變爲了這裡的「自斷其頭」以烹煮之。向自我靈魂的深處拷問是魯迅一以貫之的信條，甚至不惜以毀滅自我的方式進行。

　　魯迅在《鑄劍》裏表現的對社會和自我的雙重厭棄和毀滅，既有著綏惠略夫的影子，但又與他「一切是仇仇，一切都破壞」〔註 128〕不同。魯迅在將黑衣人、眉間尺、國王三人的頭顱共同埋葬時對新生寄予希望。這源於他對中國歷史和現實的認識。魯迅在創作《鑄劍》一周前所作的《記談話》裏寫道：「中國向來有別一種破壞的人，所以我們不去破壞的，便常常受破壞。我們一面被破壞，一面修繕著，辛辛苦苦地再過下去。」「中國的文明，就是這樣破壞了又修補，破壞了又修補的疲乏傷殘可憐的東西。」〔註 129〕在這樣的循環中，中國總是沒有進步與希望。經過更多的落敗和失望，魯迅認爲中國的改革者不僅需要發出呼聲，勇於任事，還要有與舊勢力一同毀滅的勇氣。「黑暗只能附麗於漸就滅亡的事物，一滅亡，黑暗也就一同滅亡了，它不永久。然而將來是永遠要有的，並且總要光明起來；只要不做黑暗的附著物，爲光明而滅亡，則我們一定有悠久的將來，而且一定是光明的將來。」〔註 130〕陳天華捐軀蹈海，譚嗣同我自橫刀，欲以一腔熱血喚醒國人。魯迅年輕時也寫下「我以我血薦軒轅」，但他沒有採取以死覺民的方式，而是提倡韌性的「壕塹戰」。暫且保存這肉身，既向舊勢力反抗，以自己的文字給他們的太平世界一個不舒服，也將解剖刀無情地指向自己，向靈魂的深處開掘，「抉心自食」，「自斷其頭」，以大無畏的勇氣直面社會和內心中他人不忍且不能直視的殘酷的眞實，敢於直面淋漓的鮮血。這是魯迅認同的自我毀滅的價值和意義所在。但他對這毀滅中孕育的將來亦無自信，眼見的只有庸眾的狂歡，於是就有了《鑄劍》裏晦暗不明難以辯解的四首歌曲。

　　小說裏的四首歌曲，是魯迅提到爲數不多的對於《鑄劍》的解釋。他在給增田涉的信中寫道：「在《鑄劍》裏，我以爲沒有什麼難懂的地方。但要注意的，是那裏面的歌，意思都不明顯，因爲是奇怪的人和頭顱唱出來的歌，

〔註 127〕《野草・墓碣文》，《魯迅全集》第 2 卷，第 207 頁。
〔註 128〕《華蓋集續編・記談話》，《魯迅全集》第 3 卷，第 376 頁。
〔註 129〕《華蓋集續編・記談話》，《魯迅全集》第 3 卷，第 376～377 頁。
〔註 130〕《華蓋集續編・記談話》，《魯迅全集》第 3 卷，第 378 頁。

我們這種普通人是難以理解的。」〔註131〕這裡不乏自我得意的意味，說其他人不懂尚可，但作爲作者的魯迅怎麼可能不懂呢？合理的解釋只能是他不願意將自己內心的想法表達出來，或者認爲即使說出來，也不能爲周圍的人理解，所以乾脆不說。如果只從歌詞釋意，恐怕難以通達魯迅的內心。歌是用來唱的，玄妙之處在於旋律和節奏。在那多是沒有明確所指的擬聲詞中，在黑衣人高亢尖利的歌唱中，傳達出來的是響徹天底間孤獨但又極具力量的悲叫，是眞的猛士出於人間的狂嘯，裏面包含著對眉間尺毫不猶豫以命相捨的感激，對即將得以手刃仇敵的快意，對年輕生命毀滅的痛惜。這歌聲和《孤獨者》裏魏連殳的哭聲相似，「忽然，他流下淚來了，接著就失聲，立刻又變成長嚎，像一匹受傷的狼，當深夜在曠野中嗥叫，慘傷裏夾雜著憤怒和悲哀。」〔註132〕這歌聲和《頹敗線的顫動》中老女人「口唇間漏出人與獸的，非人間所有，所以無詞的言語」相似。在這樣無詞的言語中，在這非人間所有的歌聲中，「於一刹那間照見過往的一切：飢餓，苦痛，驚異，羞辱，歡欣，於是發抖；害苦，委屈，帶累，於是痙攣；殺，於是平靜。……又於一刹那間將一切併合：眷念與決絕，愛撫與復仇，養育與殲除，祝福與咒詛……」。〔註133〕這歌聲是《墓碣文》裏就在我要離開時，「死屍已在墳中坐起，口唇不動，然而說——『待我成塵時，你將見我的微笑！』」〔註134〕一爲歌聲，一爲嚎叫，一爲言語，表達方式的差異緣於魯迅創作時心境的不同，含義則是相似的。用嚎叫和言語表達不能表達的內容時，魯迅的心境是頹唐的，生命和時間對他來說沒有意義。這些嚎叫和言語姑且就作爲自己的墓碣文吧。但《鑄劍》時期的魯迅改變了自己的人生設計，許廣平的愛情和國民革命帶來的新氣象，使得他的內心燃起了些許的亮色。即使同樣表達內心裏幽暗的思想和情感，也是以高昂激越的歌聲來表達。嚎叫和言語純粹是要與舊時光一同滅亡，這歌聲裏卻蘊含著對過去的訣別和對新生的嚮往。「堂哉皇哉兮嗳嗳唷」，眉間尺發出的「猥褻小調」是對無聊麻木的看客惡意的嘲弄，也是聳身放下一切「姑且玩玩」〔註135〕的得意。這是一種向死而生的無奈選擇，既然在生中得不到樂趣，那麼就在自我毀滅中尋求存在感。就像魯迅所說：「我自己對

〔註131〕 《360328致增田涉》，《魯迅全集》第14卷，第386頁。
〔註132〕 《彷徨‧孤獨者》，《魯迅全集》第2卷，第90～91頁。
〔註133〕 《野草‧頹敗線的顫動》，《魯迅全集》第2卷，第211頁。
〔註134〕 《野草‧墓碣文》，《魯迅全集》第2卷，第207～208頁。
〔註135〕 《270919致章廷謙》，《魯迅全集》第12卷，第70頁。

於苦悶的辦法，是專與苦痛搗亂，將無賴手段當作勝利，硬唱凱歌，算是樂趣」。〔註136〕

《鑄劍》對自我內心深處生命詩學的表達，對於早期《吶喊》、《彷徨》等所謂的啓蒙小說既形成了一種互文關係，也構成了一種反動。對啓蒙有效性的質疑在《彷徨》裏已經開始，「技術雖然比先前好一些，思路也似乎較無拘束，而戰鬥的意氣卻冷得不少。」〔註137〕《在酒樓上》、《孤獨者》、《傷逝》等篇以啓蒙者在現實中的尷尬處境表達了對先前信奉理想的懷疑。《鑄劍》徹底回到個人本身，通過對個人內心最眞實感受的內省和展露，對作者歷經的自辛亥革命以來的各種宏大建構進行著反觀和檢視。在創作《吶喊》時，爲了「聊以慰藉那在寂寞裏奔馳的勇士，使他不憚於前驅」，〔註138〕「於是刪削些黑暗，裝點些歡容，使作品比較的顯出若干亮色」。〔註139〕《鑄劍》不僅不給人們以絲毫實際上並不存在的希望，而且在小說的結尾表達了復仇精神消散在庸眾中的無奈。魯迅在1936年2月17日給徐懋庸的信中寫道：「《鑄劍》的出典，現在完全忘記了，只記得原文大約二三百字，我是只給鋪排，沒有改動的。」〔註140〕魯迅輯的《古小說鉤沉》裏的《列異傳》中關於眉間尺的故事寫道：「三頭悉爛，不可分別，分葬之，名曰三王冢。」〔註141〕雖然面目已不可分別，但他們死後仍然各有各的墓碑。無言的碑文和有聲的傳說使得他們各自的精魂得以在天地永存。魯迅連這最後的希望也徹底打滅，「將三個頭骨都和王的身體放在金棺裏落葬」，統歸於虛無。魯迅的消解是徹底的，不僅沒有像在《藥》中那樣憑空給夏瑜的墳前添一個花環，而且將文獻中的「三頭分葬」故意改爲「三頭合葬」，最後連各自的身份和角色都無法獨立保留，剩下的只有庸眾的狂歡，復仇的意義也蕩然無存。這可以看成是對當年添花環寫作不滿的一個並不算遙遠的回應。

餘論

在《鑄劍》之後，魯迅又一次經歷了由青年人的血寫就的幻滅。他甚至

〔註136〕《19250311致許廣平》，《魯迅全集》第11卷，第462頁。
〔註137〕《南腔北調集·〈自選集〉自序》，《魯迅全集》第4卷，第469頁。
〔註138〕《吶喊·自序》，《魯迅全集》第1卷，第441頁。
〔註139〕《南腔北調集·〈自選集〉自序》，《魯迅全集》第4卷，第469頁。
〔註140〕《360217致徐懋庸》，《魯迅全集》第14卷，第30頁。
〔註141〕魯迅校錄《古小說鉤沉》，第82頁。

認為：「我就是做這醉蝦的幫手，弄清了老實而不幸的青年的腦子和弄敏了他的感覺，使他萬一遭災時來嘗加倍的苦痛，同時給憎惡他的人們賞玩這較靈的苦痛，得到格外的享樂」，「我自己也幫助著排筵宴」。〔註142〕這是魯迅在五四時期與錢玄同討論鐵屋子的繼續，並且在國民革命的親眼所見中，證實了自己鼓動青年人向舊社會攻擊搗亂的無效，只能是白白犧牲掉許多寶貴的生命。經歷了這番夢幻破滅的魯迅，「立意要不講演，不教書，不發議論，使我的名字從社會上死去，算是我的贖罪」。〔註143〕但他並非就此一事不做，絕對頹唐下去，他依然要抗爭，繼續他「反抗絕望」的生命詩學。

當疾病一步步吞噬魯迅的健康，生命即將走到盡頭，當從昏厥中醒來時，他所求的只是希望最親密的伴侶拿燈照一照，讓他四處看一看，藉此證明自己的存在。但她似乎並不能理解他的用心，他有點生氣。可以想像，當時的魯迅是多麼孤獨！他所剩的也就只有回憶，像在廈門時那樣，回憶那「對人很和氣，對我也很和氣，不教我念一句經，也不教我一點佛門規矩」〔註144〕的龍師父；回憶那「帶復仇性的，比別的一切鬼魂更美，更強」〔註145〕的女弔；回憶那「七被追捕，三入牢獄，而革命之志，終不屈撓」〔註146〕的太炎先生。「魯迅臨死前二日——十月十七日下午在日本作家鹿地亙的寓所，也談到這『女弔』，這可稱魯迅的最後談話」。〔註147〕奇妙的是，作為自認為是最能代表紹興特色的兩種鬼——「無常」和「女弔」，在魯迅筆下的命運卻很不相同。那個「表現對於死的無可奈何，而且隨隨便便的『無常』」，〔註148〕他不僅在廈門時就將其寫出，而且還親自為其畫像。但魯迅直到臨死前的一個月才將女弔寫出。魯迅在編《且介亭雜文末編》時沒有將《女弔》放入其中，而是和《半夏小集》、《這也是生活》、《死》這樣極具個人色彩的文章「另外保存」〔註149〕。這一定是他內心中極其珍重不輕易示人的寶貝。只是生命即將走到盡頭，如再不寫出就沒有機會了。魯迅在造化安排下的無可擺脫的大寂寞中，將心中的女弔祭出，對自己孤寂的靈魂也算是一種莫大的安慰吧。

〔註142〕《而已集·答有恆先生》，《魯迅全集》第3卷，第474頁。

〔註143〕《三閒集·通信（並Y來信）》，《魯迅全集》第4卷，第100頁。

〔註144〕《且介亭雜文末編·我的第一個師父》，《魯迅全集》第6卷，第597頁。

〔註145〕《且介亭雜文末編·女弔》，《魯迅全集》第6卷，第637頁。

〔註146〕《且介亭雜文末編·關於太炎先生二三事》，《魯迅全集》第6卷，第567頁。

〔註147〕許壽裳：《我所認識的魯迅》，《魯迅回憶錄·專著》（上冊），第454頁。

〔註148〕《且介亭雜文末編·女弔》，《魯迅全集》第6卷，第637頁。

〔註149〕《且介亭雜文末編·後記》，《魯迅全集》第6卷，第660頁。

這個孕育了黑衣人的鬼魂現在對他而言是力量的象徵，是自己意志和靈魂的外化，他要以此來對抗日漸衰弱的病體。但魯迅卻再也不能借助其力量來創造出像黑衣人那樣的新的精魂了，因為像國民革命那樣給生命以希望的時代風潮在此以後他再也沒有遇到過。